Andrea Isari

Eine Arie für die Diva

PIPER

Zu diesem Buch

Auf der Baustelle des römischen Auditoriums, einer gigantischen neuen Musikhalle, wird der deutsche Bauleiter Karl Breuer ermordet aufgefunden. Verdächtige gibt es jede Menge, schließlich war Breuer ziemlich streitsüchtig und hatte Feinde wie Sand am Meer. Kriminalkommissarin Leda Giallo muß ihren wohlverdienten Strandurlaub unterbrechen und gerät unversehens in einen Sumpf aus Korruption, Spielsucht und Leidenschaft, der sie ins Latium und in die Toskana führt. Doch dann hört sie in der Hitze der römischen Sommernacht die Wahnsinnsarie der Lucia di Lammermoor und kommt der Lösung ihres Falles ein ganzes Stück näher. Ein weiterer atmosphärischer Kriminalroman aus der Tiber-Metropole mit der eigenwilligen Kommissarin Leda Giallo, die sich lieber um kulinarische Genüsse als um weibliche Gardemaße schert.

Andrea Isari, geboren 1954 in Koblenz am Rhein, ist Volljuristin und war jahrelang als politische Journalistin in Rio de Janeiro, Bonn und Rom tätig. Nach »Römische Affären«, »Eine Arie für die Diva«, »Letzter Tanz am Tiber« und »Römische Rache« ist »Römische Liebe« der fünfte Fall für Kommissarin Leda Giallo.

Andrea Isari
Eine Arie für die Diva

Ein Leda-Giallo-Krimi

Piper München Zürich

Mehr über unsere Autoren und Bücher:
www.piper.de

Sämtliche Personen und Ereignisse sind frei erfunden. Sollten sich Parallelen zur Wirklichkeit auftun, handelt es sich um bloßen Zufall.

Von Andrea Isari liegen bei Piper im Taschenbuch vor:
Römische Affären
Eine Arie für die Diva
Letzter Tanz am Tiber
Römische Rache
Römische Liebe

Für Peter, der Pizza abscheulich fand.

Originalausgabe
1. Auflage März 2004
3. Auflage Juli 2009

Umschlag/Bildredaktion: Büro Hamburg
Isabel Bünermann, Julia Martinez/
Charlotte Wippermann, Kathrin Hilse
Foto Umschlagvorderseite: Chuck Bradley/nonstock/Bilderberg
Foto Umschlagrückseite: Ulrike Hölzinger-Deuscher
Papier: Munken Print von Arctic Paper Munkedals AB, Schweden
Gesamtherstellung: CPI – Clausen & Bosse, Leck
Printed in Germany ISBN 978-3-492-24038-3

I Der Tag würde wieder heiß werden. Einer dieser Augusttage, an denen die Stadt unter blauem Himmel im Koma lag und auf einen kühlenden Hauch wartete. Kam ein Wind auf, brachte er keine Erquickung, weil er aus Afrika herüberwehte. Das kurze Gewitter gestern abend hatte nur die Luftfeuchtigkeit erhöht, konnte aber die seit zwei Monaten von der Sommersonne aufgeheizten Gemäuer und Straßen nicht abkühlen.

Naßgeschwitzt war er nachts um drei Uhr aufgewacht und hatte auf sein Thermometer an der Terrasse geschaut: achtundzwanzig Grad. Verdammte ewige Stadt, hatte er gedacht, im August bin ich lieber woanders.

Er hatte sie gewarnt, ausgerechnet jetzt nach Rom zu kommen. Doch sie hatte darauf bestanden. Sie liebe die Hitze, und sie liebe ihn, hatte sie gesagt. Ob nun die Hitze oder die Sehnsucht sie verzehre, sei egal. Der Hitze könne sie auf jeden Fall besser widerstehen als der Sehnsucht nach ihm.

Er schrieb es ihrer Jugend, der Müdigkeit von der langen Reise und den wunderbaren Stunden der Liebe nach ihrer Ankunft zu, daß sie trotz der unsäglichen Temperaturen fest schlief und seine Unruhe nicht bemerkte. Wie sie so bewegungslos dalag, war in ihm plötzlich die Angst aufgestiegen, sie könne tot sein. Doch sie atmete leise und gleichmäßig.

Er war bereits in einem Alter, in dem man den Tod immer häufiger in der eigenen Umgebung erleben muß. Im vergangenen Winter war seine Mutter gestorben. Er hatte sie lange für unsterblich gehalten – weil Mütter einfach nicht sterben, weil sie schon immer da sind. Den Vater zu Grabe zu tragen hatte er als sehr traurigen, aber dennoch erträglichen Meilenstein seines eigenen Lebens verkraftet. Der Tod der Mutter hatte ihn zum Waisen gemacht. Schon als Kind war sein Mitleid für Elternlose unermeßlich gewesen.

Ein paar Wochen später war seine Tante gestorben, und schließlich hatte ihn vor drei Monaten sein Freund Gasparo Vespucci nach zwei Schlaganfällen verlassen.

Die Hinwendung zu einer so jungen Frau, die er bei anderen Männern bisher verächtlich als ein Zeichen für fehlende innere Emanzipation gegeißelt hatte, interpretierte er inzwischen als Abwehr des Todes.

Eine Weile betrachtete er sie und erhob sich dann leise. Er trank ein Glas eiskaltes Wasser, zog leichte Sportkleidung über und schrieb ihr eine Nachricht, daß er joggen gegangen sei und in einer Stunde mit frischen Cornetti wiederkomme. Das Blatt legte er vorsichtig neben sie aufs Bett. Nachdem er die Haustür fast geräuschlos ins Schloß gezogen hatte, lauschte er kurz, ob sie wach geworden sei und ihn riefe. Doch nichts war zu hören.

Seine Beine federten auf dem weichen Waldboden. Unter dem schattigen Blätterdach der Bäume herrschte so etwas wie Kühle, und seine Lungen sogen begierig die frische Morgenluft ein. Er war besser in Form, als er es nach dieser anstrengenden Nacht erwartet hatte. Außer zwei Reitern traf er keine Menschenseele. Morgens um sechs Uhr schlief das sonntägliche Rom noch. Der Park der Villa Ada schien um diese Stunde verwunschen zu sein. Ein Gefühl von Glück und Leichtigkeit stellte sich ein, und er meinte zu schweben.

Nur wenige Autos begegneten ihm auf den Straßen, während er zur Baustelle lief. Vor einigen Tagen hatte er im Zaun ein Loch entdeckt, durch das Neugierige aufs Gelände schlüpften. Es war noch da, und nun nutzte er es.

Er mochte Baustellen. Während andere Menschen sie als häßlich und lästig empfanden, lief seine Phantasie zu Hochform auf, sobald er sie sah. Vor seinem inneren Auge tauchten die Bilder fertiger Bauwerke in perfekt gestalteter Umgebung auf.

Es staubte, als er zwischen betongrauem, rohem Mauerwerk, Holzplanken, Kränen und Baumaterialien umherlief. Die Sonne begann zu stechen. Keuchend sprang er eine Stufe nach der anderen in der halbrunden Arena hinauf, sein Blick nach vorn gerichtet, um nicht daneben zu treten. Oben angekommen, lief ihm der Schweiß in die Augen, und er rang nach Luft. Doch nicht so fit, dachte er und wischte sich mit dem Zipfel seines Hemdes übers Gesicht. Dann ließ er seinen Blick über die Arena schweifen. Diese Anlage würde großartig werden. Ein Tempel der Musik, der beste seiner Art. Hinter ihm ragten die Rohbauten der Hallen wie Ruinen einer Trutzburg in den blauen Himmel.

Was war das dort unten? Vom Sonnenlicht geblendet, kniff er die Augen zusammen. Abfall? Er stieg die Stufen wieder bis zur Hälfte hinab, um nachzuschauen. Allmählich wurde ihm klar, daß es sich um einen Menschen handelte. In seltsam verdrehter Haltung lag er da. Der Kopf des Mannes war aufgeplatzt, und ein schmales rotes Rinnsal tropfte auf die Stufenreihe darunter.

Ihm wurde schlecht, wie er Karl Breuer dort liegen sah. Der Mann war tot, daran zweifelte er keinen Augenblick. Doch er konnte nicht einfach gestolpert sein. Durch einen Sturz von der einen Stufenreihe zur nächsten platzte ein Kopf nicht auf, da war er sich sicher. Panik stieg in ihm hoch. Er mußte die Polizei benachrichtigen. Aber er durfte sich nicht zu erkennen geben. Dann würde man ihn als ersten verdächtigen, etwas mit Breuers Tod zu tun zu haben, und müßte sich den Strapazen langer Vernehmungen unterziehen, bis seine Unschuld bewiesen war. Sein Name würde im Zusammenhang mit einem Mord durch die Presse gehen. Und seine junge Geliebte würde nicht verstehen, warum er so lange fortblieb.

Er sah sich um. Heiße Totenstille lag über der Baustelle, kein Mensch war zu sehen. Sein Atem raste, während er die Stufen hinabrannte und durch das Loch im Zaun schlüpfte. Er jagte die Viale dei Parioli hinauf. Endlich entdeckte er eine Telefonsäule. Der Polizeinotruf funktionierte auch ohne Münzen.

»Ein Toter liegt in der Arena des neuen Auditoriums, kommen Sie schnell«, rief er keuchend in den Hörer.

»Wer sind Sie?«

»Fragen Sie nicht, kommen Sie zur Baustelle des Auditoriums.«

Er hängte ein und lief in den Park zurück. Unter dem Schutz der Bäume verlangsamte er das Tempo. Er spürte, daß seine Beine jeden Moment versagen würden. Er ließ sich am Ufer eines kleinen Baches fallen und schöpfte mit der Hand Wasser, das er durstig trank. Sein Kopf drehte sich, und vor seinen Augen tauchte der aufgeplatzte Kopf Breuers auf. Er mußte sich übergeben.

II

Das Sprudeln und Zischen der Kaffeemaschine rief Leda Giallo von der Terrasse in die Küche. Sie beeilte sich, die Macchinetta vom Gas zu nehmen, damit der Kaffee nicht aufkochte. Dann stellte sie den Milchtopf auf die Flamme. Noch benommen vom unruhigen Schlaf der heißen Nacht, blieb sie vor dem Herd stehen und beobachtete, wie die Milch am inneren Topfrand Bläschen zu schlagen begann. Leda stellte das Gas ab und schäumte die Milch mit einem an den Topfdeckel montierten Sieb auf. Das Ergebnis war großartig: fester Schaum bedeckte die Milch. Dann goß sie Kaffee und Milch in eine große Tasse, hob mit einem Löffel blütenweißen Schaum darüber und ließ etwas Zucker darin versinken. Das kann Mario nicht besser, dachte sie bei sich, während sie mit der Tasse in der Hand auf die Terrasse zurückkehrte.

Ihre Tochter Flavia hatte ihr dieses Wunderwerk der Milchschäumtechnik letzte Woche geschenkt: »Damit du Marios Frühstück in den Ferien nicht so vermißt.«

Leda verbrannte sich – wie jeden Morgen – leicht den Mund, als sie einen großen Schluck Cappuccino nahm. Seit über einer Woche gab sie sich dieser vormittäglichen Prozedur hin. Kein Wecker schreckte sie zu früh aus dem Schlaf. Und wenn sie einmal wach war, brauchte sie sich nicht zu beeilen. Leda genoß ihren Urlaub in vollen Zügen.

Noch herrschte Ruhe im Hausinneren. Die Kinder, Paolo und Pipo, die Promenadenmischung, schliefen den Schlaf der Gerechten, und sie hatte Zeit für sich allein. Zufrieden lehnte sie sich an die Balustrade der Terrasse und lauschte dem leichten Wellenschlag des Meeres. Sehen konnte sie es nicht. Eine hohe, grüne Hecke versperrte die Aussicht auf das Wasser, schützte aber dafür die Hausbewohner vor den neugierigen Blicken der Strandbesucher. Der Seewind trug ihre Stimmen und ihr Lachen herüber.

Zufrieden betrachtete Leda die dunkelrosa blühende Bougainvillea, die sich üppig um die Terrasse rankte. Liegen, Stühle, Tische und Sonnenschirme standen im Garten verteilt und schienen darauf zu warten, daß die Familie endlich aufwachte und sie benutzte. Barfuß schlenderte Leda herum und sammelte vergessenes Geschirr, Besteck und zerknüllte Papierservietten auf. Den Grill würden Paolo und Sohn Marco später säubern. Sie hielten das für eine typische Männersache und blieben dafür gern den übrigen Aufräumarbeiten fern.

Ledas Schwester Francesca und deren Mann Romano waren am vorherigen Tag nach einem ausgiebigen Abendessen noch nach Rom gefahren, wo Romano heute zu tun hatte. Ihre beiden Töchter, Giulia und Stella, waren geblieben. Sie verbrachten schon ihr ganzes Leben den August bei den Giallos in deren Strandhaus in Lavinio. Als ihre Kinder Flavia und Marco klein waren und Ledas Eltern noch lebten, besetzten den ganzen Monat lang mindestens zehn Personen das Haus. Jetzt waren sie nur noch zu acht. Allerdings kamen immer wieder Freunde der Kinder zu Besuch. Leda war ihren Eltern bis heute dankbar, daß sie ihr und Francesca ein so großes Sommerhaus vererbt hatten.

Während Leda gedankenverloren der Aufräumerei nachging, hörte sie plötzlich ihr Telefonino den türkischen Marsch anstimmen. Als sie das Mobiltelefon endlich unter einem Berg von sandigen, klammen Handtüchern fand und auf den grünen Empfangsknopf drückte, hatte der Anrufer bereits aufgelegt. War wohl nicht so wichtig, dachte sie sich und packte die Handtücher, um sie im Garten auszuschütteln und anschließend zum Trocknen auf die Leine zu hängen. Es gab Dinge, die auch erwachsene Kinder nicht schafften. Dazu gehörte zweifelsohne das abendliche Aufhängen nasser Strandtücher.

Doch da spielte Mozart erneut elektronisch auf.

»Signora Commissaria, bitte entschuldigen Sie, daß ich stören muß. Ich tue es nur ungern.«

Es war Ugo Libotti, ihr langjähriger Mitarbeiter, der außer seiner alten Mutter keine eigene Familie hatte und deshalb gemeinsam mit den anderen alleinstehenden Kollegen den August im Büro verbrachte, während sich Leda vier Wochen lang am Meer tummelte. Da er wußte, daß ihr diese arbeitsfreien Wochen heilig waren, mußte es einen guten Grund geben, sie anzurufen.

»Ciao, Ugo, möchtest du wissen, ob ich mich hier schon langweile? Es ist wundervoll, wie immer!«

»Das freut mich zu hören, Signora. Ich fürchte allerdings, mit der Langeweile wäre es jetzt sowieso vorbei.«

»Was soll das heißen?« fragte Leda mit skeptischem Unterton.

»Nicola Grunziola liegt nach einem Motorradunfall mit schwerer Gehirnerschütterung und gebrochenem Bein seit gestern nachmittag im Krankenhaus. Ettore Caliostro ist auf seiner Jagd nach den Attentätern in Mailand unterwegs, Sie wissen schon, den Typen, die den Wirtschaftsprofessor in der Via delle Isole erschossen haben. Und im neuen Auditorium haben sie vorhin einen Mann mit aufgeplatztem Kopf entdeckt, dessen Schädeldecke laut Spurensicherung einem heftigen Kampf und anschließendem Sturzflug nicht standgehalten hat. Wir sitzen hier ohne jemanden, der die Ermittlung leiten könnte.«

»Nein, Ugo, bitte nicht. Das kann doch nicht wahr sein«, stöhnte Leda. »Weißt du, was du da von mir verlangst? Haltet meinetwegen die Zeit an, friert die Leiche ein oder tut sonst etwas, damit ich meinen Urlaub in Frieden beenden kann.«

»Leda, Sie wissen, daß ich für Sie alles täte, was in meiner

Macht steht. Aber in diesem Fall gibt es keine andere Lösung. Sie müssen kommen, und zwar sehr rasch.«

»Es ist Sonntag«, führte Leda noch ins Feld, wohl wissend, daß diese Ausrede keinerlei Gewicht hatte.

»Sie sagen es, ich kann auch nicht verstehen, wieso der Herr am Tag der Ruhe das Morden und das Auffinden von Leichen überhaupt zulassen kann«, witzelte Ugo.

»Va bene, du hast mich überredet. In eineinhalb Stunden bin ich da.«

Leda seufzte. Alles in ihr sträubte sich dagegen, ausgerechnet jetzt einem Mörder nachzuspüren. Sie hatte so wenig Zeit für die Kinder und war so glücklich in ihrer kleinen, sommerlichen Familienwelt.

In diesem Moment fühlte sie Pipos Schnauze an ihrer Hand. Ganz sacht schubste er sie, um sie daran zu erinnern, daß er dringend Gassi gehen mußte, falls er nicht den Garten zu unerwünschten Zwecken nutzen sollte. Ein kleiner, zärtlicher Stubs langte, um Leda in Bewegung zu versetzen.

Und nun geschah, was Pipo erwartet hatte: Leda stürmte die Treppe hinauf in ihr Schlafzimmer, zog sich Unterwäsche und eine Art wehenden Kaftan über und stand eine halbe Minute später mit Halsband und Leine an der Haustür.

»Komm, mein Alter, so lange muß die Leiche noch warten.«

Pipo gehörte eigentlich ihrer Schwester. Zu aller Erstaunen adoptierte das struppige Riesentier für den August jedoch Leda als Frauchen. Selbst dann, wenn Francesca zu Besuch war.

Als die beiden zurückkamen, stand Paolo in der Küche und trank Kaffee.

»Buon giorno, carissima. Wie schön, daß du mir noch Kaffee übriggelassen hast.«

»Guten Morgen, mein Schatz. Es ist etwas Gräßliches passiert.«

Leda erklärte ihm in aller Eile das Nötigste.

»Das heißt im Klartext: Du läßt mich mit dieser Meute hier allein? Ist dir klar, was das bedeutet? Fast-food, Chaos, Saufereien! Endlich keine Kontrolle mehr, und ich kann am Strand so vielen Frauen nachschauen, wie ich will. Leda, ein Traum geht in Erfüllung!«

»Keine Sorge, heute abend komme ich zurück! Und dann erwarte ich ein köstliches Mahl und ein adrett hergerichtetes Haus. Ach, Paolo, ich habe keine Lust zu arbeiten.«

»Du Ärmste tust mir leid. Und ich mir auch. Der Urlaub war bisher so schön. Aber was will man machen.« Zärtlich schlang er seine Arme um sie und gab ihr einen Kuß. »Sieh zu, daß du den Mörder schnell erwischst.«

Im Handumdrehen duschte sie, machte sich fertig und setzte sich ins Auto. In Richtung Stadt fuhr so gut wie niemand, dagegen schienen alle daheim gebliebenen Römer diesen Sonntag am Strand verbringen zu wollen.

Leda trat aufs Gaspedal. Die Klimaanlage lief auf Hochtouren. Nach einer guten Stunde bog sie in die Viale Maresciallo Pilsudski ein. Ein Riesenaufgebot von Polizeiautos mit Blaulicht zeigte ihr, wo sie hin mußte. Als sie die Autotür öffnete, glaubte sie vom Hitzschlag getroffen zu werden.

»Guten Morgen, Commissaria. Signor Libotti bat mich, Sie zum Tatort zu begleiten.«

Nach zwanzig Schritten merkte Leda, daß ihr heiß war, nach hundert liefen ihr die ersten Schweißtropfen von der Stirn, und als sie nach etwa zweihundert Schritten vor der Leiche stand, war sie klatschnaßgeschwitzt.

»Meine Güte, Ugo, das ist ja nicht zum Aushalten. Da lobe ich mir meine Meeresbrise in Lavinio. Wie soll man denn bei der Hitze arbeiten?«

»Seien Sie gegrüßt, Signora. Ich kann nachts nicht schlafen, geschweige denn tagsüber richtig arbeiten. Aber es war ja auch nicht viel passiert, seit Sie in Urlaub gegangen sind. Ich hatte die Hoffnung, alle Mörder Roms wären in Urlaub gefahren, bis Sie zurückkommen. So kann man sich täuschen!«

Ugos Gesicht hatte die Farbe eines gekochten Krebses angenommen: knallrot. Offenbar hatte er seinen Hut vergessen, den er sonst im Sommer zu tragen pflegte. Zwischen Februar und Oktober vermied er jede direkte Sonneneinstrahlung, wo immer es möglich war. Im Sommer fühlte er sich im Büro wohler als am Strand und lehnte es grundsätzlich ab, dort seinen Urlaub zu verbringen. Mit geradezu missionarischem Eifer bemühte er sich jedes Jahr, Leda von ihren Strandgängen in Lavinio abzuhalten, und warnte sie vor den Gefahren der UV-Strahlung.

Er selbst fuhr regelmäßig Anfang Oktober, wenn die Sonne ihre Stärke weitgehend verloren hatte, in die Berge zum Wandern. Für Ledas Interessenlage eine ideale Lebenseinstellung, weil ihr Mitarbeiter den Sommer über das Büro hütete und sie fortkonnte.

»Seit wann schläft denn dieser Herr hier?« ging Leda zum geschäftlichen Teil über.

»Seit etwa fünf Stunden. Dottore Fino ist schon wieder weg. Aber er hat gesagt, daß der Tote um ziemlich genau sechs Uhr heute früh von dort oben heruntergestoßen wurde und an den Folgen seiner Kopfverletzung sofort gestorben ist«, antwortete Ugo und zeigte zum obersten Absatz der Stufen hinauf.

»Dottore Fino? Ist der neu?«

»Er macht die Vertretung für Dottore Leo Amato.«

»Und wer ist der Tote?« fragte Leda und zog die Decke zurück, die über die Leiche gelegt worden war.

Der Anblick war angesichts des gespaltenen Schädels und der großen Blutmengen nur schwer erträglich.

»Ein Deutscher, Karl Brä...Brä...uhr. Hier sind seine Papiere. Sie können doch Deutsch.«

Ugo gab Leda eine Tüte, in der sich der Inhalt der Hosentaschen des Toten befand: ein Schlüsselbund, ein Ledermäppchen mit einer Aufenthaltsgenehmigung für Italien, ein internationaler Führerschein und ein Taschentuch.

Karl Breuer, vor vierzig Jahren geboren in Regensburg, seit drei Monaten in Rom, wohnhaft in der Via Giuseppe Mercalli 32, entnahm Leda der Aufenthaltsgenehmigung.

In der Tat, Deutsch beherrschte Leda. Fünf Jahre Sprachunterricht in der Schule und später zwölf Jahre mit Thomas, ihrem deutschen Ehemann und dem Vater ihrer beiden Kinder, hatten ihr zu perfekten Deutschkenntnissen verholfen. Mit den beiden sprach sie bis heute überwiegend Deutsch. Als Schülerin hatte sie die Sprache mit großem Eifer gelernt, weil ihr Vater ihr erzählt hatte, daß Deutsch die Sprache der Philosophie sei. Schließlich war es ihr Traum gewesen, einmal eine berühmte Philosophin zu werden. Dann hatte sie jedoch erfahren, daß es außerordentlich schwer ist, als Philosoph seinen Lebensunterhalt zu verdienen. Deshalb war sie erst Juristin und anschließend Polizistin geworden.

Nun stand Leda hier vor einer deutschen Leiche, schwitzte und verfluchte innerlich die stechende Sonne und den Dreck der Baustelle.

»Was hatte Signor Breuer hier zu suchen? Mit einer Aufenthaltsgenehmigung in der Tasche war er ja wohl kein Tourist.«

»Er war der Bauleiter der deutschen Firma, die das Projekt durchführt«, erklärte Ugo.

»Bauen die auch sonntagmorgens um sechs?« fragte Leda erstaunt.

»Nein, eben nicht.«

»Wieso war er dann hier?«

»Er war wegen eines angeblichen Einbruchs in den Bürocontainer gerufen worden.«

»Angeblich? Hat es denn keinen gegeben?«

»Laut Aussage des Sicherheitsdienstes nicht.«

Die Sicherheitsleute hatten berichtet, daß Breuer um halb sechs im Bürocontainer erschienen sei, wo sie sich zwischen ihren zweistündlichen Rundgängen aufhielten. Er habe behauptet, zu Hause einen Anruf von ihnen bekommen zu haben. Diese versicherten, sie hätten den Bauleiter nicht aus dem Bett geworfen, weil es keinen Einbruch gegeben habe. Breuer sei daraufhin, laut Aussage aller sechs Männer, sehr böse geworden. Bei einem halbstündigen, außerplanmäßigen Inspektionsgang über die gesamte Baustelle sei niemandem etwas Ungewöhnliches aufgefallen. Daraufhin habe Breuer sie angeschrien, daß er solche Späße sonntagmorgens um diese Uhrzeit gar nicht komisch fände, und sei davongegangen. Sie hätten sich wieder in ihren kühlen Container gesetzt und heftig über den Zwischenfall debattiert. Um halb sieben sei plötzlich die Polizei im Container aufgetaucht und sehr rüde mit ihnen umgesprungen, weil Breuer tot in der Arena lag.

»Wer hat die Polizei gerufen?«

»Ein anonymer Anrufer. Er hat sich von einem öffentlichen Telefon in der Viale dei Parioli beim Notdienst gemeldet. Eine Personenfeststellung war nicht möglich.«

»Wir haben sofort versucht, Fingerabdrücke vom Hörer zu nehmen, aber den hatte kurz zuvor jemand gründlich abgeputzt«, schaltete sich Piero Bassani, der Leiter der Spurensicherung, ein.

»Sonstige verwertbare Spuren?«

»Ja, es gibt brauchbare Schuhabdrücke im Baustaub dort oben. Allerdings sehr viele verschiedene. Dort scheint einer der Hauptverkehrswege für Baustellenfußgänger zu sein. Die Abdrücke vom Toten haben wir bereits trennen und identifizieren können. Mindestens ein anderes Paar läßt den Rückschluß zu, daß der Träger dieser Schuhe in eine Kampfhandlung mit dem Toten verwickelt war«, erklärte Piero.

»Dann brauchen wir also nur die Schuhe und ihren Eigentümer zu finden«, resümierte Leda.

»Im Grunde genommen ja«, sagte Piero und fuhr fort: »Also merkt euch, jeder, der vernommen wird, muß nach seiner Schuhgröße gefragt werden.«

»Und die Männer von der Sicherheit wollen keine Schreie, rein gar nichts gehört haben. Wo ist denn dieser Container?« wollte Leda wissen.

»Hinter den Bauten dort oben«, sagte Ugo und wies mit der Hand in weite Ferne, als müsse man eine zweistündige Bergtour machen, um hinzugelangen.

»Außerdem rappelt die Klimaanlage so laut, daß man sein eigenes Wort da drinnen kaum verstehen, geschweige denn Geräusche von außen hören kann.«

»Wer befand sich zur Tatzeit sonst auf dem Gelände?«

Fillippo Mestre, kurz vor dem Pensionsalter und ein echter alter Hase in der Polizeiarbeit, ergriff das Wort.

»Neununddreißig Arbeiter. Sie wohnen am anderen Ende der Baustelle in Containern. Sind alle miteinander Ausländer. Keiner von ihnen kann anständig Italienisch. Die müssen wir mit Dolmetschern vernehmen. Haben aber alle gültige Papiere.»

»Kein einziger Illegaler?« fragte Leda ungläubig.

»Die haben sie wohl rechtzeitig in Sicherheit gebracht. Die Schuhgrößen müssen wir noch abfragen«, erklärte Mestre.

Im übrigen hätten alle in den Containern noch geschlafen, als er mit seinem Kollegen gekommen sei, oder zumindest sehr verschlafen getan. Mestre glaubte nicht, daß man dort hinten hätte Schreie hören können, die am Tatort ausgestoßen worden seien.

Wie viele Arbeiter sonst hier beschäftigt seien, wisse man nicht. Dazu müsse man die Verantwortlichen befragen. Die auf der großen Bautafel angegebenen Nummern seien alle abtelefoniert worden, doch es sei niemand zu erreichen gewesen. Selbst bei Massimo Sicolo, dem zweiten Bauleiter, gehe niemand ran. Die Nummer habe der Sicherheitsdienst als Notfallnummer erhalten, falls es bei der sprachlichen Verständigung mit Breuer zu Problemen komme.

»Sonntagmorgen im August«, kommentierte Mestre achselzuckend.

»Muß ich sonst noch irgend etwas wissen, oder kann die Leiche weg?« fragte Leda und ließ den toten Körper wenig später in die Pathologie abtransportieren.

»Sagt dem neuen Dottore, daß ich den Bericht morgen früh auf dem Schreibtisch haben möchte. Falls ihm etwas Ungewöhnliches auffällt, soll er sich bitte sofort bei Ugo oder mir melden. Ist Leo eigentlich im Dienst? Oder seziert er irgendwo Meeresgetier am Strand?«

»Freitag war er auf jeden Fall noch da. Weil es so heiß war, habe ich bei ihm unten in den kühlen Hallen der Pathologie Kaffee getrunken«, antwortete Ugo.

»Du findest wohl die Gesellschaft von Leichen im Kühlen angenehmer als die von Lebenden in der Hitze«, rutschte es Leda heraus.

»Ich finde Leichen generell sehr angenehm, weil sie wohlerzogen schweigen«, gab Ugo zurück.

Leda rann inzwischen der Schweiß in Strömen hinunter. Ihre Haare klebten. Die Sonne stand fast im Zenit.

»Piero, habt ihr das Gelände schon weiträumig nach Spuren abgesucht?«

»Jawoll«, antwortete er auf deutsch, wohl das einzige Wort, das aus unzähligen Kriegsfilmen bei ihm hängengeblieben war. »Wir sind ja schon seit Stunden hier. Trotzdem haben wir noch ziemlich viel zu tun. Verdammt, und das bei der Hitze. Kann uns jemand etwas zu trinken besorgen?«

»Machen wir«, bot Leda sofort an.

Schnaufend erklomm sie gemeinsam mit Ugo Stufe um

Stufe des Amphitheaters. So muß die moderne Hölle sein, fuhr es ihr durch den Kopf. Ein glühender Betontrichter, in dem die Toten um Abkühlung winseln.

»Mein Gott, Ugo, wie können lebende Menschen bei diesen Temperaturen hier arbeiten?« stieß sie oben angekommen nach einer Verschnaufpause hervor. Ihr Herz raste, und ihre Beine zitterten. Ugo schwieg und keuchte ebenfalls. Langsam gingen sie über staubige Flächen an hellgrauen Betonwänden entlang zum Haupteingang des Geländes. Eine Menschenmenge, Fernsehkameras und Journalisten warteten vor dem Tor.

»Commissaria, wer ist der Tote? Was ist geschehen?« fragte eine junge Frau und hielt Leda ein Mikrofon unter die Nase.

»Kein Kommentar. Sie werden zu gegebener Zeit unterrichtet«, sagte Leda und wies die herumstehenden Polizisten an, niemanden außer den Mitarbeitern der Polizei auf das Gelände zu lassen.

»Aber Signora Commissaria, Sie können uns doch wenigstens sagen...«

Mindestens zehn Reporter bombardierten sie gleichzeitig mit Fragen. Leda schüttelte nur den Kopf und lief hinter Ugo her, der ihnen einen Weg bahnte.

»Wo ist hier die nächste Bar?« erkundigte sich Leda bei einem uniformierten Kollegen.

»Gleich da drüben. Wir haben uns dort schon Wasser gekauft.«

»Gut. Hier haben Sie zwanzig Euro. Holen Sie mit einem Kollegen so viele Wasserflaschen, wie Sie tragen können, und bringen Sie die bitte unseren Leuten da unten in der Rohbauhölle. Die kippen sonst noch um. Trinken Sie hier oben auch! Wenn das Geld nicht reicht, legen Sie den Rest bitte aus. Sie bekommen es morgen wieder.«

»Wird sofort gemacht, Commissaria. Und vielen Dank.«

Leda öffnete die Tür ihres Autos. Es war zum Brutkasten geworden. Sie hatte vorhin beim Aussteigen vergessen, den Sonnenschutz in die Windschutzscheibe zu klemmen, und verbrannte sich nun die Hände am Steuerrad. Vom Hintersitz fischte sie einen Strohhut, legte ihn aufs Lenkrad, um die Sonnenstrahlen abzuhalten, startete den Motor, stellte die Klimaanlage an und klappte die Tür wieder zu. Sie mußten ein paar Minuten warten, bis die Innentemperatur auf ein erträgliches Maß gesunken war.

Währenddessen ließ Leda ihren Blick über die Baustelle schweifen und entdeckte das Schild, auf dem das Bauprojekt »Auditorium di Roma« kurz erklärt und alle federführenden Institutionen und Firmen mit Telefonnummern benannt waren: die Stadt Rom, der weltberühmte Architekt Enzo Gasco und die deutsche Baufirma Holzer Aktiengesellschaft.

»Wo fahren wir hin?« fragte Ugo, als sie endlich im abgekühlten Auto saßen.

»Erst in eine Bar, um uns zu erfrischen und um zehn Liter Wasser zu trinken, dann zur Wohnung des Toten. Vielleicht muß ja jemand über sein Ableben informiert werden.«

Die Platanen in der Via dei Parioli spendeten wunderbaren Schatten. Sie entdeckten eine Bar mit ein paar Tischen und Stühlen hinter einer Oleanderhecke.

»Dio, Signora, wo waren Sie denn?« fragte der junge Mann hinter der Theke und starrte sie entsetzt an.

»In der Hölle«, antwortete Leda.

»So sehen Sie auch aus«, sagte der Mann lachend.

»Bringen Sie uns bitte eine große Flasche eiskaltes Wasser an einen Tisch dort draußen, damit wir wenigstens ins Fegefeuer kommen können«, sagte Leda und entschwand Richtung Toilette.

Der Blick in den Spiegel brachte Leda zum Lachen. Sie sah furchtbar aus. Die Mischung aus Staub und Schweiß hatte eine unregelmäßig gemusterte Schmutzschicht über ihr

Gesicht gelegt. Ihre knallrote Lockenpracht rahmte es wie ein Flammenkranz ein. Mit ihren Händen schaufelte sich Leda kaltes Wasser ins Gesicht und wusch sich gründlich ab. Danach fühlte sie sich viel besser.

Die Flasche war im Handumdrehen leer. Leda verspürte Hunger. Sie hatte nicht einmal gefrühstückt, und jetzt war es bereits mittags.

»Hast du keinen Hunger, Ugo?«

»Doch, ich habe nicht einmal gefrühstückt.«

Die mit Thunfisch und Salatblättern belegten Brötchen, die der Ober brachte, waren frisch und knackig.

»Weißt du was, Ugo, ihr würdet das locker ohne mich schaffen. Ich hätte in Wahrheit gar nicht zu kommen brauchen.«

»Erstens gibt es die neue Vorschrift, die nun einmal besagt, daß in Mordfällen nur unter der Leitung eines Hauptkommissars ermittelt werden darf. Zweitens ist es gar nicht so sicher, daß alles ganz ruhig ablaufen wird. Erinnern Sie sich doch nur an den Fall Puccio. Das heißt, wir brauchen Sie auch tatsächlich als Person.«

Da konnte Leda ihrem Mitarbeiter nicht widersprechen. Der Fall Puccio hatte in der Tat harmlos begonnen. Vor dem letzten Weihnachtsfest hatte ein Hund einen toten Mann am Tiberufer erschnüffelt. Und mir nichts dir nichts waren sie bei ihren Ermittlungen in einem bedrohlichen Gestrüpp von mafiösen Bankern und Kirchenoberhäuptern gelandet.

Nachdem sie sich erfrischt und gestärkt hatten, holte Leda einen Stadtplan aus dem Wagen, um die Via Giuseppe Mercalli zu suchen. Sie befand sich keine zweihundert Meter entfernt.

Die Nummer zweiunddreißig war ein gepflegtes Haus. Leda fand einen Parkplatz im Schatten hoher Bäume. Sie spannte trotzdem den Sonnenschutz hinter die Windschutzscheibe.

Ugo klingelte beim Portiere, da die übrigen Klingeln nur mit den Nummern der Wohnungen, nicht aber mit Namensschildern versehen waren.

»Wer ist da?« rief eine Kinderstimme aus der Gegensprechanlage.

»Signora Giallo und Signor Libotti. Kannst du mir bitte sagen, welche Nummer die Wohnung der Deutschen hat?«

»Weiß ich nicht. Ich hole den Papa.«

Nach einer Weile surrte der Türöffner, und Leda und Ugo traten ein. Im Türrahmen gleich neben dem Eingang erwartete sie ein Mann in Shorts und einem eilig übergeworfenen Hemd, dessen Knöpfe er gerade schloß. Mit brummigem Gesicht begrüßte und taxierte er die Ankömmlinge.

»Sie möchten zu Signor Karl? Sein Auto steht nicht in der Garage. Schätze, die sind weg.«

»Bitte fragen Sie doch mal nach. Hat er vielleicht eine Frau?« fragte Leda.

»Wer sind Sie denn?«

Leda und Ugo zückten wie auf Befehl ihre Dienstausweise und zeigten sie dem wachsamen Hausmeister.

»Polizei? Ist etwas passiert?«

Der Mann wandte sich mit seiner Frage an Ugo. Offenbar hielt er ihn für den Chef. Auch zu Beginn des dritten Jahrtausends konnten sich viele Römer noch immer keine Frau als Vorgesetzte im Polizeidienst vorstellen. Um den Mann nicht unnötig zu verwirren – man wußte schließlich nie, wozu er noch gebraucht werden könnte –, überließ Leda ihrem Mitarbeiter die Erklärung, die keine war:

»Dazu dürfen wir im Moment noch nichts sagen.«

Der Mann ging in die Wohnung und griff zum Haustelefon.

»Pronto, die Polizei ist hier, Polizia.«

Leda und Ugo fuhren mit dem Aufzug in den zweiten Stock. Dort warteten eine Frau von Ende dreißig, ein etwa zwölfjähriges Mädchen und ein kleiner Junge in der geöffneten Wohnungstür.

»Buon giorno«, sagte die Frau und schwieg dann. Die Kommissarin begriff sofort: Die Frau war stumm, weil sie kein Italienisch sprach.

»Guten Tag, sind Sie Frau Breuer?« erlöste Leda sie auf deutsch aus dem Sprachgefängnis, stellte Ugo und sich vor und bat Frau Breuer, mit ihr allein sprechen zu dürfen. Frau Breuer schaute sie aus klaren, blauen Augen fragend an.

Dann beugte sie sich zu ihren Kindern hinunter und forderte sie auf, sich im Arbeitszimmer einen Videofilm anzuschauen. Das Mädchen war mit dem Vorschlag zunächst nicht einverstanden. Zuerst wollte sie wissen, warum denn die Polizei da sei. Der Junge vermutete sofort, daß Leda und Ugo hinter Außerirdischen her seien, die die Stadt bedrohten.

»So ein Quatsch. Du immer mit deinen Aliens. Die gibt es doch gar nicht wirklich«, fuhr die ältere Schwester dazwischen. Leda mußte trotz der dramatischen Situation lächeln.

»Wie heißt ihr denn?« erkundigte sie sich bei den beiden.

»Lena Breuer.«

»Paul.«

»Gut, Lena und Paul. Ich muß jetzt etwas sehr Wichtiges mit eurer Mamma besprechen. Wir erklären euch später alles. In Ordnung?«

»Wieso können Sie Deutsch?«

Lena ließ sich nicht so leicht vertreiben.

»Weil ich es gelernt habe. Erst in der Schule, und später habe ich mit meinem deutschen Mann und meinen Kindern immer Deutsch gesprochen. Aber jetzt mal los und laßt mir eure Mamma für eine Weile.«

Die beiden trollten sich.

Im Wohnzimmer, in das Leda und Ugo von Frau Breuer geführt wurden, war es angenehm kühl. An den Wänden stapelten sich Umzugskartons. Helle Naturholzmöbel skandinavischen Stils gaben dem Raum eine freundliche, lichte Atmosphäre. Die Rolläden vor den fußbodentiefen Fenstern waren als Sonnenschutz halb heruntergelassen. Mit einer einladenden Geste bat Frau Breuer Leda und Ugo, sich auf den blau-gelb-karierten Sesseln niederzulassen.

Leda rang mit sich um die richtigen Worte, wie sie der Frau die furchtbare Neuigkeit möglichst schonend mitteilen sollte. Ugo kannte ihr Problem, Angehörigen Todesnachrichten zu überbringen. Er hätte diesen Part gern für sie übernommen. Doch mangels Deutschkenntnissen war es ihm nicht möglich.

»Frau Breuer, wann haben Sie Ihren Mann das letzte Mal gesehen?« begann Leda tapfer.

»Heute morgen um halb sechs Uhr.«

»Ist er dann fortgegangen?«

»Ja, er wurde zur Baustelle gerufen. Dort haben sie in der vergangenen Nacht eingebrochen. Wo ist mein Mann?«

»Frau Breuer, es tut mir leid, Ihnen mitteilen zu müssen, daß...«

Die zierliche, blonde Frau mit dem Engelsgesicht saß aufrecht vor ihnen und verzog angesichts der grausamen Neuigkeit keine Miene. Sie schwieg zunächst, die Nachricht mußte erst einmal richtig bei ihr ankommen. Dann fragte sie:

»Wie ist er umgekommen?«

Leda erklärte, daß die Spurensicherung Hinweise auf einen Kampf gefunden habe, an dessen Ende Breuers Sturz auf die Betonstufen der Arena gestanden habe.

»Irgendwann mußte das ja mal passieren«, sagte Frau Breuer nur.

»Warum denn das?« fragte Leda erstaunt.

»Weil Karl ein Choleriker ist, der selbst ruhige Menschen in Furcht oder totale Wut versetzen kann. Vor zwei Jahren ist ein Polier mit einer Kelle auf ihn losgegangen und hätte ihn beinahe umgebracht, weil Karl ihn so beleidigt hatte. Auch hier auf der Baustelle hat er sich sofort mit den Arbeitern angelegt. Die Firma wollte ihn schon gar nicht mehr als Bauleiter einsetzen. Sie haben ihm hier in Rom die letzte Möglichkeit der Bewährung eingeräumt.«

»Warum brauste er denn dermaßen auf?«

»Ich weiß es nicht. Vielleicht ist so etwas genetisch bedingt. Sein Vater ist genauso. Seine Mutter hat ihn deshalb verlassen, als Karl noch klein war. Sie hoffte, daß ihr Sohn in einer ausgeglicheneren Umwelt anders würde. Doch Karl schlug nach dem Vater. Wir können seine Ausbrüche auch nicht mehr ertragen. Während Karl schon in Rom und wir noch in München wohnten, sagten die Kinder oft, daß es ohne Papa viel schöner sei. Sie haben Angst vor ihm. Er glaubt, daß ein völlig neues Umfeld ihm helfen könnte, und sieht im Ortswechsel eine Chance für unsere Ehe. Deshalb hat er um den Posten im Auditorium gekämpft. Uns gegenüber ist er tatsächlich etwas ruhiger geworden. Aber wir sind ja erst seit knapp zwei Wochen hier. Auf der Baustelle muß es jedoch schon wieder schlimm zugehen. Er hält dort alle für Vollidioten, weil sie angeblich pausenlos Fehler machen. Ich glaube eher, daß sie ihn einfach nicht verstehen und ihm die Geduld fehlt, sich verständlich zu machen. Karl kann sehr beleidigend sein. Dabei ist er kein schlechter Mensch, nur eben völlig unkontrolliert.«

Frau Breuer sprach über ihren Mann noch in der Gegenwartsform. Leda kannte das nur zu gut von Angehörigen, die keine Zeit hatten, sich vom Toten innerlich zu verabschieden.

»Hat Ihr Mann jemanden erwähnt, der wütend auf ihn sein könnte?«

»Nein, er bezeichnet schlichtweg jeden als Idioten. Ich habe auch gar nicht zugehört. Denn das erzählt er mir seit dreizehn Jahren. Der einzige, vor dem er wohl Respekt hat, ist der Architekt, Enzo Gasco. Den bewundert er.«

»Das heißt, die Anzahl seiner möglichen Feinde ist sehr groß.«

»Ja.«

»Ihr Mann war doch Angestellter der Firma Holzer, oder? Wen müssen wir dort unterrichten?«

»Seinen Chef, Werner Leonhardt. Er leitet die Holzer-Niederlassung Italien von Mailand aus. Seine Telefonnummer kann ich Ihnen geben.«

»Was werden Sie jetzt tun?«

»Ich werde mit den Kindern in eine kleinere Wohnung ziehen. Diese hier werde ich mir nicht mehr leisten können.«

»Sie wollen also in Rom bleiben?«

»Ja, hier zu leben ist seit Jahren mein Traum.«

»Gibt es hier Menschen, die Ihnen helfen können?«

»Ich kenne noch niemanden, bin es aber gewöhnt, alles allein zu regeln. Mein Mann war schon früher meistens auf Baustellen unterwegs und oft wochenlang im Ausland.«

»Und wovon werden Sie leben?«

»Karl hat verschiedene Lebensversicherungen zu meinen Gunsten und zugunsten der Kinder abgeschlossen. Außerdem habe ich ab Mitte September eine Stelle als Lehrerin an der deutschen Schule und werde vermutlich eine Witwenrente beziehen.«

»Seien Sie ehrlich, Sie wollten Rom als Sprungbrett nutzen, um sich endgültig von Ihrem Mann zu trennen«, sagte Leda.

»Ja, das mag sein«, erwiderte Frau Breuer.

»Die Auszahlung der Lebensversicherungen dürfte Ihnen da gerade recht kommen.«

»Ja, aber ich hätte es auch ohne sie geschafft. Als Lehrerin im Ausland werde ich gut bezahlt.«

»Haben Sie Ihren Mann gehaßt?«

»Nein, nicht gehaßt. Er war nur nicht zu ertragen. Verstehen Sie, was ich meine, wenn das gemeinsame Leben die reine Hölle ist und Kinder in Furcht vor ihrem eigenen Vater aufwachsen? Das ist unzumutbar.«

»Sind Sie froh darüber, daß er tot ist?«

»Sie fragen sehr direkt. Also, hier ist die ebenso direkte Antwort: Ich bin nicht froh darüber, daß er tot ist. Sein Tod erspart uns dreien aber einen vermutlich sehr schwierigen Trennungsprozeß mit traumatischen Folgen für die Kinder. So sind sie zwar Halbwaisen, werden aber nachts nicht mehr von Angstträumen geplagt, in denen ihr Vater die Hauptrolle spielt. Insofern bin ich froh darüber, daß er ganz einfach weg ist.«

»Wieso haben Sie diesen Mann nicht längst verlassen?«

»Weil ich ihn früher sehr geliebt habe und zu lange an der Hoffnung festhielt, es würde sich irgendwann alles ändern. Diese Hoffnung habe ich erst innerhalb des letzten Jahres aufgegeben. Trennungen brauchen ihre Zeit.«

Das wußte Leda aus eigener Erfahrung nur allzu gut. Wie lange hatte es gedauert, bis Thomas zu dem Entschluß gelangt war, sich endgültig von ihr zu trennen und Flavia und Marco ohne sie großzuziehen. Für Leda war damals eine Welt zusammengebrochen, und sie hatte lange gebraucht, um sich von diesem Schock zu erholen.

»Ja, das verstehe ich«, sagte Leda.

»Ich schreibe Ihnen jetzt die Telefonnummer von Herrn Leonhardt auf.«

Mit diesen Worten stand Frau Breuer auf und verließ den Raum. Ugo hatte der Unterhaltung die ganze Zeit schweigend zugehört.

»Und?« fragte er.

»Das erkläre ich dir gleich.«

»Die Signora scheint mir über den Tod ihres Mannes nicht sehr erschüttert zu sein«, fuhr Ugo fort.

»Das stimmt. Nach dem, was sie sagt, gibt es dafür auch gute Gründe.«

Frau Breuer kehrte mit einem Zettel in der Hand zurück.

»Hier habe ich Ihnen die Angaben zu meiner Person und zu den Kindern notiert sowie die Anschrift und die Telefonnummern von Herrn Leonhardt, in der Firma und privat. Meine Handynummer und die Festnetznummer finden Sie darunter.«

»Noch eine Frage: Auf welcher Nummer hat der Anruf heute morgen Ihren Mann erreicht?«

»Ich glaube, auf dem Handy. Das kann ich allerdings nicht mit Sicherheit sagen, weil ich noch schlief. Mein Mann ist rangegangen.«

»Und wer hat angerufen?«

»Der Sicherheitsdienst von der Baustelle, glaube ich.«

»Sicher wissen Sie das nicht?«

»Nein. Mein Mann hat wie gesagt abgenommen. Ist das wichtig?«

»Durchaus. Denn die Männer von der Sicherheit behaupten, sie hätten nicht angerufen, weil es nämlich keinen Einbruch gab.«

Frau Breuers glatte Stirn zog sich zu einem Faltengebirge zusammen.

»Das bedeutet also, Karl wurde unter falschem Vorwand hingelockt, und es handelt sich um einen sorgsam geplanten Mord?«

»So sieht es bisher aus. Wo ist das Handy Ihres Mannes? Vielleicht ist im Speicher die Nummer des Anrufers vorhanden. Auf der Baustelle wurde kein Telefonino gefunden.«

»Es liegt in der Küche. Er hat vergessen, es mitzunehmen.«

»Kann ich es bitte haben?«

»Ja, natürlich. Es ist ein Firmengerät.«

Als Leda und Ugo auf die Straße traten, schlug ihnen die sengende Nachmittagshitze entgegen. Es stellte sich heraus, daß Leda den Sonnenschutz zu Recht aufgespannt hatte. Inzwischen stand das Auto in der prallen Sonne. Während der Fahrt zur Questura, dem römischen Polizeipräsidium, gab Leda ihrem Mitarbeiter eine Zusammenfassung von Frau Breuers Aussage. Sie war just in dem Moment fertig, als sie durch den wuchtigen Steinbogen des Haupttores raste und mit quietschenden Reifen im Hof anhielt.

»Irgendwann werden Sie beim Reinfahren mit jemandem ordentlich zusammenkrachen«, prophezeite Ugo seiner Chefin mindestens einmal wöchentlich. Wie durch ein Wunder geschah aber nie etwas.

Leda schätzte das dicke, alte Gemäuer des Gebäudes, vor allem im Sommer, weil es die Hitze draußenhielt. So herrschte auch jetzt in den breiten Fluren eine angenehme Temperatur. Aus dem Kühlschrank in ihrem Büro angelte sich Ugo sofort zwei Flaschen Mineralwasser und stellte sie mit zwei Gläsern auf den Schreibtisch.

Obwohl Leda vor vier Monaten zur Leiterin der Mordkommission ernannt worden war und sich damit einen Anspruch auf ein Einzelzimmer erworben hatte, teilte sie den Raum weiterhin mit Ugo. Denn zum einem war sie ungern allein, zum anderen hielt sie es für gut, wenn mindestens eine andere Person immer wußte, was sie tat. Bei komplizierten Fällen verhinderte diese Arbeitsmethode Kommunikationslücken, die böse Folgen haben konnten. Falls Leda einmal brisante Führungsaufgaben zu erledigen hatte, von denen Ugo nichts wissen durfte, gab es einen kleinen Nebenraum, in den sie sich gegebenenfalls zurückziehen konnte. Ugo war ohnehin zuverlässig und loyal. Mit keinem anderen ihrer Mitarbeiter hätte die Kommissarin so zusammenarbeiten können.

Ihr Chef, Vice-Questore Erman Alesi, hatte seinerzeit diesem Büro-Modellprojekt ziemlich skeptisch gegenübergestanden.

»Leda, das klappt nicht, wenn man eine Führungsposition innehat. Glaube mir bitte, ich habe da mehr Erfahrung als du«, hatte er gesagt, sie aber zunächst gewähren lassen. Im Laufe der Zeit konnte sie ihm das Gegenteil beweisen, und heute war es kein Thema mehr. Genausowenig wie die Tatsache, daß eine Frau den begehrten Posten erhalten hatte. Zum ersten Mal in der Geschichte der Questura.

»Signora Bre-uhr gibt also zu, über den Tod ihres Gatten nicht eben in Verzweiflung auszubrechen, und bekommt darüber hinaus eine ordentliche Lebensversicherung. So ein schönes, klares Mordmotiv haben wir selten auf Anhieb«, kommentierte Ugo die Ausführungen seiner Chefin.

»Sie heißt Breuer mit eu, eu, eu.«

Dabei spitzte sie den Mund übertrieben, um Ugo die Bildung des im Italienischen unbekannten Lautes vorzumachen. Ugo versuchte es und platzte dann vor Lachen.

»Und wie betonen die Deutschen Euro?«

Leda machte es ihm vor, und Ugo schüttelte sich vor Vergnügen.

»Signor Breuer kauft Eis mit Euro«, ließ Ugo mit gespitztem Mund vernehmen und löste nun auch bei Leda Lachsalven aus.

»Der Name wird das Schwierigste am gesamten Fall werden. Hat die Signora vielleicht einen einfacheren Vornamen, so etwas wie Karl? Da fehlt zwar das O, aber immerhin können wir damit noch umgehen.«

Leda kramte in ihrer Tasche und zog Frau Breuers Zettel und das Telefonino hervor.

»Melanie«, las sie laut.

»Melanie, das geht. Wie eine Mörderin sieht mir Melanie trotz des wunderbaren und eindeutigen Mordmotivs aber nicht aus«, stellte Ugo fest.

»Du weißt, wie oft der erste Eindruck täuschen kann«, sagte Leda und reichte Ugo das Telefon des Toten mit der

Bitte, die jeweils letzten zehn ein- und ausgegangenen Nummern zu notieren. Dann stand sie auf und fragte ihn:

»Kaffee?«

»Nein danke, es ist schon zu spät, dann kann ich heute nacht nicht schlafen.«

Leda holte sich eine Tasse vom Automaten im Flur. Sie fühlte Unruhe in sich aufsteigen. Von dem Moment an, als sie sich an ihrem Schreibtisch niedergelassen hatte, war der Drang nach Nikotin wiederaufgetaucht. Eine Woche lang hatte sie sich im Ferienhaus ablenken können, durch Bewegung und tausenderlei Beschäftigungen außerhalb der Alltagsroutine. Nun schlug die Sucht nach Zigaretten wieder durch. Doch diesmal wollte sie es wirklich schaffen aufzuhören.

»Nein, nein, nein«, sagte sie laut zu sich selbst und hielt sofort erschrocken inne, weil ihre Stimme im sonntäglich menschenleeren und ruhigen Flurgewölbe wie ein Chor widerhallte.

Ugos Finger eilten bereits über die Computertastatur, um einen ersten Bericht zum Mordfall Breuer zu verfassen, als Leda wieder ins Büro trat. Sie selbst rief bei Werner Leonhardt in Mailand an. Entsetzt nahm er die Nachricht von Breuers Tod entgegen.

»Was sagen Sie, er wurde ermordet? Mein Gott, wie furchtbar. Von wem, warum?«

»Über diese Frage würde ich gern mit Ihnen sprechen«, sagte Leda.

»Ich kann Ihnen in der Sache vermutlich kaum weiterhelfen. Angesichts der Situation werde ich aber morgen natürlich nach Rom kommen, wahrscheinlich mit einem weiteren Kollegen aus Deutschland. Wir müssen sofort einen neuen Bauleiter einsetzen, damit im Auditorium weitergebaut werden kann. Wenn es Ihnen recht ist, treffen wir uns morgen nachmittag im Bürocontainer.«

»Va bene. Nur noch eine Frage: Hatte Signor Breuer Feinde?«

»Haufenweise, soweit mir bekannt ist. Ich selbst habe ihn nie so erlebt, aber er muß ein sehr schwieriger Zeitgenosse gewesen sein. In Fachfragen war er wohl einer der Besten in unserer Firma. Im Umgang mit Menschen dafür unerträglich. In Deutschland wollte niemand mehr mit ihm zusammenarbeiten.«

Vergeblich telefonierte Leda die Telefonnummern der Verantwortlichen noch einmal ab. Es war eben Sonntag und niemand erreichbar. Sie beschloß, daß es für heute reichte, verabschiedete sich von Ugo und brauste mit ihrem Auto wieder Richtung Lavinio.

In den Straßen des Ortes tummelten sich Tausende von Menschen, die wie Leda und ihre Familie den August hier verbrachten. Sonntagsausflügler, die an jedem Wochenende im Sommer wie die Fliegen einfielen, taten ihr übriges, um ein Durchkommen zu erschweren. Leda fluchte vor sich hin, während sie ihren Wagen Richtung Haus lenkte, das glücklicherweise etwas abseits vom Ortskern lag.

Pipo begrüßte sie begeistert, ansonsten war niemand da. Leda vermutete ihre Familie im Club, der etwa hundert Meter vom Haus entfernt am Strand lag. Dort waren schon Ledas Eltern Mitglieder gewesen. Rasch drehte sie mit Pipo eine Entleerungsrunde in den Dünen hinter dem Haus, riß sich dann ihre verschwitzte Kleidung vom Körper und zog sich Badesachen an.

»Leda, ciao, come stai? Dein Urlaub ist schon zu Ende, habe ich gehört«, wurde sie von Aldo Renzi, dem Eigentümer des Clubs La Nave empfangen.

»Wohl wahr. Du kannst dir nicht vorstellen, wie heiß es in der Stadt ist. Ich bin beinahe weggeschmolzen. Sind meine Lieben noch da?«

»Paolo und Marco spielen bei einem Fußballturnier im

Marinella mit, und die jungen Damen wurden von mehreren jungen Herren zu einem Aperitif im La Torre gebeten. Für neun Uhr hat Paolo einen Tisch reserviert.«

Der Sand brannte noch immer, obwohl die Sonne schon tief stand. Leda ging aufs Meer zu, streifte ihr luftiges, blaues Strandkleid ab und stürzte sich ins salzige Naß. Genüßlich schwamm sie gegen die Wellen an, tauchte unter ihnen her und ließ sich auf ihrem Kamm wieder zurück Richtung Land tragen. Sie genoß das Spiel mit dem Wasser, auf dem sich die Abendsonne orangeglühend brach. Immer wieder tauchte sie ihren Kopf unter, um die Hitze des Tages loszuwerden.

Als sie aus dem Wasser stieg, war ein leichter Wind aufgezogen, und sie fröstelte. Wie herrlich, dachte sie, so läßt es sich leben.

Zu Hause standen Paolo und Marco bereits unter den Duschen und besprachen wegen der Entfernung der Badezimmer laut schreiend den Verlauf des Fußballturniers. Ihre Mannschaft hatte offensichtlich gesiegt. Leda legte sich solange in einen Liegestuhl im Garten und nickte ein.

»Tante Leda, du bist ja da. Seit wann denn das?«

Leda schlug die Augen auf. Es war fast dunkel.

Ihre ältere Nichte Giulia hockte neben ihr und gab Leda einen Kuß. Giulia duftete und sah in ihrem hautengen, weißen Kleid auf dunkel gebräunter Haut entzückend aus.

»Komm, mach dich fertig, wir wollen in den Club zum Essen gehen.«

Mit großem Hallo wurde sie im Haus begrüßt. Nur Paolo war ein bißchen sauer.

»Wo hast du denn gesteckt? Ich habe hundertmal versucht, dich auf dem Telefonino zu erreichen.«

»Hat es denn nicht hier im Haus geklingelt?« wunderte sie sich.

Allgemeines Kopfschütteln.

»Sag jetzt bloß nicht, daß du es schon wieder irgendwo

liegengelassen hast«, bemerkte Marco mit dem verzweifelten Gesicht eines Sohnes, der diese Situation schon allzuoft erlebt hatte. Leda grübelte nach, wo es stecken könnte.

»Ich glaube, ich habe meine Handtasche im Auto in der Garage vergessen. Da müßte es drin sein.«

»Marco, mein Schatz, kannst du bitte so lieb sein …«, nahm der Siebzehnjährige mit hoher Stimme die Bitte seiner Mutter vorweg. »Aber gern doch, liebe Mamma«, fuhr er fort und war schon unterwegs.

Das Essen im Club war wie immer vorzüglich. Jeder bestellte sich zunächst eine Vorspeise. Anschließend servierte Aldo eine große Platte mit verschiedenen gegrillten Fischsorten, und zum Abschluß gab es Eis. Dazu tranken sie leichten, spritzigen Weißwein und Unmengen von Mineralwasser. Die Unterhaltung flog zwischen Fußball, attraktiven Männern am Strand und dem Mordfall in der Betonhölle des Auditoriums hin und her. Bis Flavia schließlich mit ernstem Gesicht um das Wort bat.

»Ich muß euch etwas sagen. Ich habe beschlossen, ab November in Rom zu studieren. Mamma, ich werde wieder zu dir ziehen.«

Leda sagte zunächst gar nichts. Sie war sprachlos und starrte ihre Tochter ungläubig an. Seit über zehn Jahren lebten Flavia und Marco mit ihrem Vater in München und hatten nur die Ferien und viele Feiertage bei ihr in Rom verbracht. Flavia hatte nie davon gesprochen, wieder zurückkommen zu wollen. Und Leda hatte nicht gefragt, um sie nicht zu bedrängen. Und nun das!

»Wie kommt denn dieser plötzliche Entschluß zustande? Was ist mit Philipp?« fragte Leda. Sie hatte Flavias Freund letztes Silvester kennengelernt, als er die Gelegenheit genutzt hatte, mit ihr den Jahreswechsel in Rom zu verbringen. Vor einem halben Jahr waren die beiden noch sehr verliebt gewesen.

»Er hat mich heute aus Chicago angerufen und mir gesagt, daß er noch ein weiteres Jahr dort an der Uni bleiben will. Unsere Beziehung war sowieso nichts Richtiges mehr. Und Papa und du habt mir immer gesagt, daß ich meine Zweisprachigkeit im Studium nutzen soll. Schließlich bin ich halbe Italienerin. Was sagst du dazu, Mamma?«

Leda schaute Flavia an. In der jungen Frau mit den flammendroten Haaren, dem schmalen Gesicht, der dunkel gebräunten Haut und den grünen Augen sah sie sich selbst vor zweiundzwanzig Jahren, voller Selbstbewußtsein und Unternehmungslust. Ihr stiegen die Tränen in die Augen, und ihr Kopf drehte sich vor Glück. Leda stand auf und umarmte Flavia.

»Du hast nicht die geringste Ahnung, wie ich mich darüber freuen würde, mein Kind.«

»Da brauchst du doch nicht zu heulen«, meinte Marco, dem die Tränen der Mutter in der Öffentlichkeit peinlich waren.

»Das ist aber zum Heulen schön. Ich habe es mir heimlich so oft gewünscht. Und Papa? Weiß er es schon?«

»Ich habe ihn vorhin angerufen. Er ist einverstanden und meint, ich sei alt genug, das zu entscheiden.«

Leda schaute Paolo fragend an. Was hielt er davon? Schließlich war er seit vielen Jahren ihr Partner. Seine Meinung war Leda wichtig.

Seine Augen blitzten sie verschmitzt an.

»So, Marco, da deine Mutter ja sowieso schon weint, kannst du ja jetzt gleich noch einen draufsetzen. Dann ist es in einem Abwasch erledigt. Leda, setz dich am besten erst mal wieder hin«, meinte Paolo.

»Also, ich möchte auch kommen und in Rom auf die deutsche Schule gehen«, eröffnete ihr Marco. »Ich hab schon vor den Ferien mit Papa darüber gesprochen. Er meint, ich soll es von deiner Entscheidung abhängig machen.«

»Hier kannst du aber, glaube ich, nicht Eishockey spielen«, warf Leda ein, die ihren Ohren nicht trauen wollte.

»Aber dafür Feldhockey. Ich hab schon im Internet nachgeschaut«, lautete die Antwort.

»Und das Abitur hier schaffst du?«

»Easy, schätze ich.«

Leda saß da – erschlagen, glücklich, sprachlos, vor Rührung weinend.

»Aldo, bring uns doch bitte schnell einen guten Schnaps zur Beruhigung der Gemüter«, orderte Paolo.

»Was sagst du denn nun, Mamma?« wollte Marco wissen. Diesmal mußte Leda nicht aufstehen, um den direkt neben ihr sitzenden Marco zu umarmen. Tränen flossen ihr übers Gesicht und in sein Hemd.

»Was ich sage? Ich bin glücklich, glücklich, glücklich. Ich habe euch so oft vermißt, jedes verdammte Jahr mehr. Der arme Thomas, er weiß nicht, was ihm fehlen wird.«

»Nicht so schlimm für ihn. Die Zeitung hat ihm eine Korrespondentenstelle in Madrid angeboten. Ich habe aber keine Lust dorthin zu gehen. Da komme ich lieber zu dir. In Rom kenne ich genug Leute, kann die Sprache und habe schon ein Zimmer. In den Ferien können wir dann ja mal nach Deutschland und mal nach Spanien fahren. Außerdem hat Papa gesagt, daß er mich sooft wie möglich besuchen würde, so wie du es bisher auch gemacht hast«, erläuterte Marco und fuhr fort:

»Und außerdem wechselt meine Englisch- und Sportlehrerin an die deutsche Schule hier. Dann kenne ich sogar schon eine Lehrerin. Melanie Breuer heißt sie und ist total nett.«

Nun war Leda endgültig ohne Worte und brauchte noch einen Grappa mehr.

III

Lange saßen Leda und Paolo abends noch auf der Terrasse und erörterten die Perspektiven der neuen Familiensituation. Die jungen Leute hatten das zukünftige Leben in Rom längst als spannende und erfreuliche Abwechslung für sich akzeptiert und waren mit ihren beiden Cousinen zu einem Musikfestival verschwunden, wo sie weitere Freunde vom Strand treffen wollten.

Leda kamen plötzlich Zweifel, ob sie es schaffen würde, die alltägliche Anwesenheit der beiden zu meistern. Flavia war erwachsen, konnte ihr Studentenleben selbst in die Hand nehmen. Aber Marco: ein Siebzehnjähriger mit Flausen im Kopf, vor dem noch drei Jahre Schule bis zum Abitur lagen. Die letzte Klasse hatte er schon nicht geschafft und mußte sie jetzt wiederholen, und das in einer neuen Schule. Er selbst lebte in der Überzeugung, erwachsen und unabhängig zu sein. Doch Leda hatte diesbezüglich erhebliche Bedenken. Um ihren Sohn würde sie sich wohl ernsthaft kümmern müssen.

Für sie würde es eine gewaltige Umstellung bedeuten. Während des vergangenen Jahrzehnts hatte sie so gut wie keinen Abend zu Hause gegessen und konnte auch gar nicht kochen. Außerdem war sie es gewohnt, bis in die Puppen zu arbeiten, wenn nötig auch am Wochenende. Und dann war da Paolo, der ihre Aufmerksamkeit und Liebe einforderte, die er nun dauerhaft mit den Kindern teilen sollte.

»Erstens sind die beiden schon groß und werden kaum zu Hause sein. Zweitens engagierst du eine Haushälterin mit hervorragenden Kochkenntnissen oder, noch besser, einen Koch mit Haushaltskenntnissen. Drittens arbeitest du ganz einfach weniger, wie andere Leute mit Familie auch. Und was unsere Beziehung betrifft, so bin ich froh, daß wir nicht zusammenleben, oder sagen wir: nur halb. So kann ich mich zurückziehen, wenn ich von zuviel Giallo-Familie die Nase voll habe. Leda, wenn unsere Beziehung deine entzückenden Blagen nicht aushält, ist sie nichts wert. Und das glaube ich ehrlich gesagt überhaupt nicht. Außerdem scheinen sich beide im Laufe der Jahre an mich gewöhnt zu haben. Immerhin hat mir Marco heute mittag schon von seinen Absichten erzählt, als du noch nicht die geringste Ahnung davon hattest.«

Da hatte Leda schon wieder angefangen, vor Rührung zu weinen, und Paolo eine umfassende Liebeserklärung gemacht.

»Meine Güte, Frau Kommissarin, du wirst auf deine alten Tage noch sentimental. Wie schön!« hatte er ihr daraufhin zärtlich ins Ohr geflüstert.

»Ach Paolo, wie gern würde ich die nächsten Wochen ganz bei euch hier bleiben.«

»Was nicht geht, geht nun einmal nicht. Das ist eine glänzende Vorübung für kommende Zeiten«, hatte er gesagt.

Am nächsten Morgen war Leda in aller Herrgottsfrühe wachgeworden, mit Pipo um die Ecke gegangen und hatte im Meer gebadet. Dann machte sie sich fertig, packte Unmengen schmutziger Wäsche in eine große Mülltüte und fuhr ohne Frühstück in die Stadt. Die Wäsche wollte sie in der Wäscherei gleich neben Marcos Bar abgeben.

»Chiuso per ferie fino al 2.9.«, las sie auf dem Schild in der Eingangstür. Verflixt, die Wäscherei hatte Urlaub. Und nun?

Mit dem schweren Müllsack auf dem Rücken zog sie ein Haus weiter zu Mario. Der hatte glücklicherweise geöffnet.

»Signora Commissaria, welche Überraschung! Ich dachte, Sie seien noch in Lavinio! Was schleppen Sie denn da herum?« begrüßte er sie strahlend.

Seitdem Thomas mit den Kindern nach München gezogen war, frühstückte Leda morgens bei Mario. Seine Bar lag auf dem Weg von ihrer Wohnung ins Präsidium. Sein Kaffee war ebenso hervorragend wie seine kabarettreife Unterhaltung. Jeden Morgen überraschte er Leda mit weitschweifigen Ausführungen zu einem neuen Thema, das er in der Zeitung, im Fernsehen, im Radio oder aus dem Kreis seiner Kundschaft aufgeschnappt hatte.

An diesem Morgen brachte Leda das Thema mit.

»Die Wäscherei ist zu, und ich habe hier zentnerweise schmutzige Wäsche. Bis ich eine offene finde, kann ich wahrscheinlich einmal durch die ganze Stadt fahren«, vermutete Leda. Im August kam es einem Sechser im Lotto gleich, außer Restaurants und Souvenirläden irgendeinen arbeitenden Betrieb in Rom zu entdecken. »Grazie a dio, daß du noch hier bist. Wenigstens etwas Erfreuliches in dieser stickigen Stadt.«

Mario schien die Temperatur nichts auszumachen. In seinem hellblauen, sorgfältig gebügelten Hemd sah er wie frisch aus dem Ei gepellt aus. Allerdings zeugten tiefe dunkle Ringe unter seinen braunen Augen und die bläßliche Haut davon, daß er Erholung nötig hatte.

»Fährst du nicht weg?« fragte sie.

»Ab Ferragosto mache ich für vierzehn Tage dicht. Wir fahren aufs Land zu meiner Schwester Fiorella, wie immer. Unsere Tochter ist schon da. Soll ich die Wäsche mit nach Hause nehmen? Marcella, meine Frau, kann sie ja waschen und bügeln. Sie hat ohne die Kleine eh wenig zu tun und freut sich bestimmt, ein paar Euro verdienen zu können.«

»Ein wunderbares Angebot, Mario. Aber willst du sie nicht erst einmal fragen?«

»Falls sie es nicht machen möchte, verspreche ich, eine andere Lösung zu finden.«

Mario hatte bereits begonnen, den Kaffee für Leda in den

Filter zu füllen, ihn mit den geschickten Handgriffen des geübten Barmanns in die große, silberglänzende Maschine einzuhängen und eine Tasse unter die Auslaufvorrichtung zu stellen. Mit blitzschnellen Bewegungen holte er die Milch und schäumte sie auf. Vorsichtig goß er anschließend die Milch in die Kaffeetasse, hob mit einem Löffel noch Milchschaum obendrauf und stellte sie vor Leda auf die Theke. Dann nahm er mit einer Papierserviette aus der gläsernen Vitrine ein Cornetto, um es ihr in die Hand zu drücken. Mario brauchte keine Bestellung von Leda, um zu wissen, was sie begehrte.

»Und noch ein Glas kaltes Wasser, weil es so heiß ist, nicht wahr?«

Leda hatte kaum genickt, da stand es schon vor ihr. In einem einzigen Zug trank sie es leer.

Zwar hätte Leda jetzt liebend gern noch in ihrem Bett in Lavinio gelegen und von einem wunderbar duftenden und ebenso schmeckenden Cappuccino Marios nur geträumt. Doch sie war froh, wie charmant Mario versuchte, ihr morgendliches Dasein erträglich zu gestalten.

»So, Commissaria, jetzt erzählen Sie mal, was Sie mitten in den Ferien nach Rom treibt. Das kann doch nicht nur die Wäsche sein. Lassen Sie mich raten: der tote Deutsche von der Baustelle! Richtig?«

Natürlich, irgendwer hatte ja etwas ausplaudern müssen! Leda ärgerte sich jedes Mal, wenn trotz strikter Informationssperren am nächsten Tag eine Mischung aus Dichtung und Wahrheit über den Fall in den Zeitungen stand.

»Erster Toter auf der Bühne« prangte auf der Titelseite der römischen Tageszeitung »Il Messaggero«, die Mario ihr vor die Nase hielt.

»Eigentlich sollte als erste Angela Serafino zu Verdis großartiger Oper La Traviata ihr Leben auf der Freilichtbühne des neuen Auditoriums aushauchen, um sich anschließend im Applaus des Publikums zu baden. Doch die Realität hat ein anderes Libretto geschrieben: Am Sonntagmorgen wurde der deutsche Bauleiter des größten römischen Prestigeobjekts der Nachkriegszeit ermordet auf der unfertigen Bühne gefunden. Niemand hatte zu seinem Tod Wagner oder Beethoven intoniert«, las Leda laut vor. »Meine Güte, wie schwülstig. Aber es stimmt, Mario. Der Mann wurde ermordet, und ich mußte die Ferien deshalb abbrechen.«

Nun wurde Leda von Mario mit lauter Fragen bombardiert, die sie weder beantworten konnte noch wollte.

»Wir wissen noch gar nichts, außer seinen Namen und seinen Beruf und daß er eine Frau mit zwei Kindern hinterläßt.«

»Davon steht in der Zeitung nichts. Wohnen sie in der Stadt?«

Geistesgegenwärtig log Leda, die sich verplappert hatte:

»Das wissen wir auch nicht.«

»Die Ärmsten. Da arbeitet der Mann im Ausland und kommt als Toter zurück. Hoffentlich war der Täter kein Italiener. Das würde dem Ruf unseres Landes in Deutschland schaden.«

Unter diesem Aspekt hatte Leda den Fall noch nicht betrachtet. Die Frühstücksbesuche bei Mario eröffneten ihr eben immer wieder neue, überraschende Perspektiven.

Als Leda bezahlen wollte, fischte Mario unaufgefordert ein Päckchen Zigaretten aus dem Regal.

»Diese Neuigkeit kennst du noch nicht«, sagte Leda. »Ich habe aufgehört zu rauchen.«

»Wieder einmal! Das ist doch jedes Jahr im Sommer das gleiche mit Ihnen. Mal sehen, wie lange es diesmal vorhält«, meinte er schmunzelnd.

Wie jedes Jahr schwor Leda ihm, daß sie es diesmal schaffen werde, und bat ihn dann, sie zu benachrichtigen, sobald die Wäsche fertig sei.

Anschließend rief sie Ugo an und wollte sich mit ihm auf der Baustelle verabreden. Er war schon dort.

Vor dem geschlossenen Haupttor standen grüppchenweise Männer in Arbeitskleidung. Die meisten waren dunkelbraungebrannt von der täglichen Arbeit im Freien. Es herrschte ein babylonisches Sprachengewirr. Zwei uniformierte Kollegen und ein Mann mit einem gelben Schutzhelm riefen Namen anhand einer Anwesenheitsliste auf, stellten die Präsenz fest und fragten jeden einzelnen nach seiner Schuhgröße und nach seinem Alibi für Sonntag morgen. Das würde noch lange dauern. Leda stellte sich den beiden vor und erfuhr, daß der Mann mit dem Helm der Polier Giorgio Piga war. Sie kündigte ihm an, daß sie ihn später im Bürocontainer sprechen wolle.

Dort empfing Leda die angenehme Kühle einer Klimaanlage. Ugo gab ihr den vorläufigen Bericht der Spurensicherung, den er bereits aus dem Büro geholt hatte. Außerdem wartete Enzo Gasco, der Architekt, dem unter die Bräune der Gesichtsfarbe die Blässe des Schreckens gefahren war. Der hochgewachsene, drahtige Mann strahlte trotz der Jeans, des sportlichen, karierten Kurzarmhemds und der derben Arbeitsschuhe eine Eleganz aus, die einen merkwürdigen Kontrast zum Schmutz des Rohbaus bildete. Der Druck seiner schmalen Hand war fest und bestimmt, genau wie sein Blick, der während der Begrüßung auf Leda ruhte. Sie spürte, daß dieser weltberühmte Architekt die Beobachtung von Situationen und Personen der eigenen Selbstdarstellung vorzog.

»Signor Gasco, wann haben Sie vom Tod Herrn Breuers erfahren?« begann Leda die Befragung.

»Vor zwei Stunden, also kurz vor sieben Uhr, rief mich Signor Leonhard aus Mailand an und teilte mir die Ermordung Breuers mit. Sie hatten bereits gestern mit ihm gesprochen, wie er mir sagte. Ihr Kollege Inspettore Libotti hat mir hier ausführlicher berichtet, was geschehen ist.«

»Wir haben gestern versucht, Sie telefonisch zu erreichen, um Sie direkt zu informieren. Leider war das nicht möglich. Ist es üblich, daß sich der Architekt eines solchen Großprojektes am Wochenende völlig zurückzieht? Sie tragen doch die Verantwortung für die gesamte Baustelle«, wollte Leda wissen.

»Nicht so, wie Sie es sich offenbar vorstellen. Als Architekt, besser als Architekturbüro, prüft man während der Bauarbeiten nur, ob die Bauausführung den Plänen entspricht. Werden bauliche Veränderungen – wie im vorliegenden Fall aufgrund archäologischer Funde – notwendig, so muß der Architekt neu entwerfen. Die Hauptverantwortung für die Arbeiten trägt ansonsten der Bauleiter. Bei kleineren Bauvorhaben übernimmt der Architekt häufig auch die Rolle des Bauleiters. Bei größeren sind die Aufgaben meist getrennt. In diesem Fall lag sie bei Signor Breuer respektive Signor Sicolo.«

»Warum sind Sie dann hier?«

»Weil der Bau sich in einer schwierigen Phase befindet. Wie Sie sehen, ist der Betonrohbau so gut wie fertig. Nun müssen die Aufbauten für die drei Hallen daraufgesetzt werden. Solche Phasen begleite ich häufig persönlich. Ich bin vor einer Woche gekommen und werde zwei Monate bleiben, um zu sehen, ob alles klappt wie geplant.«

»War Signor Breuer ein guter Bauleiter?« fragte Leda.

»Fachlich gesehen sehr gut. Er hat sich nur hier wie auch schon anderswo rasch wegen seines ruppigen Umgangstons unbeliebt gemacht. Ich habe schon mehrfach mit Breuer in Deutschland zusammengearbeitet. Mir gegenüber hat er sich immer einwandfrei benommen. Die Arbeiter und Signor Sicolo, der zweite Bauleiter und Vertreter Breuers, hatten jedoch öfter Grund zur Beschwerde. Ich habe in dieser einen Woche, seitdem ich hier bin, mehrfach erlebt, wie er mit den Bauleuten umgesprungen ist«, erklärte Gasco ruhig.

»Wenn der Bau des Auditoriums schon seit fünf Jahren läuft, warum war Signor Breuer dann erst seit drei Monaten hier? Wer hat den Job vorher gemacht?«

»Signor Sicolo war jahrelang erster Bauleiter. Ein sehr guter, hoch respektierter Mann.«

»Und wieso wurde ihm Breuer vor die Nase gesetzt?«

»Weil das neue Bauunternehmen in der Leitungsfunktion einen eigenen Mann sitzen haben wollte. Das ist verständlich, gerade wenn es sich um ein internationales Prestigeobjekt handelt wie dieses Auditorium.«

»Wieso neues Bauunternehmen? Hat es gewechselt?« fragte Leda erstaunt.

Gasco sah Leda an, als wisse sie nicht, daß Rom am Tiber lag.

»Die gesamte Projektausführung wurde vor drei Monaten von dem deutschen Bauunternehmen Holzer übernommen. Signor Breuer kommt von Holzer. Das Unternehmen hat das gesamte Team, das bereits vorher hier gearbeitet hatte, übernommen und Signor Sicolo aus der Vorgängerfirma herausgekauft, damit die Arbeiten zügig weitergehen konnten. Er ist für alle weiterhin der heimliche Bauleiter geblieben.«

Leda begann sich zu erinnern. Natürlich! Medien und Politiker hatten sich vor Aufregung beinahe überschlagen, als nach langem Ringen zwischen Rom und Brüssel die Entscheidung der EU-Kommission bekannt geworden war, daß der in der gesamten Europäischen Union ausgeschriebene Auftrag für das Auditorium richtigerweise an ein deutsches Unternehmen hätte gehen müssen. Deshalb war das bis dahin tätige italienische Unternehmen zum Rückzug gezwungen worden, was bei den Italienern, insbesondere bei den Römern, zu unfeinen Äußerungen über die Europäische Kommission geführt hatte. Der Weg für den Ausbau der heimlichen Kolonialherrschaft Deutschlands in Italien mit Hilfe Brüssels werde geebnet: Erst hätten die Germanen die Region um den

Gardasee, dann die Toskana übernommen, und nun rissen sie sich auch noch in der Hauptstadt die Bauarbeiten für die Musik-, Opern- und Festhallen unter den Nagel.

»Wie kommt Signor Sicolo mit der Rolle als zweiter Mann klar?« fragte Leda, nachdem sie ihre Gedanken zurechtgerückt hatte.

»Sicolo ist ein ruhiger und eher bescheidener Mann. Seine Rolle interessiert ihn nicht, diesen Eindruck vermittelt er zumindest. Breuers schlechtes Benehmen störte ihn aber nachhaltig, weil es sich negativ auf die gesamte Baustelle auswirkte.«

»Gab es Streit zwischen den beiden?«

»Ja, vergangene Woche. Breuer hatte Sicolo wegen einer Geringfügigkeit so sehr beleidigt, daß dieser kündigen wollte. Ich konnte Breuer dazu bewegen, sich zu entschuldigen.«

»Wo ist Sicolo jetzt?«

»Er hat seit Freitag Urlaub und wollte in die USA zu seiner Schwester fliegen. Wir haben bereits versucht, ihn zu erreichen, aber er geht weder ans Telefon, noch öffnet er die Tür zu Hause. Er ist wohl schon weg.«

»Ohne Bauleiter kann doch nicht weitergearbeitet werden. Wird die Baustelle nun wochenlang lahmliegen?«

»Ich weiß nicht, was die Firma Holzer vorhat. Signor Leonhardt sagte mir, daß er heute nachmittag um drei Uhr mit einem Kollegen aus Frankfurt hiersein wird, um weitere Entscheidungen zu treffen.«

Leda erfuhr von Gasco, daß der bei der Stadt Rom für das Projekt zuständige Mann Assessore Vincenzo Romelli war. Als Leda den Namen hörte, zuckten erneut Erinnerungsblitze durch ihren Kopf. Ein Parteimann, der während des letzten Kommunalwahlkampfes den Bau des Auditoriums für ebenso bedeutend erklärt hatte wie einst den des Kolosseums.

»Nur werden dort keine Menschen in Kämpfen sterben, sondern ihre Seelen werden von der Schönheit der Musik erfüllt werden«, hatte Romelli mit bewegter Stimme in die Fernsehkameras gesagt und verkündet, daß ohne ihn und die Partei das Bauprojekt nie begonnen worden wäre. Daß es das beste Musikhaus Italiens, wenn nicht des gesamten Globus werde, und daß Rom nun endlich die Spielstätte erhalte, die es als »schönste und kulturträchtigste Stadt der Welt« verdiene. Und daß er persönlich dafür sorgen werde, daß das Auditorium von den Menschen gebaut werde, deren Herz dafür schlage: von Römern.

»Ich sage: Brüssel, laß die Finger von unserem Auditorium. Eher wird Italien aus der Europäischen Union austreten, als daß Fremde es in die Finger bekommen«, hatte Romelli populistisch getönt und dafür gesorgt, daß ein römischer Bauunternehmer die Bagger anrollen ließ.

Ein Riesendisput über die Frage, inwieweit der Arm Europas in italienische Angelegenheiten hineinreichen dürfe, war daraufhin entbrannt. Mario hatte vehement die Position Romellis vertreten. Ledas Versuche, ihm klarzumachen, daß sich die Stadt Rom von internationalen Vereinbarungen, die der Staat Italien mitgetragen hatte, nicht nach Belieben verabschieden könne, hatten bei Mario überhaupt nicht gefruchtet. Wie bei vielen Römern. Bei der Wahl war Romellis Partei wieder an der Stadtregierung beteiligt worden, und er hatte seinen Posten behalten.

Inzwischen war alles anders gelaufen, als vom Assessore damals behauptet: Der Bau des Auditoriums wurde von Deutschen ausgeführt, und ein Menschenleben war dem Projekt zum Opfer gefallen.

»Ist Assessore Romelli vom Mord verständigt worden?« fragte Leda den Architekten.

»Ihn persönlich konnte ich nicht erreichen. Er befindet sich seit einer Woche bis Ende des Monats auf einem Segeltörn durchs Mittelmeer, sagte mir sein Mitarbeiter«, erklärte Gasco.

»Kam Breuer denn mit Romelli zurecht?«

»Romelli konnte Breuer nicht leiden und hat sich deshalb in der vergangenen Zeit wenig auf der Baustelle aufgehalten. Höchstens mal, wenn er ein Interview zum Baufortschritt gab. Meine Leute haben mir berichtet, daß Romelli Breuer regelrecht schnitt und immer nur mit Sicolo sprach, wenn er hier war. Breuer hat sich darüber wohl sehr geärgert.«

»Und wie geht so ein Mann mit dieser politischen Niederlage um? Immerhin hat er den Wahlkampf mit dem Thema ›Das Auditorium gehört in römische Hände‹ bestritten?«

»Deshalb hat er ihn wohl nicht gemocht. Aber er wird sich an die Situation gewöhnen und mit den Deutschen zusammenarbeiten. Immerhin soll das Auditorium im nächsten Sommer mit großem Pomp eingeweiht werden«, meinte Gasco.

»Das ist doch kurz vor der nächsten Kommunalwahl, wenn ich nicht irre.«

»Richtig. Dann will Romelli die Fertigstellung mit Sicherheit als seinen Erfolg preisen und um Stimmen für sich werben.«

»Also kann er sich keinesfalls eine Bauverzögerung wünschen!«

»So sehe ich das auch. Der Zeitrahmen ist schon jetzt sehr eng.«

»Demnach konnte Romelli kein Interesse am Tod Breuers haben«, stellte Leda fest, und Gasco nickte zustimmend.

In diesem Moment öffnete sich die Tür des Containers. Der Polier Giorgio Piga und die beiden uniformierten Polizisten traten ein. Allen dreien lief der Schweiß übers Gesicht.

Gasco forderte sie auf, sich am Wasserautomaten zu bedienen. Sie nahmen das Angebot dankbar an und tranken gierig. Dann berichteten sie, daß bis auf sechs Arbeiter alle gekommen seien, daß die gesuchte Schuhgröße etwa dreißigmal angegeben worden sei und die Befragung zu den Alibis noch nicht abgeschlossen werden konnte, weil sie es in der prallen Sonne nicht mehr aushielten. Mindestens die Hälfte der Männer spreche entweder gar kein oder nur sehr wenig Italienisch, und es müßten deshalb Dolmetscher eingeschaltet werden. Piga wollte wissen, ob heute noch gearbeitet werden könne oder ob er die Leute heimschicken solle.

Leda erklärte die Baustelle für geschlossen und wies die Polizisten an, alle Arbeiter mit der entsprechenden Schuhgröße nach und nach in der nächsten Polizeistation – wenn nötig mit Hilfe von Dolmetschern – zu vernehmen. Außerdem sollten sie feststellen, wer ein schlechtes Verhältnis zu Breuer gehabt hatte und warum. Die drei verließen seufzend das Büro, nicht ohne sich über die sengende Sonne zu beschweren.

Ugo war bereits damit beschäftigt, telefonisch am Flughafen zu überprüfen, ob und wann Sicolo geflogen war.

»Signor Gasco, wo waren Sie Sonntag früh? Entschuldigen Sie bitte, daß ich auch Ihnen diese Routinefrage stellen muß.«

»Ich lag im Bett und habe geschlafen.«

»Gibt es dafür Zeugen?«

»Ja«, erwiderte Gasco lakonisch. »Meine Schuhgröße stimmt übrigens auch mit der des Täters überein.«

Gasco berichtete, daß die Mitarbeiter von Holzer mittags um zwei am Flughafen ankommen und etwa eine Stunde später auf der Baustelle sein wollten.

»Brauchen Sie mich noch?« fragte Gasco. »Sonst würde ich gern gehen.«

»Ugo, ich denke, wir können jetzt auch ins Präsidium fahren. Wie kann ich Sie im Notfall erreichen, Signor Gasco?«

Er gab ihr einen Zettel, auf den er alle wichtigen Angaben notiert hatte.

IV In der Questura herrschte normaler Alltagsbetrieb. Der Pförtner hatte Leda erstaunt gefragt, ob ihr der Urlaub nicht gefallen habe, weil sie schon wieder da sei.

In den Fluren und Räumen des alten Gebäudes surrten Ventilatoren. Durch das dicke Gemäuer konnte die Hitze nicht eindringen. Ledas Büro lag zudem in westlicher Richtung, so daß die Sonne erst am späten Nachmittag ihre Fenster erreichte.

»Buon giorno, Signora Giallo. Viel hatten Sie ja dieses Jahr nicht von Ihrem Urlaub«, sagte Silvia Marconi, die Sekretärin von Ledas Chef Erman Alesi, als sie ins Büro trat, um einen Stapel Akten auf Ugos Schreibtisch zu legen.

»Nein, Silvia, leider nicht. Dabei ist es dieses Jahr ganz besonders schön am Strand mit der Familie. Aber was soll man machen, wenn die Kollegen entweder unerreichbar weit fort sind oder von Motorrädern über den Haufen gefahren werden. Wissen Sie, wie es Nicola Grunziola geht?«

»Besser. Ich habe vorhin im Krankenhaus angerufen. Er muß aber noch einige Zeit dort bleiben. Es hat ihn ziemlich erwischt.«

Silvia Marconi trug ein kanariengelbes Sommerkleid und hochhackige Riemchen-Pumps in derselben Farbe. Sie sah aus, als sei sie soeben einer Modeboutique mit angeschlossenem Kosmetiksalon entsprungen. Seit Jahren war es Leda schleierhaft, wie es dieser ausgesprochen fleißigen Frau gelang, täglich von morgens bis abends wie ein Mannequin kurz vor dem Betreten des Laufstegs auszusehen und darüber hinaus mit einem freundlichen Lächeln jede Frage zu beantworten und jeden Arbeitsauftrag zu erledigen.

Silvia liebte ihre Arbeit, die bewundernden Blicke der Männer und die meist neidischen der Frauen. Gleichzeitig wurde sie gerade von der weiblichen Kollegenschaft zutiefst bedauert und bemitleidet. Denn die aus einem süditalienischen Dorf stammende Silvia war knapp siebzehnjährig auf Druck ihrer Familie mit einem über zwanzig Jahre älteren Cousin dritten Grades verheiratet worden, dessen erste Frau bei einem Unfall ihr Leben gelassen hatte. Dieser Mann tyrannisierte sie Tag für Tag mit unendlich vielen Kontrollanrufen. Sein Motiv: Eifersucht.

Das damals frisch getraute Paar hatte die Provinz verlassen, weil dumme Gerüchte über einen möglicherweise nicht ganz zufälligen Unfalltod der ersten Frau kursierten. Der Ehemann hatte außerdem keinerlei berufliche Entwicklungsmöglichkeiten gesehen, und so waren die beiden vor siebzehn Jahren nach Rom gezogen.

Der Mann hatte bald durch Mithilfe eines Cousins, der wie einige andere seiner Verwandten in die Hauptstadt ausgewandert war, einen Posten als Hausmeister gefunden, zunächst in einem kleineren Gebäude am Rande der Stadt. Dank seinem handwerklichen Geschick, seiner raschen Auffassungsgabe und seinem freundlichen Wesen erfreute er sich bei Bewohnern und Hauseigentümern größter Beliebtheit und wurde in immer bessere Häuser Richtung Stadtzentrum empfohlen. Inzwischen lebte er mit seiner Frau in der Hausmeisterwohnung eines eleganten Wohnkomplexes in der Via Ungheria und dirigierte etwa ein Dutzend Gärtner, Handwerker, Putzfrauen und andere dienstbare Geister, die die Wohnanlage in Schwung hielten.

Als Süditaliener mit klassischer Erziehung hatte er für seine junge Frau die für ihn einzige denkbare Karriere als Mutter seiner Kinder vorgesehen. Solange diese jedoch auf sich warten ließen, sollte Silvia durchaus etwas dazuverdienen. Die große Stadt war teuer genug.

Zunächst hatte sie in der Boutique einer Verwandten ihres Mannes ausgeholfen. Tante Maria ihrerseits war von ihrem eigenen Mann mit den drei Kindern kurz nach ihrer Ankunft in Rom sitzengelassen worden. Seitdem hatte sie auf eigenen Beinen gestanden, bis zum Umfallen geschuftet und nie wieder einem Mann über den Weg getraut. Deshalb hatte sie Silvia von Anfang an gedrängt, den Liebes- und vor allem Treueschwüren eines jeden Mannes zu mißtrauen und sich wenigstens finanziell auf den Fall der Fälle vorzubereiten.

Tante Maria hatte für Silvia ein Sparbuch angelegt, von dessen Existenz die junge Frau nichts ahnte. Silvia arbeitete sechs Jahre lang fleißig im florierenden Geschäft der Tante, erhielt dafür vermeintlich einen Hungerlohn und gebar die vorgesehenen Kinder nicht. Ihr Mann war darüber völlig außer Fassung geraten und hatte sie angeschrien, daß die Frauen von heute eben alle nichts mehr taugten.

Silvia hatte sich zunächst als Alleinschuldige für die Kinderlosigkeit gesehen und sich von Gynäkologe zu Gynäkologe geschleppt und immer das gleiche Ergebnis erhalten: Sie war gesund und fruchtbar. Als ihr Mann sich auf Zeugungsunfähigkeit untersuchen lassen sollte, weigerte er sich strikt.

»Wenn Gott will, daß wir keine Kinder bekommen, so müssen wir das akzeptieren. Er wird einen Grund für diese Entscheidung haben«, ließ er plötzlich vernehmen.

Von diesem Tag an war das Thema Kinder keines mehr im Eheleben der beiden, Silvias Mann wurde etwas kleinlauter, sie hingegen wesentlich selbstbewußter, und bis auf seine Eifersucht veränderte er sich in Silvias Augen durchaus positiv.

Er war sogar damit einverstanden, daß Silvia eine Ausbildung zur Bürokauffrau machte. Silvias Intelligenz, Fleiß und Organisationstalent ließen sie alle Prüfungen, auch die zur Aufnahme bei der Polizei, mit Leichtigkeit passieren. Inzwischen hatte sie als Staatsdienerin schon mehr als zehn Jahre auf dem Weg zur Pensione hinter sich gebracht. Jede freie Minute verbrachte sie in Tante Marias Boutique, half beim Dekorieren und erledigte die Buchhaltung. Als Gegenleistung durfte sie sich all das einpacken, was ihr gefiel.

Und so entzückte Silvia vor allem im Sommer die Kollegenschar mit dem jeweils letzten Schrei in Sachen Mode auf einer Figur, die der einer Schaufensterpuppe in nichts nachstand. Von einer Puppe hatte sie ansonsten wenig. Sie war weder zerbrechlich noch unbeweglich, sondern mit bewundernswerter Belastbarkeit und Geschwindigkeit gesegnet.

Nicola Grunziola versuchte seit Jahren bei ihr zu landen. Er hielt sich für die eindeutig bessere Partie als den Ehemann und konnte überhaupt nicht verstehen, daß sie sich unter dem Vorwand einer rein dienstlichen Besprechung nicht einmal von ihm ins Restaurant ausführen ließ. Leda beobachtete immer wieder amüsiert seine vergeblichen Annäherungsversuche. Im Gegensatz zu Nicola hatte sie begriffen, daß Silvia ihre Ehe niemals auch nur durch einen zunächst »harmlosen« Abend gefährden würde. Erführe ihr Mann jemals davon, würden ihr auch die kleinsten Freiräume gestrichen. Was für Leda der Sklavenhaltung gleichkam, entsprach für Silvia den Gepflogenheiten einer normalen Ehe. Sie hatte ihrem Mann vor Gottes süditalienischem Angesicht das Jawort gegeben und würde bis zu seinem Tod daran festhalten. Leda war nicht ganz sicher, ob Silvia nicht hin und wieder davon träumte, seine Lebenserwartung würde unterhalb des statistischen Durchschnitts für Männer liegen.

»Ich werde nachher kurz bei Nicola im Krankenhaus vorbeifahren. Wo liegt er denn?« erkundigte sich Leda.

Silvia gab ihr die Anschrift des Ospedale San Camillo de Lellis. Es lag im Stadtviertel Monteverde auf der anderen Tiberseite.

»Dann müssen wir uns aber beeilen, um rechtzeitig bei der Besprechung mit den Holzer-Leuten auf der Baustelle zu sein. Die Deutschen sind doch immer so pünktlich«, mischte sich Ugo ein.

»Wissen wir eigentlich inzwischen, wer Karl Breuer zur Baustelle gerufen hat?« fragte Leda.

»Oje, ich habe vergessen, das Telefonino zu überprüfen. Die verdammte Hitze kocht meine Hirnzellen weich. Der Anrufer könnte schließlich der Mörder sein«, stöhnte Ugo.

Er nahm das Handy aus seiner Schreibtischschublade, wo er es am Vorabend eingeschlossen hatte, und begann auf den Tasten herumzudrücken.

»Da haben wir ja etwas. Gestern früh, fünf Uhr zweiundzwanzig.«

Ugo rief die Nummer an, doch das Läuten ging ins Leere. Die Auskunft teilte ihm mit, daß es sich um die Nummer eines öffentlichen Fernsprechers handelte, irgendwo in Rom. Wo genau, sei nur über die Telecom zu erfahren. Nun begann der Kampf mit der Telefongesellschaft, die Ugo unter dem Vorwand des geringen Personalbestands in den Ferien auf Ende der Woche vertrösten wollte. Er beharrte auf sofortige Erledigung der Anfrage unter Androhung eines Verfahrens wegen Behinderung polizeilicher Aufklärungsarbeit. Das wirkte. Zehn Minuten später wußte er, daß der mutmaßliche Mörder von einer Säule auf dem Corso di Francia, keinen Kilometer vom Tatort entfernt, angerufen hatte.

Leda steckte auf einem Stadtplan an der Wand kleine, verschiedenfarbige Fähnchen an den Fundort der Leiche, den Wohnort der Breuers und die beiden Telefonsäulen, von denen erst Breuer zum Sterben und später die Polizei zum Helfen gerufen worden waren. Alles lag nah beieinander.

»Wo wohnt dieser Sicolo?« fragte Leda.

»Auch nicht weit weg. Quartiere Trionfale, oben auf dem

Berg, in der Nähe vom Observatorium. Aber Sicolo war zum Zeitpunkt des Anrufs bei Breuer schon fast beim Flughafen Fiumicino. Er hat um Viertel nach sechs eingecheckt und ist um sieben Uhr fünfundvierzig nach Miami abgeflogen. Wenn er Breuer zwischen halb und zwanzig vor sechs umgebracht hätte, wäre er niemals so früh am Flughafen angekommen.«

»Sonntagmorgens, wenn man richtig aufs Gaspedal drückt, kann man es schaffen. Überprüf mal die Taxis, ob die vielleicht eine Fahrt hatten.«

Leda rief bei der Zulassungsstelle an, um herauszufinden, welches Auto Sicolo fuhr. Anschließend beauftragte sie die Polizeikollegen am Flughafen, nach dem nagelneuen, schwarzen Alfa Romeo zu suchen. Möglicherweise hatte Sicolo ihn dort für die Dauer seiner USA-Reise geparkt.

Plötzlich stand der Pathologe Leo Amato im Raum. Er war weiß im Gesicht wie die Leichen, die bei ihm auf den metallenen Arbeitstischen lagen.

»Meine Güte, Leo, du siehst richtig krank aus«, sagte Leda zur Begrüßung.

»Ich hatte ja auch noch keinen Urlaub wie du. Statt des blauen Meeres sehe ich tagein tagaus nur die blauen Kacheln in der Pathologie. Wie soll ich in der Tiefe des kühlen Kellers zu einer gesunden Gesichtsbräune kommen?«

»Du klingst so, als mache dir der Job heute keinen Spaß.«

»So ist es. Manchmal kann ich die ganzen Leichen nicht mehr sehen, und heute ist so ein Tag. Außerdem habe ich mich scheußlich erkältet. Der Wechsel zwischen der Eiseskälte da unten und der Hitze draußen bekommt mir nicht. Aber ab nächster Woche bin ich auch weg.«

»Wohin denn?«

»In einen Club nach Griechenland, dorthin, wo soviel Rummel ist, daß ich mich anschließend wieder nach der Todesruhe sehnen werde.«

»Das nenne ich gezielten Motivationsurlaub. Gratulation

zu deiner Entscheidung. Kannst du schon was über den Deutschen sagen?«

»Nichts anderes als das, was ihr schon vermutet habt: Er ist mit dem Schädel nach einem Flug aus großer Höhe direkt auf dem Beton gelandet. Die Schädeldecke hielt den Aufprall nicht aus und ist buchstäblich in zwei Hälften gespalten worden. Die Gehirnmasse wurde weitestgehend zerquetscht. Er muß sofort tot gewesen sein. Breuer hat außerdem Blutergüsse im Gesicht, soweit davon noch etwas übriggeblieben ist, sowie an den Armen und am Brustkorb. Außerdem mußte er vor seinem Flug in die Tiefe Fausthiebe einstecken. Die Person, die auf ihn eingeprügelt hat, war größer als er, sehr stark und sehr wütend. Das kann man aus der Wucht der Schläge herleiten. Breuer selbst ist eher untersetzt. Er hat versucht, sich mit den Armen vor den Fausthieben zu schützen, hatte aber wohl gegen den Angreifer keine Chance. Unter den Fingernägeln habe ich Hautreste und Jeansfasern gefunden. Wenn ihr mir den Täter bringt, kann ich zumindest bestätigen, daß er mit Breuer gekämpft haben muß. Habt ihr denn schon jemanden im Visier?«

»Es gibt einen Haufen Leute, die ihn gehaßt haben. Mehrere der Bauarbeiter und vor allem der frühere Bauleiter des Auditoriums. Seine Frau wollte ihn auch loswerden, allerdings per Scheidung.«

»Falls sie etwa einen Kopf größer ist als ihr Mann und Meisterin des Nahkampfs, kommt sie durchaus in Frage.«

»Nein, sie ist ausgesprochen klein und zierlich.«

»Dann streicht sie von eurer Verdächtigenliste«, meinte Leo und versprach, den abschließenden Bericht bis zum nächsten Mittag zu liefern. Dann verschwand er zurück in die Kälte des Kellers.

Leda und Ugo brachen auf in Richtung Krankenhaus. Die mittägliche Sonne stach erbarmungslos vom Himmel und hatte Ledas Wagen in einen Backofen verwandelt. Dank der

Klimaanlage fiel die Innentemperatur des Autos nach und nach auf ein erträgliches Maß.

Die Straßen der Stadt lagen flimmernd vor ihnen. Sie kamen gut voran. Die Römer hatten sich in die kühleren Häuser zurückgezogen oder saßen unter Sonnenschirmen vor den Restaurants, um eine Kleinigkeit zu essen. Um das Kolosseum herrschte ein munteres Treiben von Touristen, die mit Fotoapparaten um den Hals tapfer die Antike bewunderten und an den Ständen ringsum wahre Unsummen für Wasser, Eis und Melonenstücke ausgaben.

Bei der Pyramide hielt Leda plötzlich an und parkte direkt vor einem Restaurant namens Da Caio.

»Mein Magen braucht eine Kleinigkeit, um das Gehirn in Trab zu halten«, erklärte Leda. Um diese Uhrzeit hatte Ugo nichts anderes von ihr erwartet. Ihm fiel ein, daß er das von seiner Mutter wie jeden Morgen sorgfältig zubereitete Tramezzino – heute mit Tomaten, Mozzarella und Basilikum belegt – zu Hause auf dem Küchentisch vergessen hatte. Er konnte sich nicht daran erinnern, wann ihm das zuletzt passiert war. Da er morgens, anders als Leda, außer einem Kaffee nie etwas zu sich nahm, knurrte nun auch sein Magen.

Im Schatten der Hauswand standen Tische und Stühle, umgeben von wuchernden Pflanzen in Kübeln. Gegenüber erhob sich die über dreißig Meter hohe, mit weißem Marmor verkleidete Pyramide des Caius Cestius, eines im Jahre zwölf vor Christus verstorbenen reichen römischen Patriziers, der nur wegen seines imposanten Grabmals in die Geschichte eingegangen war. Nach dem Sieg der Römer über die Ägypter 30 vor Christus war deren Stil in der Hauptstadt des damaligen Weltreichs in Mode gekommen.

Der Hitze angemessen bestellten sich Leda und Ugo Spaghetti mit frischen Tomaten, danach Salat und dazu eine große Flasche Wasser. Sie aßen rasch, da die Zeit drängte. Leda träumte bereits von einem ausführlichen Abendessen im Kreis ihrer Lieben am Strand von Lavinio. Und von einer Zigarette, die sie nicht rauchen würde. Als sie gingen, ließ sich Leda noch eine Flasche eisgekühltes Wasser mitgeben.

Nicola sah mit seinen weißen Bandagen aus wie eine Mumie. Als sie in sein Zimmer traten, tupfte gerade eine Frau sein Gesicht mit einem feuchten Tuch ab.

Es war schwer gewesen, ihn im Gewühl der Menschen, die ihre kranken Angehörigen versorgten, ausfindig zu machen. Leda empörte es immer wieder, welch eine schlechte Versorgung die ständig überfüllten römischen Krankenhäuser boten. Wer keine Familie oder Freunde hatte, die die Kranken mit Essen und bei der Hitze mit Getränken versorgten, die ihnen die Betten machten und beim Waschen oder bei Toilettengängen halfen, der blieb sich weitgehend selbst überlassen. Die alten Klimaanlagen arbeiteten laut klappernd und ohne fühlbare Wirkung.

Leda erschrak, als sie nähertrat. Nicolas linke Gesichtshälfte war dick geschwollen und rund um das Auge bläulich angelaufen. Die Finger seiner linken Hand, die aus dem Armverband herausragten, hatten dieselbe Farbe. Sein linkes Bein war bandagiert, er trug eine Halskrause und schien starke Schmerzen zu haben.

»Nicola, du armer Kerl. Wir wollten mal nach dir schauen«, sagte Leda.

»Ciao, Leda, ciao, Ugo. Mir geht's beschissen, das könnt ihr mir glauben. Tut mir leid um deinen Urlaub, Leda. Das ist übrigens meine Schwester Claudia.«

Nicola konnte kaum sprechen.

»Wir haben dir kühles Wasser mitgebracht. Möchtest du etwas?«

»Sehr gern, das Wasser hier ist lauwarm, und wenn es länger steht, fängt es von allein an zu kochen bei der Hitze. Ich komme mir vor wie in einem Kriegslazarett mitten in der Wüste.«

»Warum läßt du dich auch im August von einem Motorrad überfahren?«

»Leda, du weißt doch: Siamo nati per morire, wir werden geboren, um zu sterben. Und ich bin nicht mal endgültig tot, sondern nur vorläufig aus dem Verkehr gezogen. Habt ihr viel zu tun?«

Während Nicolas Schwester ein frisches Wasserglas holte, erzählten Leda und Ugo abwechselnd von dem Mord an Breuer. Nicola strengte sich an, ihren Worten zu folgen. Doch Leda sah schnell, daß er damit große Schwierigkeiten hatte und ihm laufend die Augen zufielen.

»Du bekommst starke Schmerzmittel, oder?« fragte Leda.

Nicola nickte .

»Du darfst den Kopf nicht bewegen und sollst auch nicht reden«, mahnte seine Schwester, die zurückgekommen war.

»Wir gehen am besten, damit es nicht zuviel für dich wird. Gute Besserung! Wir schauen in den nächsten Tagen wieder vorbei.«

Nach einer halben Stunde waren sie bei der Baustelle. Das Tor war mit einer dicken Kette verschlossen und weit und breit kein Mensch zu sehen. Ugo schaute irritiert auf die Uhr. Es war schon kurz vor vier.

Leda kramte in ihrer Tasche und fand schließlich Gascos Telefonnummer. Ja, die Deutschen seien schon da. Es komme sofort jemand, um sie hereinzulassen. Nervös lief Leda in der Hitze hin und her. Vergeblich sah sie sich nach einem Schattenplätzchen um. Unter den Rändern ihrer Sonnenbrille begannen sich kleine Schweißperlen zu bilden. Ugo lehnte träge am Zaun und wartete. Heute hatte er seinen Baumwollhut mitgebracht und aufgesetzt.

Plötzlich fiel ihm ein, daß er von dem Gespräch mit den Deutschen nichts verstehen würde.

»Da ist es doch viel sinnvoller, wenn ich zur Polizeistation rübergehe und mal nachfrage, wie weit sie dort mit den Vernehmungen der Arbeiter sind.«

Leda stimmte ihm zu und erzählte ihm noch, daß sie später voraussichtlich gleich nach Lavinio und nicht mehr ins Polizeipräsidium fahren werde.

Im Container war es erträglich. Gasco sah wieder aus wie aus dem Ei gepellt und stellte ihr Werner Leonhardt aus Mailand und Bernd Schneider aus Frankfurt vor. Schneider war für die Koordinierung der Südeuropa-Projekte der Firma Holzer zuständig, wie Leonhardt in fließendem Italienisch erklärte. Da Schneider ihre Sprache nicht spreche, schlug er vor, auf englisch fortzufahren. Zum allgemeinen Erstaunen bot Leda an, deutsch zu reden. Wie sich zeigte, war auch Gasco in der Sprache sehr bewandert.

Nach einem kurzen Präludium kam Schneider schnell zum Wesentlichen:

»Frau Giallo, gibt es einen Verdächtigen?«

»Nein. Es gibt Motive, aber keinen Verdächtigen. Wir wissen, daß Breuer cholerisch war und sich gern mit anderen Menschen anlegte. Signor Gasco sagte mir, Sicolo habe wegen Breuer sogar kündigen wollen, so böse war er auf ihn. Er käme als Verdächtiger in Betracht, befand sich aber zum Zeitpunkt des Mordes wohl schon auf dem Weg zum Flughafen. Wissen Sie, wie wir ihn in den USA erreichen können?«

»Sicolo als Mörder? Das kann ich mir nicht vorstellen. Wir haben bereits mit ihm gesprochen. Er kommt morgen zurück, um die Leitung der Baustelle zu übernehmen. Hätte er ein schlechtes Gewissen, würde er in den Staaten untertauchen. Genug Geld für einen Neuanfang besitzt er.«

Noch ist er nicht da, dachte Leda bei sich.

»Woher hat er denn Geld?«

»Zum einen verdient man auch als zweiter Bauleiter eines solchen Auftrags nicht schlecht. Zum anderen hat er von uns eine große Summe dafür erhalten, daß er bei Conedil, seiner früheren Firma, ausgestiegen ist, um für uns zu arbeiten. Wir brauchten ihn dringend, um jegliche Bauverzögerung zu verhindern.«

»Wieviel hat Sicolo genau von Ihnen erhalten?«

»Fünfzigtausend Euro.«

»Dafür mußte er aber ins zweite Glied zurücktreten. Beeinträchtigt das nicht langfristig seine Karriere?«

»Das könnte möglicherweise der Preis sein, den Sicolo zu zahlen hat. Dafür erhielt er ja von uns die genannte Summe.«

»Gab es deshalb Verstimmungen mit Conedil?«

»Nein, die wollten den Auftrag sowieso nicht behalten, weil er von Anfang an viel zu niedrig kalkuliert war. Dazu kamen die Probleme mit dem Fund der antiken Villa, die in das Gesamtprojekt eingebunden werden mußte. Sie waren eher froh, den Klotz am Bein loszuwerden.«

»Aber solche Sonderkosten bei archäologischen Funden werden doch vom italienischen Staat übernommen«, wandte Leda ein.

»Schon, aber es führt natürlich zu einer enormen Zeitverzögerung, die sich auf Anschlußprojekte auswirken kann. Aber dazu sollten Sie besser die Herren von Conedil selbst fragen«, meinte Schneider.

»Die Übergabe der Arbeiten und des Personals verlief also unproblematisch?«

»Beinahe freundschaftlich, könnte man sagen. Enzo Gasco und seine Leute hatten daran einen großen Anteil. Er kannte sowohl die Firma Conedil als auch die Firma Holzer von früheren gemeinsamen Projekten.«

»Wenn Sie Signor Sicolo jetzt als ersten Bauleiter akzeptieren, wieso konnten Sie das nicht von Anfang an tun?«

»Weil wir mit dem System ›erster Bauleiter ein Deutscher, zweiter ein Nationaler‹ im Ausland beste Erfahrungen gemacht haben. Sicolo mit dieser Aufgabe zu betreuen ist für uns ein Experiment, dem wir aber gute Chancen einräumen. Signor Gasco hat uns zu dieser ungewöhnlichen Maßnahme geraten, weil das gesamte Projekt schon jetzt aus dem Zeitrahmen zu fallen droht. Er selbst und deutschsprachige Mitglieder seines Teams werden den Bau verstärkt begleiten und mögliche Probleme der Kommunikation überbrücken helfen.«

»Signor Gasco sagte mir aber heute vormittag, daß er gut mit Breuer zurechtkam. Warum wollte er ihn Ihrer Meinung nach nicht in Rom haben?«

»Gasco war wohl einer der ganz wenigen Menschen im Berufsleben von Karl Breuer, den er wirklich bewunderte. Daher verhielt er sich ihm gegenüber auch korrekt. Die beiden haben bereits in Berlin beim Wiederaufbau des Potsdamer Platzes zusammengearbeitet«, bestätigte Schneider, und Gasco nickte. »Signor Gasco hatte zunächst befürchtet, daß es zwischen Breuer und Sicolo Probleme geben und daß dieser abspringen könnte, mit der Folge einer weiteren Bauverzögerung. Das wäre ja nun auch beinahe passiert.«

»Wußten Sie eigentlich, wie wenig glücklich die römischen Politiker mit der EU-Entscheidung für die Firma Holzer sind?«

»Oh, ja, insbesondere Assessore Romelli war damit wohl gar nicht einverstanden. Aber auch er beruhigt sich langsam. Ich habe ihn inzwischen mehrfach besucht und letzte Woche sogar unseren Vorstandsvorsitzenden, Herrn Lehnert, zu ihm begleitet. Das hat die Wogen offenbar etwas geglättet«, erklärte Leonhardt.

»Meinen Sie denn, es könnte sich um eine Art nationalistisch motivierten Racheakt handeln? Dann wäre doch jeder unserer Mitarbeiter gefährdet. Halten Sie das für denkbar?« erkundigte sich Schneider sichtlich besorgt.

»Dafür gibt es im Moment keinerlei Hinweise, und ich

würde mir an Ihrer Stelle keine Sorgen machen. Aber wir von der Polizei müssen jede Möglichkeit ins Auge fassen, insbesondere dann, wenn ein Projekt so sehr auf die politische Ebene gehoben wurde«, antwortete Leda.

Schneider und Leonhardt würden noch ein paar Tage in Rom bleiben, um alle offenen Fragen mit Sicolo und Frau Breuer zu klären. Sie wollten außerdem wissen, wann die Arbeiten wiederaufgenommen werden dürften. Leda versprach, daß es in spätestens zwei Tagen möglich sein solle. Besondere Trauer über das Ableben des Bauleiters schien niemand von ihnen zu empfinden.

Dann stellte Leda eine Frage, die alle Anwesenden in Erstaunen versetzte:

»Wie groß ist Signor Sicolo eigentlich?«

»Groß«, antwortete Gasco. »Größer noch als ich.«

»Und wie groß sind Sie?«

»Ein Meter fünfundachtzig, warum fragen Sie?« erkundigte sich der Architekt.

»Weil der Täter nach Meinung des Pathologen ziemlich groß und sehr stark sein muß.«

Leda sah, daß Gascos Augen ganz leicht zusammenzuckten.

V

Bereits als Leda ihr Auto in Lavinio in die Garage fuhr, schlug ihr ohrenbetäubender Lärm aus dem Garten entgegen. Aus den Lautsprechern von Marcos Ghetto-Blaster dröhnte amerikanische Rap-Musik. Vor dem Gartenzaun standen mehrere Roller und ein Motorrad. Etwa ein Dutzend Jugendliche, von denen sie nur einige kannte, hockten auf ihren Strandtüchern in Badehosen und Bikinis, rauchten und nippten an Gläsern mit Coca-Cola oder Limonade. Sie schauten die Eintretende gelangweilt an, und lediglich Marco bequemte sich zu einem: »Ciao, Mamma. Du bist ja schon da.« Auch er hielt eine Zigarette in der Hand. Leda, die von der Hitze und der Arbeit des Tages müde und gereizt war, gelang es nur mühsam, die Ruhe zu bewahren. Entschlossen ging sie zum Höllenapparat, drehte die Lautstärke herunter und handelte sich prompt den Protest der jungen Leute ein.

»Mamma, so hört man das doch gar nicht richtig. Mach es bitte wieder lauter.«

»Ich denke gar nicht daran. Hier ist doch keine Disco.«

Plötzlich verwandelte sich der schlaffe Haufen zu einer Reihe von munteren jungen Leuten, die sich erhoben und sich höflich bei Leda vorstellten, soweit sie sie noch nicht kannte, und ihr sogar ein Glas Cola und eine Zigarette anboten. Das Getränk nahm sie dankbar an, die Zigarette wies sie tapfer zurück.

»Wir haben am Strand über Musik geredet. Und weil Marco die CD besitzt, hat er uns zu Ihnen eingeladen, und nun sind wir immer noch da. Stört Sie das?« wollte Sonia, die Nachbarstochter, mit unschuldigem Gesicht wissen.

Leda schüttelte den Kopf.

»Durchaus nicht. Nur muß es ja nicht ganz so laut sein. Marco, wo sind denn die anderen?«

»Flavia nimmt mit ihrer neuen Liebe und Giulia und Stella einen Aperitivo in Anzio. Dann wollen sie dort essen und haben gesagt, daß sie vermutlich ziemlich spät zurückkommen. Pipo haben sie auch mitgenommen. Paolo hilft Aldo bei der Reparatur seines Bootes im Club. Du sollst hinkommen, wenn du da bist. Und wir gehen gleich zu Michele grillen und später in die Disko«, ratterte Marco den familiären Lagebericht herunter.

Wie er mit seinen sonnengebleichten Haaren braungebrannt vor ihr stand, sah er seinem Vater Thomas wie aus dem Gesicht geschnitten ähnlich, er war nur etwas größer. Leda gab ihm einen Kuß auf die Wange und mußte sich dabei strecken.

»Wer ist denn Flavias neue Liebe?«

»Dieser Davide von gestern abend. Er ist den ganzen Tag am Strand um sie herumscharwenzelt und hat dann alle Mädchen heute abend zum Aperitivo eingeladen. Er fährt auf jeden Fall ein cooles Auto. Einen Cabriolet!«

Ledas Kleider klebten ihr am Leib und die Haare im Nakken. Sie mußte erst einmal ins Wasser und sich Baustaub und Schweiß von der Haut spülen. Ihre Beine waren schwer. Ein kurzes Bad im aufgewühlten Meer und eine anschließende ausführliche Dusche weckten die ermatteten Lebensgeister, die auch unverzüglich Hunger anmeldeten.

Paolo hatte den Motor von Aldos Boot zwar nicht zum Laufen gebracht, aber immerhin den Fehler gefunden, den er nach dem Kauf entsprechender Ersatzteile morgen beheben wollte.

Aldo verwöhnte sie zunächst mit köstlichen Antipasti. Zwischen eingelegten Artischockenherzen, luftgetrockneten Tomaten, Zucchini und Auberginen in Öl debattierte er mit Paolo den Defekt des Bootsmotors. Zu Calamari ripieni, mit

Kalbfleisch gefüllten Tintenfischen in Tomatensoße und einem, was in der Region selten zu finden ist, ausgesprochen guten Marino-Weißwein servierte Leda ihrem Liebsten den Fortgang der Ermittlungen um den Baustellenmord. Erst beim Zitronensorbet, das jeden Restaurant-Mitbewerber als einen Anfänger der Küchenzunft hätte dastehen lassen, kam Paolo wieder zu Wort:

»Ihr habt also mindestens drei Personen, die ein Interesse am Tod Breuers haben könnten: Sicolo, weil er Breuer haßte und so seinen alten Posten zurückbekommen konnte, Romelli, weil er sich für den italienischen Bauunternehmer politisch zu weit aus dem Fenster gehängt hat, und Signora Breuer, weil sie ihren Mann loswerden wollte. Nicht zu vergessen die ganzen Bauarbeiter, die Breuer nicht leiden konnten.«

»Und Gasco scheint mir auch irgend etwas damit zu tun zu haben. Aber das ist nur so ein Gefühl von mir«, fügte Leda hinzu.

Sie genoß es, abends mit Paolo den Arbeitstag Revue passieren zu lassen. Genaugenommen hätte sie das nicht tun dürfen. Schließlich war er einer der bekanntesten Polizeireporter Roms. Doch zwischen ihnen herrschte ein stillschweigendes Abkommen, wonach er über Fälle, an denen Leda arbeitete, erst dann berichtete, wenn die Ermittlungen abgeschlossen und für die Presse freigegeben waren.

Es wurde die erste Nacht seit längerer Zeit, in der ein kühler Wind die Hitze des Tages vertrieb und Leda traumlos und ruhig durchschlafen ließ. Erholt und gutgelaunt machte sie sich morgens in Richtung Rom auf.

Sie war kaum zwanzig Kilometer gefahren, als in einiger Entfernung vor ihr ein mit Melonen beladener Laster während eines riskanten Überholmanövers ins Schwanken geriet und umkippte, weil er gleichzeitig einem entgegenkommenden Wohnmobil ausweichen wollte. Die ganze

Fahrbahn wurde vom Laster und umherrollenden und geplatzten Melonen blockiert, und der Verkehr war in beiden Richtungen lahmgelegt. Leda rief sofort die Kollegen von der Straßenpolizei und sah nach, ob dem Melonenfahrer etwas passiert war. Dann nahm sie die Personalien aller Unfallbeteiligten auf, diktierte anschließend den Kollegen in der Rolle der Zeugin noch den Unfallhergang in den Block und kam schließlich erst kurz vor Mittag durchgeschwitzt im Büro an.

Ugo hatte ihr schon telefonisch mitgeteilt, daß er die meiste Zeit des Tages mit den Vernehmungen der Arbeiter in der Polizeistation in Parioli verbringen würde. Leda war froh, allein zu sein, und dachte daran, wie gut nach den Strapazen des Vormittags jetzt eine Zigarette schmecken würde. Zumal sie Ugo, den Nichtraucher, nicht stören würde. Doch sie widerstand der Versuchung heldenhaft, was ihre Laune trotz der Hitze sehr hob. Zur Belohnung holte sie sich einen Kaffee vom Automaten und verbrannte sich dabei die Finger, weil sie vergessen hatte, den Plastikbecher mit einer Serviette zu umhüllen.

Sie hatte das Glück, im Büro für Stadtentwicklung einen Mitarbeiter von Asssessore Vincenzo Romelli zu erwischen. Pietro Zelli hatte sich gerade in die Mittagspause verziehen wollen, als sie anrief. Er habe bereits auf ihren Anruf gewartet, erklärte er, denn schon Gasco und Leonhardt hätten versucht, Romelli zu erreichen. Doch der befinde sich auf einem Segeltörn durchs Mittelmeer und habe offensichtlich das Telefon abgeschaltet.

Leda erhoffte sich von Zelli weitere Informationen und verabredete sich mit ihm in einer Bar an der Piazza del Fico, da er nachmittags ohnehin im Stadtzentrum zu tun hatte und dort essen wollte. In dieser Gegend waren tagsüber freie Parkplätze so selten wie weißer Trüffel, so daß Leda sich von der Fahrbereitschaft bis zur Piazza Navona bringen ließ.

Die Schönheit des Platzes beeindruckte Leda jedes Mal, wenn sie ihn betrat. Dort, wo Kaiser Domitian im ersten Jahrhundert nach Christus das erste Sport- und Musikstadion in Rom für dreißigtausend Zuschauer hatte anlegen lassen, lieferten sich später Baumeister des Barock wie Barromini und Bernini einen Wettstreit um die schönsten Paläste und Kirchen auf dem Grundriß der antiken Anlage. Die Abflüsse der drei Brunnen auf der Längsachse des langgestreckten, ovalen Platzes wurden bis ins 19. Jahrhundert hinein hin und wieder verschlossen, so daß der konkave Platz mit Wasser vollief und sich die Menschen mit Spielen im kühlen Naß vergnügen konnten. Leda wünschte sich, daß der römische Magistrat diese Maßnahme wiederaufnehmen möge. Wie gern hätte sie jetzt ihre Füße in das kalte Bergwasser gesteckt, das bis heute über den Aquädukt in die Brunnen der Stadt geleitet wurde.

Sie schlenderte durch ein Sträßchen, überquerte die romantische kleine Piazza della Pace, sog das belebende Aroma frischer Kräuter ein, die auf ein paar Marktständen in einer der schattigen Gassen feilgeboten wurden, und stand bald darauf auf der winzigen Piazza del Fico. Mit der Nase konnte auch der Sprachunkundige sofort erkennen, woher der Platz seinen Namen hatte: von einem Feigenbaum, der seinen lieblichen Duft verströmte.

An einer mit weißen Tischtüchern gedeckten Tafel speiste eine Runde elegant gekleideter Menschen unter riesigen Sonnenschirmen. Sie erkannte Amadeo Rossignoli, einen berühmten Antiquitätenhändler aus der benachbarten Via dei Coronari, und er kam sofort auf sie zu.

»Signora Commissaria, wie nett, Sie hier zu treffen. Kommen Sie, setzen Sie sich doch zu uns! Das sind alles Kollegen von mir aus der Gegend.«

Leda lehnte das Angebot dankend ab. Schließlich war sie bereits verabredet. Sie bedauerte es ein wenig, da diese

Geschäftsleute immer amüsant über den neuesten Klatsch und Tratsch in der feinen römischen Gesellschaft zu berichten wußten. Aus dem Verkauf von Möbelstücken, wertvollen Lampen und Vasen zogen sie Rückschlüsse auf die mehr oder minder angespannte finanzielle Situation der nicht immer flüssigen Mitglieder der berühmten Adelsfamilien. Sie irrten sich selten in ihrer Einschätzung, und Rossignoli hatte ihr schon mit wertvollen Hinweisen gedient – natürlich unter dem Siegel der absoluten Vertraulichkeit. Außerdem hatte sie vor Jahren einen wunderschönen und sündhaft teuren Barocksekretär bei ihm erworben.

Leda setzte sich in der benachbarten Bar an einen der freien Tische unter einer Markise. Ihr Magen knurrte, da sie nicht gefrühstückt hatte. Der Besuch bei Mario war wegen der Verspätung ausgefallen.

Sie mußte nicht lange warten. Zelli erkannte sie sofort.

»Ihre roten Haare sind tatsächlich ein hervorragendes Erkennungsmerkmal. Entschuldigen Sie bitte, wenn ich frage, aber sind die echt?«

Leda mußte lachen. Sie bejahte, verschwieg ihm allerdings, daß sie inzwischen hin und wieder chemisch nachhalf, um die immer zahlreicheren grauen Haarsträhnen abzudecken.

Zelli kannte die Bar und empfahl Leda eine der Salatkompositionen. Ein Glatzkopf mit der Figur eines Nahkämpfers nahm die Bestellung auf, sah aber währenddessen ständig auf dem Platz herum. Plötzlich, mitten im Satz, drehte er sich um und wandte sich einem anderen jungen Mann zu, der seinen Motorroller vor der Restaurantbegrünung geparkt hatte. Anschließend unterhielten sich die beiden in aller Ruhe über einen bevorstehenden Surfurlaub auf Sardinien. Zelli und Leda waren sprachlos.

»Einen Moment bitte«, sagte Zelli zu Leda, stand auf und verschwand im Inneren der Bar. Nach etwa zwei Minuten kehrte er mit zwei Tüten und einer Mineralwasserflasche zurück. Er riß die Tüten auf, breitete sie auf dem Tisch aus und bot Leda ein reichhaltig mit Salat, Schinken und Käse belegtes Sandwich an.

»Dann sind wir eben Selbstversorger. Das ist Ihnen doch auch recht, hoffe ich. Wir haben beide wenig Zeit.«

In diesem Moment wandte sich der Glatzkopf wieder ihrem Tisch zu.

»Hey, die Sandwiches können Sie nur mitnehmen, aber nicht hier essen.«

»Das können wir sehr wohl. Bitte bringen Sie uns noch zwei Gläser für das Wasser«, antwortete Zelli ruhig.

»Dies ist ein Restaurant und kein Schnellimbiß. Entweder Sie bestellen etwas bei mir, oder Sie gehen.«

»Das haben wir versucht, doch Sie mußten sich leider mit Ihrem Freund unterhalten und haben nicht einmal bemerkt, daß ich drinnen etwas geholt habe. Junger Mann, bringen Sie uns einfach zwei Gläser, und lassen Sie uns in Ruhe. Va bene?«

Leda sah, wie sich die Muskelpakete des Glatzkopfes anspannten und die Halsadern schwollen.

»Passen Sie auf, Alter, entweder Sie tun das, was ich Ihnen sage, oder ich setze Sie höchstpersönlich vor die Tür«, platzte es aus ihm heraus, und er packte Zelli am Kragen.

Nun reichte es Leda.

»Lassen Sie den Mann los, und holen Sie Ihren Chef«, sagte sie in sehr bestimmtem Ton.

»Halten Sie sich da raus, Signora!«

Da erschien Rossignoli auf der Bildfläche und packte den Glatzkopf an den Armen.

»Bist du wahnsinnig geworden? Laß den Mann in Ruhe. Du bringst dich in Teufels Küche! Die Signora ist von der Polizei.«

Etwa eine Viertelstunde später war der Glatzkopf seinen

Job los und verließ unter wüsten Beschimpfungen des Inhabers Angelo die Bar. Vor Leda und Zelli standen bereits wunderbare Salatteller und ein Liter kühler Frascati, und Angelo entschuldigte sich immer wieder für das schlechte Benehmen seiner Aushilfe.

»Signora Commissaria, was möchten Sie von mir wissen?« Zelli ging zur Tagesordnung über, als wäre nichts geschehen.

»Ich brauche Hintergrundwissen über das gesamte Projekt ›Auditorium di Roma‹, vor allem aber über Ihren Chef, Assessore Vincenzo Romelli, und seine Rolle dabei. Er hatte offenbar ein angespanntes Verhältnis zu den Deutschen, oder?«

»Das stimmt. Der Assessore ist, wie soll ich sagen, ein typischer Aufsteiger, sehr ehrgeizig. Er hat die Parteilaufbahn gewählt, um nach oben zu kommen, und beherrscht die Karriere-Klaviatur. Und er hat alle politischen Stürme bisher durch ein hohes Maß an Flexibilität überlebt. Als Romelli vor sechs Jahren sein Amt antrat, hatte er von Stadtentwicklung keine Ahnung, aber seine Partei war am Ruder. Inzwischen sitzt sie in der Opposition, er ist aber immer noch im Amt. Dazu gehört schon etwas…«

»Inzwischen versteht er doch vermutlich viel von der Sache!«

»Nun ja, die Wahrheit sieht eher so aus, daß ich das gesamte Projekt inhaltlich betreue und er die Lorbeeren dafür erntet. Ich war schon in den ersten Planungsphasen dabei, eben als Fachmann. Damals redete man noch nicht so laut darüber. Zweifellos haben wir es Romelli zu verdanken, daß er das Projekt so vehement aufgegriffen hat, um mit diesem Prestigeobjekt die Wahlen zu gewinnen. Er hat es geschafft, den Stadtrat von der Freigabe der notwendigen Gelder zu überzeugen, was angesichts der Finanzenge sicher nicht leicht war. Und dann mußte plötzlich alles ganz schnell gehen, um bis zur Kommunalwahl vor vier Jahren den Bürgern auch etwas Konkretes vorweisen zu können. Romelli brauchte perfekt gezeichnete Pläne und Rohbauten. Der Architektenwettbewerb war ja schon gelaufen, bei dem Gasco gewonnen hatte. Außerdem hatte Romelli den Conte Di Palmieri mit seiner Conedil auf seiner Seite.«

»Was soll das heißen, auf seiner Seite? Conedil war doch lediglich der Auftragnehmer, oder?«

»Richtig. Aber er erwies sich als Trumpfkarte. Denn Di Palmieri, übrigens ein Parteifreund Romellis, ging das Risiko ein, auch ohne europäisches Ausschreibungsverfahren umgehend mit dem Bau zu beginnen. Wohlwissend, daß Brüssel auch eine andere Entscheidung hätte treffen können.«

»Warum? Brauchte er Geld?«

»Nein, absolut nicht. Im Gegenteil, er hat eine Kalkulation vorgelegt, die nur als ein sehr großzügiges Sponsoring des gesamten Projektes verstanden werden konnte. Der Conte ist wahnsinnig reich. Seiner Familie gehören riesige Ländereien in der Toskana, wo hochklassiger Wein angebaut wird. Außerdem hatte er eine glückliche Hand mit der Conedil. Er hat in jungen Jahren das Bauunternehmen von einem Onkel übernommen und es zu einem der größten Italiens gemacht. Dabei waren seine Geschäfte stets absolut sauber. Das ist in der Branche nicht gerade üblich. Selbst in konjunkturschwachen Zeiten, die zyklisch auftreten und Baufirmen mit geringerem Finanzpolster regelmäßig in den Ruin treiben, hatte er immer genug Geld im Hintergrund, um weiter zu wachsen.«

»Wenn er ein so guter Geschäftsmann ist, warum hat er ein solches Interesse an diesem Bau entwickelt?«

»Erstens, weil er sich, so banal das klingt, als reicher Mann in der Verpflichtung sieht, etwas für sein Land und seine Stadt zu tun. Er denkt und handelt da sehr amerikanisch. Seit Jahrzehnten unterstützt der Conte soziale und kulturelle Projekte in Rom, ohne dies an die große Glocke zu hängen. Auf ihn ist letztlich die gesamte Idee des Auditorium-Projektes zurückzuführen. Er verfügt über alle notwendigen Kontakte, um ein solches Vorhaben in die Wege zu leiten. Mit ihm habe ich das alles schon besprochen, als Romelli noch als Geschäftsführer in der Parteizentrale tätig war. Der ist erst später auf den fahrenden Zug aufgesprungen. Di Palmieri kann Romelli zwar nicht leiden, aber er war ihm durchaus nützlich. Romelli wußte das und hat auch zwischendurch versucht, die Conedil rauszudrängen, was aber nicht geklappt hat.«

»Di Palmieri ist also eine Art Wohltäter der Stadt?«

»Genau. Außerdem war er sich ziemlich sicher, daß Brüssel nicht gegen die römische Entscheidung votieren würde. Er hatte nämlich ein gutes Argument auf seiner Seite: Die Conedil hatte sich bereits um den Auftrag für den Wiederaufbau von La Fenice in Venedig beworben.«

»Richtig, deshalb kam mir der Name Di Palmieri so bekannt vor«, unterbrach Leda ihn. »Das abgebrannte Theater! Da hatte er doch mit dem Wiederaufbau vor der Brüsseler Entscheidung angefangen und mußte später einen Rückzieher machen, weil die Deutschen den Zuschlag erhielten. Das stand riesig in den Zeitungen, ich erinnere mich genau.«

»Und deshalb hielt er es für unwahrscheinlich, daß sich die Sache wiederholen würde.«

»Wie hat der Conte denn reagiert, als sich das Blatt wendete und Brüssel erstmalig gegen Rom entschied?«

»In den Nebenverträgen mit ihm war vereinbart worden, daß die Stadt im Falle einer europäischen Entscheidung zu seinen Ungunsten dagegen Widerspruch einlegen würde, was ja auch geschah. So ging es jahrelang zwischen Rom und Brüssel hin und her. Zeitweilig wurden die Bauarbeiten sogar eingestellt. Das hatte aber auch mit dem überraschenden Fund der römischen Villa zu tun. Es kamen also eine Menge Probleme zusammen. Gasco wollte zwischenzeitlich aus der ganzen Sache aussteigen, weil das Auditorium in seinem Architektenbüro zu viele Kräfte band. Di Palmieri konnte ihn aber immer wieder bei der Stange halten.«

»Dann war Gasco also gar nicht erfreut darüber, daß die Firma Holzer den Auftrag erhielt?«

»Im Gegenteil, er war sogar sehr erfreut darüber, daß die Unsicherheiten nun endlich ein Ende zu haben schienen und die Arbeiten mit einer Firma, die er ebenfalls sehr gut kannte, zügig fortgesetzt werden konnten.«

»Und Di Palmieri?«

»Der Conte leitet seit zwei Jahren die Firma nicht mehr selbst. Sein Sohn Luca hat sie übernommen und war erleichtert, das Projekt loszuwerden, weil die Großzügigkeit des Vaters die Firma seiner Meinung nach zu teuer zu stehen kam.«

»Also gibt es bei der ganzen Geschichte eigentlich nur glückliche Menschen«, resümierte Leda.

»Nicht ganz, Romelli tobte vor Wut. Mit seiner Hilfe war schließlich die Streiterei mit Brüssel kräftig vorangetrieben worden, und er hatte sich politisch und öffentlich in den vergangenen Jahren für die rein italienische Lösung, sprich den Conte, eingesetzt. Er sieht sich selbst als Verlierer und wird die Sache wohl auch politisch kaum überstehen.«

In diesem Moment klingelte Ledas Telefon im Inneren ihrer großen Tasche. Sie fischte darin zwischen Notizbuch, Lippenstiften, einer Tube Sonnencreme, Taschentüchern, Kugelschreiber und Kamm herum und ertastete schließlich das Gerät.

»Pronto?«

»Ciao, Signora, hier ist Ugo. Ein Arbeiter behauptet, er habe Gasco letzten Sonntag früh auf der Baustelle gesehen.

Der Zeuge ist Bulgare, Velitchko Vassilev. Er klingt glaubwürdig. Angeblich ist er frühmorgens von seiner Freundin, ebenfalls einer Bulgarin, die in einer Wäscherei arbeitet, zurückgekommen und hat beobachtet, wie Gasco über das Gelände zu einem Loch im Zaun gelaufen ist, durch das er dann verschwand. Seine Freundin hat bestätigt, daß Velitchko bei ihr war und sehr früh gegangen ist.«

»Wie bitte? Das ist ja eine Überraschung. Ich fahre sofort los. Komm bitte auch sofort zu seiner Wohnung. Wie lautet die Adresse?«

Leda erklärte Zelli, daß sie sofort wegmüsse, und wollte zahlen. Doch Angelo lehnte ab: Sie seien nach diesem häßlichen Vorfall natürlich Gäste des Hauses, und er hoffe, sie in Zukunft noch häufig begrüßen zu dürfen. Leda gab Zelli eine Visitenkarte, falls ihm noch etwas einfallen sollte, bedankte sich für seine Ausführungen und lief, soweit es die Hitze und ihre Körperfülle erlaubten, eilig davon. Auf dem Corso del Rinascimento erwischte sie ein Taxi.

Der Portiere des Hauses, in dem Gasco wohnte, trug seine dunkelblaue Livree mit einer Würde, die dem Präsidentenamt des Landes geziemt hätte. Mit seiner Eleganz paßte er perfekt zur Umgebung der mit hellem Marmor ausgestatteten Eingangshalle. Aus seiner Empfangsloge begutachtete er von oben herab Leda, die verschwitzt und mit zerknitterter Leinenbluse nach Signor Gasco fragte. Er hielt sie eindeutig für unwürdig, dieses Haus zu betreten.

»Ich werde nachfragen, ob er da ist. Wen darf ich melden?« fragte er mit näselnder Stimme.

»Commissaria Giallo.«

»Polizei?«

Enzo Gasco war zu Hause. Der Portiere begleitete Leda zum Aufzug und wartete schweigend, bis sie eingestiegen war. »Dachgeschoß« war das einzige Wort, das er ihr gönnte.

Die große Wohnungstür aus dunkelbraunem Holz, die einzige, die es auf dem Flur gab, war verschlossen. Leda fand auch keine Klingel, sondern nur einen eisernen Löwenkopf zum Klopfen.

Wenig später öffnete eine junge Frau asiatischen Ursprungs.

»Please, come in«, hauchte sie und bat Leda mit einer einladenden Geste in die Wohnung. Leda fand sich in einem großzügig gestalteten und ganz in Weiß und Schwarz gehaltenen Raum wieder. Großformatige abstrakte Bilder zeitgenössischer Maler belebten mit teils grellen Farben das ansonsten ruhige Ambiente. Ein Ventilator drehte sich geräuschlos an der Decke und verteilte den Duft von einigen weißen Lilien. Der Raum kam Leda in seiner Klarheit und Harmonie fast unwirklich vor. Die Geräusche der lärmenden Stadt drangen nur entfernt durch die hohen Bambuspflanzen und die üppigen Palmen auf der Dachterrasse herein. Der kleine tropische Wald hielt auch die Sonnenstrahlen fern. Trotz der Hitze und der weit geöffneten Fenstertür war das Klima ausgesprochen angenehm.

»Please sit down. Mister Gasco will arrive in a moment. My name ist Shiiko. May I offer you a glass of water?« fragte die schöne Asiatin.

»Ja, bitte.«

Shiiko entschwand, und Leda ging auf die Terrasse. Sie hatte Hemmungen, sich so verschwitzt, wie sie war, auf einen der weißen Ledersessel zu setzen.

Die Terrasse war viel größer, als man von innen vermuten konnte. Leda ließ ihren Blick über die Piazza bis zur Kirche Trinità dei Monti schweifen.

»Es ist wunderschön hier, nicht wahr?« Gasco war auf die Terrasse getreten.

»Allerdings. Gehört die Wohnung Ihnen?«

»Ja.«

»Ich vermute, Sie haben viele Wohnungen an vielen schönen Orten der Welt«, bemerkte Leda.

Gasco trug eine helle Leinenhose und ein weißes T-Shirt. Er lief barfuß und verströmte die Frische einer kalten Dusche. Es fiel Leda zum ersten Mal auf, wie groß er war, wie schlank und durchtrainiert, wie alterslos und stark. Er vermittelte den Eindruck von Makellosigkeit, so wie seine Wohnung. In seiner Gegenwart kam Leda sich unglaublich dick und schmutzig vor.

Shiiko erschien mit einem Tablett und zwei Wassergläsern, die sie Leda und Gasco offerierte.

»Thank you, Shiiko«, sagte Gasco, und die junge Frau verschwand.

In diesem Moment ertönte ein Gong.

»Wer das wohl sein mag?« fragte Gasco und ging zur Tür.

»Sicher mein Kollege Libotti. Ich habe ihn hierhergebeten«, rief Leda ihm nach.

Gasco öffnete und kehrte zu ihr auf die Terrasse zurück.

»Signora Commissaria, ich habe Ihnen etwas zu sagen, bevor Sie irgendwelche Fragen stellen. Ich war es, der die Polizei Sonntag früh zur Baustelle gerufen hat. Beim Joggen habe ich den toten Breuer entdeckt, wollte mich aber nicht zu erkennen geben, um den Vernehmungen zumindest eine Zeitlang zu entgehen. Shiiko ist erst Samstag gekommen und nur für eine Woche hier, dann muß sie nach Tokio zurückfliegen.«

»Bei allem Verständnis für Ihre privaten Angelegenheiten, aber finden Sie nicht, daß Sie mir das ein bißchen spät sagen?«

»Doch.«

Mit einem lauten »Hallo, ist niemand da?« kam Ugo in die Wohnung.

»Wir sind auf der Terrasse, kommen Sie heraus«, rief Gasco.

»Signor Gasco, würden Sie bitte in Gegenwart meines Kollegen wiederholen, was Sie mir soeben gesagt haben?« forderte Leda ihn auf, und Gasco wiederholte seine Aussage.

»Dann stimmt also die Zeugenaussage. Sie wurden nämlich Sonntag früh von einem der Arbeiter beobachtet«, sagte Ugo. »Ihnen ist klar, daß Sie damit unter Mordverdacht stehen, oder?«

»Ja.«

»Laufen Sie oft so frühmorgens?«

»Jeden Morgen, immer zur gleichen Uhrzeit. Im Sommer verlasse ich das Haus um halb sechs, im Winter eine Stunde später. Wenn ich in Rom bin, fahre ich mit dem Wagen zum Park der Villa Ada und laufe dort etwa eine halbe Stunde. Meist drehe ich auch eine Runde über die Baustelle.«

»Warum sind Sie durch das Loch im Zaun geklettert? Sie haben doch einen Schlüssel vom Tor.«

»Weil ich ihn hier vergessen hatte. Das passiert mir öfter. So habe ich auch das Loch entdeckt.«

»Hat Shiiko Sie begleitet?«

»Nein, sie hat noch geschlafen.«

»Und Sie behaupten, Breuer erst gefunden zu haben, als er schon tot war?«

»Das behaupte ich nicht nur, das war so.«

»Aber bezeugen kann das außer Ihnen niemand?«

»Nein, ich glaube nicht.«

»Haben Sie Shiiko nach Ihrer Rückkehr vom Joggen etwas von Ihrem grausamen Fund erzählt?

»Nein, zunächst nicht.«

»Warum?«

»Weil ich unsere kostbare Zeit nicht damit belasten wollte. Außerdem schien mir unsere Beziehung noch zu jung und vielleicht noch zu oberflächlich, um sie einer solchen Belastung auszusetzen.«

»Weiß sie noch immer nichts?«

»Sie weiß es seit Sonntag abend, weil sie gespürt hat, daß ich sehr durcheinander war. Das schreckliche Bild vom toten Breuer, wie er dort mitten in seinem Blut lag, ließ mich nicht mehr los. Sie hat mich darauf angesprochen, und ich habe es ihr erzählt. Shiiko hielt es für verkehrt, Ihnen nicht sofort die ganze Wahrheit zu sagen. Schon deshalb, weil sie meinte, daß es mich erleichtern würde.«

»Und warum tun Sie es jetzt?«

»Weil ich es nicht mehr aushalte. Ich sehe Sie jeden Tag, und das wird in der nächsten Zeit vermutlich so bleiben. Sie gehen sehr sachlich und fair mit Menschen um, und Sie werden nicht versuchen, sich auf meine Kosten zu profilieren, das habe ich inzwischen über Sie gelernt, Commissaria. Das heißt, Sie werden mich nicht voreilig zum Mörder abstempeln, der ich nicht bin. Wenn Sie so wollen: Ich brauchte Zeit, um Ihnen Vertrauen schenken zu können. Jetzt habe ich es und bedaure, es nicht früher gehabt zu haben. Wahrscheinlich hätte ich Ihnen eine Menge Arbeit erspart und mir viel Angst.«

»War außer Ihnen noch jemand am Tatort? Oder haben Sie vielleicht jemanden fortlaufen sehen?«

»Nein, niemanden. Ich war allein dort.«

»Sie sind mit Conte Palmieri befreundet?«

»Ja. Seit vielen Jahren. Ein honoriger und kultivierter Mann. Mit ihm, beziehungsweise der Conedil, habe ich in Mailand ein Theater gebaut. Daraus entstand vor fast zwanzig Jahren die Idee für das Auditorium.«

»War er sehr enttäuscht, daß seine Firma den Auftrag verloren hat?«

»Er selbst ja. Aber die Geschäftsführung liegt heute in den Händen seines Sohnes, und Luca wollte das Projekt nicht mehr. Ihm fehlt die innere Bindung dazu, und er lehnt es ab, unwirtschaftlich zu arbeiten, was sein Vater in diesem Fall getan hatte.«

»Haben Sie mit dem Conte schon über den Mord an Breuer gesprochen?«

»Ja, er ist entsetzt.«

»Sie sagten mir bereits, Romelli habe auf das Ausscheiden Conedils aus dem Projekt empört reagiert und Breuer geschnitten. Aber sie vermuten, daß er sich in sein Schicksal fügen und versuchen wird, die Angelegenheit politisch positiv für sich zu nutzen, oder?«

»Bisher hat Romelli immer so reagiert, wenn etwas schiefgelaufen ist. Er kann gut reden und gut auftreten, Menschen leicht von sich überzeugen. Er hat mich seinerzeit aufgefordert, die Zusammenarbeit mit Breuer zu boykottieren, was ich natürlich abgelehnt habe. Breuer war ein guter Mann, und Holzer ist eine gute Firma. Ich war nur froh, daß es endlich zügig und störungsfrei weitergehen sollte. Genauso habe ich es Romelli gesagt, und er hat nur gemeint, daß ich das noch bereuen werde. Aber ich halte das für eine spontane Reaktion von ihm, der ich keine Bedeutung zumesse.«

»Und nach dem Mord, sind Ihnen da keine Zweifel gekommen?«

»Irgendwo im tiefsten Inneren schon. Aber Romelli ist ein Hund, der bellt, jedoch nicht beißt.«

»Aber er hatte ein Motiv.«

Gasco zuckte mit den Schultern und schwieg.

»Könnten wir bitte die Kleidung sehen, die Sie am Sonntag getragen haben?«

»Meine Joggingsachen? Die liegen noch ungewaschen im Wäschekorb. Das Hausmädchen kommt erst morgen wieder.«

Leda bat, auch mit Shiiko sprechen zu können. Wegen ihrer eigenen miserablen englischen Sprachkenntnisse war das eine schwere Aufgabe für Leda. Die Japanerin bestätigte Gascos Schilderungen.

»He did it for me. That was not so clever, I know. But he is not a murderer.«

Ugo ließ sich in der Zwischenzeit von Gasco die gesamte schmutzige Wäsche in Tragetüten packen, inklusive der Sportschuhe.

»Signor Gasco, auch wenn es merkwürdig klingt: Würden Sie bitte Ihr T-Shirt hochheben, ich möchte mir gern Ihren Oberkörper anschauen«, sage Leda.

Nun verlor Gasco die Fassung und sah sie angesichts dieser Bitte entgeistert an.

»Was wollen Sie? Meinen Oberkörper betrachten? Wieso denn das?«

»Weil der Täter etwa so groß wie Sie ist und Breuer sich heftig gegen ihn gewehrt haben muß. Der Pathologe hat Hautreste unter seinen Fingernägeln gefunden, und ich möchte sehen, ob Sie Verletzungen haben.«

Gasco zögerte, zog dann kurzerhand sein T-Shirt aus und stand schließlich mit nacktem Oberkörper vor Leda. Er stützte die Arme in die Hüften und drehte sich langsam. Als er sich Leda wieder zuwandte, lag ein breites Lächeln auf seinem Gesicht. Es war das erste Mal, daß Leda ihn so sah. Sie hatte gedacht, er könne gar nicht lächeln.

»Zufrieden?«

»Sehr zufrieden, Sie können stolz auf sich sein. Sie haben einen schönen und ganz und gar unversehrten Oberkörper. Betreiben Sie auch Kraftsport?«

»Ja, in Verbindung mit der japanischen Kampfkunst Aikido.«

»Das heißt, man sollte sich Ihnen besser nicht gegen Ihren Willen nähern.«

»Zumindest nicht mit feindlicher Absicht. Ich betreibe den Sport aber nicht, um eine Kampfmaschine zu sein, sondern weil ihm eine harmonische Wirkung auf den Fluß der Lebensenergien zugeschrieben wird. Gerade Aikido fördert die Konzentrations- und Leistungsfähigkeit. Aber zum Hintergrund Ihrer Frage: Ich habe noch nie mit jemandem außerhalb der Sportstätten gekämpft, auch nicht mit Breuer.«

Während Leda und Ugo über die Piazza di Spagna gingen, klingelte das Telefon der Commissaria in der Tasche. Diesmal fand sie es auf Anhieb.

»Pronto?«

»Ciao, Mamma, ich bin es, Flavia.« Gerade hätten sie in der Zeitung gelesen, daß an diesem Abend die Rockgruppe Zucchero im Foro Italico ein Konzert gebe. »Kannst du uns bitte fünf Karten besorgen? Wir werden gegen acht in Rom sein, und dann sind sicher schon alle weg.«

»Jetzt Karten kaufen? Flavia, ich sitze mitten in einem schwierigen Mordfall.«

»Bitte, Mamma, bitte.«

Sie ließ sich breitschlagen.

»Ein schlechtes Muttergewissen ist leicht auszubeuten«, unkte Ugo lachend. »Das habe ich früher auch so gemacht. Seien Sie froh, daß Ihre Kinder nur hin und wieder mal da sind.«

»Das wird sich demnächst ändern«, meinte Leda und erzählte ihm von den römischen Zukunftsplänen ihrer Sprößlinge.

Ugo beglückwünschte sie überschwenglich zu ihrem späten Mutterglück und meinte:

»Dann werde ich mich wohl auf einen neuen Arbeitsstil einrichten müssen.«.

»Nein, Ugo, es bleibt alles beim alten. Die Kinder sind ja schon fast erwachsen.«

»Genau, deshalb fahren Sie jetzt Karten kaufen und ich zum Flughafen, um Sicolo in Empfang zu nehmen«, sagte er grinsend.

Im Olympiastadion stand Leda eine geschlagene Stunde in der Schlange, bis sie die gewünschten Karten in der Hand hielt. Die Uhr zeigte bereits sieben, und in einer Stunde war sie mit den jungen Leuten zum Essen in einer Pizzeria in Prati verabredet. Sie fühlte sich wie erschlagen.

Mitten in der Nacht fuhr sie aus den verschwitzten Laken in ihrer römischen Wohnung auf. Im Traum war die Arena des Auditoriums zu einem riesigen, mit Wasser gefüllten Becken geworden, auf dessen Grund sich die Ruinen einer römischen Villa mit wunderschönen Delphinmosaiken befanden. Leda war hinabgetaucht, um sie zu betrachten, und hatte plötzlich Atemnot bekommen. Sie versuchte verzweifelt wieder an die Oberfläche zu schwimmen, was ihr mißlang, weil jemand ihre Beine festhielt. Plötzlich tauchte Gasco auf und befreite sie. Mit dem ersten Lungenzug, den sie im Traum tat, wachte sie erleichtert auf. Sie tappte verschlafen durch die dunklen Räume, um nach den Kindern zu sehen. Mario und Davide schliefen in Marios Zimmer. Ihr Sohn hatte dem Gast sein Bett überlassen. Er lag auf dem Boden. Flavia wurde kurz wach, als Leda ihre Zimmertür öffnete.

»Ist was, Mamma?«

»Gar nichts, ich wollte nur sehen, ob ihr da seid. Wo sind Giulia und Stella?«

»Sie schlafen bei sich zu Hause.«

»Gut, schlaf weiter, und träum was Schönes.«

VI Leda hängte ihren Kindern einen großen Zettel an den Badezimmerspiegel: Da weder etwas zu essen noch Kaffee da seien, sollten sie bitte in einer Bar frühstücken. Sie selbst verließ das Haus nach einem Kampf mit ihren Haaren, die sich jeglicher Formgebung erfolgreich widersetzt hatten. Wie schafft dieser Gasco es nur, immer so gepflegt auszusehen? hatte sie sich vor dem Spiegel gefragt. In ihrer Verzweiflung band Leda die flammendrote Haarpracht mit einem dunkelblauen Tuch zusammen. Der Kleiderschrank bot ihr auch nichts, was ihr gefiel. Nach einigem Hin und Her entschied sie sich für einen dezent gestreiften leichten Hosenanzug und beschloß, noch heute für eine neue Garderobe zu sorgen. Irgendwann würde sie schon Zeit dafür finden.

Mario telefonierte gerade und war in heller Aufregung, als sie die Bar betrat.

»Ich fahre – und basta. Du kannst bleiben, wo du willst«, rief er aufgebracht und knallte den Hörer auf die Gabel.

»Was ist denn los?« wollte Leda wissen.

»Diese Frauen bringen mich noch mal um meinen Verstand.« Die schwere goldene Kette wippte im Haarpelz seiner schnaufenden Brust. Leda erkannte, daß die höchste Alarmstufe in Marios Gefühlsleben angesagt war. Sich zwischendurch immer wieder an den Kopf schlagend, redete er weiter, bereitete gleichzeitig ihren Cappuccino vor und nahm ein Cornetto mit Cremefüllung aus der gläsernen Auslage, um alles vor Leda auf die Theke zu stellen.

»Völlig durchgeknallt sind diese Ziegen und meckern mir die Ohren voll, daß es nicht auszuhalten ist. Stellen Sie sich vor: Nonna, meine Großmutter, wird neunzig. Gott erhalte sie uns noch lange. Eine grundgütige Person, die in ihrem ganzen Leben nur Gutes getan hat. Jetzt geht es ihr nicht gut. Meine Schwester Mirella hat gestern abend angerufen und uns gebeten, zu Nonnas Geburtstag zu kommen. Nun kann meine Frau Marcella ihre Schwägerin aber nicht ausstehen und will partout nicht hinfahren. Wahrscheinlich wird es aber Nonnas letzter Geburtstag sein. Und da soll ich fehlen? Ich würde mir den Rest meines Lebens Vorwürfe machen. Für meine Frau zählt immer nur ihre Familie. Da müssen wir sogar hin, wenn die Katze Flöhe hat. Das läuft so nicht. Ich fahre zu meiner Nonna. Dann soll Marcella eben zu Hause bleiben.«

»Wo lebt denn deine Familie?«

»In Olevano Silvio, das ist ja nun wirklich nicht weit.«

»Herrliche Gegend, und gerade bei der Hitze ist es in den Bergen angenehm.«

»Kann man wohl sagen. Meine Eltern haben da ein Restaurant von den Großeltern übernommen. Irgendwann will ich auch wieder dahin zurück, wenn meine Eltern nicht mehr können. Mirella kann das allein nicht schaffen, und einen Mann hat sie bisher noch nicht abgekriegt. Mit Mitte Dreißig wird das wohl auch nichts mehr.«

»Was soll denn das heißen? Ich habe mit Ende Dreißig ja auch noch einen Neuen erwischt.«

»Sie sind halt eine tolle Frau. Und Sie kommen auch viel unter Menschen und lernen Männer kennen. Meine Schwester steht aber meistens mit meiner Mutter im Kittel in der Küche. Mein Vater ist für den Publikumsverkehr zuständig. Er findet, daß Mirella kein Auftreten hat.«

»Und stimmt das?«

»Na ja, sie neigt schon sehr zum Jammern und macht sich auch nie nett zurecht.«

»Vielleicht klappt's ja doch noch. Wie geht es eigentlich meiner Wäsche?«

»Dio, vor lauter Familienkrach habe ich ganz vergessen,

Sie anzurufen. Moment, ich hole sie gerade. Marcella hat mir gestern schon den ersten Schwung mitgegeben. Ich soll Ihnen sagen, daß der Rest morgen kommt. Schneller schafft sie es nicht.«

Mario verschwand und kehrte mit zwei großen Paketen zurück. Marcella hatte die gesamte Wäsche nicht nur gewaschen, sondern auch gebügelt und säuberlich zusammengelegt in feines Zellophan gewickelt.

»Das ist ja wunderbar. Danke! Was bekommt sie denn dafür?«

»Fünfzehn Euro für alles zusammen, hat sie gesagt.«

»Das ist aber zuwenig!«

»Ich habe keine Ahnung. Geben Sie halt so viel, wie Sie meinen.«

Leda gab ihm dreißig Euro, und Mario trug ihr die Pakete ins Auto.

Kaum war Leda im Büro, erschien Leo.

»Ciao, Bella. Du siehst ja immer noch sommerlich erholt aus, braungebrannt und frisch.«

»Deine Worte sind Balsam auf meine geschundene Frauenseele. Wenn du es doch nur ernst meinen würdest.«

»Aber Leda, das tue ich doch. Du siehst wirklich toll aus mit dem Tuch in den Haaren. Ein bißchen verwegen, vielleicht nicht gerade wie die gestrenge Leiterin einer Mordkommission. Aber wir wissen ja, wie gut bei der Überführung von Bösewichten manchmal der Überraschungseffekt ist. Apropos, wir haben die Hautreste unter den Fingernägeln von Breuer mit dem Haar von Gasco verglichen. Da gibt es keine genetische Übereinstimmung.«

»Welches Haar?«

»Na das, was Ugo mir gestern abend noch gebracht hat. Ihr wart doch beim Architekten!«

»Ja, aber ich wußte nicht, daß Ugo Haare mitgenommen hat.«

»Das hat er. Und Faserübereinstimmungen gibt es auch nicht, sagt das Labor. An der schmutzigen Wäsche Gascos waren keinerlei Spuren von Breuer zu entdecken und umgekehrt. Die beiden können also nicht miteinander in Berührung gekommen sein, weder friedlich noch feindlich. Gasco muß sich allerdings übergeben haben.«

»Wahrscheinlich beim Anblick der Leiche mit dem aufgeplatzten Kopf. Da kann einem Normalbürger schon schlecht werden. Verletzt ist sein wunderschöner Körper auch nicht.«

»Woher weißt Du, wie sein Körper aussieht?«

»Ich habe ihn gebeten, sich auszuziehen.«

»Was? Ganz?«

»Leider nicht. Es hätte sich wahrscheinlich gelohnt. Ein Mann über Fünfzig mit einer Figur wie ein asketischer Jüngling. Das läßt Frauenherzen höher schlagen. Er hatte auch nicht den geringsten Kratzer an seinem Adonis-Körper.«

»Habe ich noch eine Chance, so zu werden wie er?«

»Das glaube ich nicht. Er trainiert seit Jahrzehnten täglich Körper und Seele. Dafür ist es bei dir schon zu spät. Bei mir übrigens auch.«

»Und trinkt nicht und ißt ganz gezielt gesund und raucht nicht und hat überhaupt kein Laster. Nicht wahr?«

»Falsch. Eine junge, japanische Geliebte hat er.«

»Und jetzt träumst du nachts davon, eine junge Japanerin zu sein, eine Art Madame Butterfly. Denk dran, die hat zum Schluß Selbstmord begangen. Glaub mir, der Mann ist nichts für dich.«

»Laß mich doch auch mal träumen!«

»Wovon träumen Sie?« fragte Ugo, der gerade das Büro betrat.

»Von dem schönen Signor Gasco und seinem Superbody«, antwortete Leo für sie.

»Tja, das ist Gasco wohl noch nie passiert, daß er sich auf Befehl der Staatsgewalt entblößen mußte«, witzelte Ugo.

»Ihr seid doch nur neidisch, weil Ihr nicht mit ihm konkurrieren könnt«, bemerkte Leda spitz.

»Dafür sind wir aber absolut unbescholten und stehen nicht unter Mordverdacht. Zählt das nicht?« meinte Ugo.

»Gasco auch nicht mehr. Es gibt weder DNA- noch Faserübereinstimmungen. Das hat mir Leo gerade berichtet.«

»Damit fällt noch ein Verdächtiger fort«, meinte Ugo.

»Wieso noch einer? Wer ist der zweite?« fragte Leda.

»Sicolo. Ich habe ihn doch gestern abend abgeholt und noch lange vernommen. Sein Alibi ist wasserdicht. Er ist Sonntag früh mit seinem Wagen zum Flughafen gefahren und hat ihn dort stehenlassen. Das Parkticket wies die Ankunftszeit um zwanzig vor sechs Uhr aus. Das kann er beim besten Willen nicht geschafft haben. Zudem erinnerte er sich genau daran, was im Frühfernsehen gelaufen ist: Die Wiederholung von den Nachtnachrichten. Er wußte, welche Sprecherin dran war. Ich werde das sicherheitshalber noch mal abklären. Die Sendung lief aber so kurz vor der Tatzeit, daß er es bis zum Tatort nicht mehr geschafft hätte.«

»Vielleicht hat er die ersten Nachtnachrichten gesehen?«

»Nein, weil er bis halb zwei morgens bei seiner Nachbarin mit vier weiteren Freunden auf dem Balkon Karten gespielt hat.«

»Hast du die Freunde und die Nachbarin schon vernommen?«

»Nur die Nachbarin. Sie war sehr erstaunt, ihn schon wiederzusehen. Ihre Angaben über den Verlauf des Abends stimmten mit den seinen überein.«

»Glaubwürdig?«

»Völlig glaubwürdig.«

»Das heißt, wir müssen uns Romelli vorknöpfen. Und dann wird es politisch.«

Der Zeitpunkt war gekommen, Erman Alesi, den Polizeipräsidenten und Ledas Vorgesetzten, im Urlaub zu stören.

Sie griff zum Hörer und wählte seine Telefonnummer in Fregene an. Dort hatten er und seine Frau vor vierzig Jahren ein Ferien- und Wochenendhaus gebaut. Während Leda und ihre Schwester das ihre eigentlich nur im Sommer nutzten, fuhren die beiden Alesis fast jedes Wochenende hin.

Leda brauchte die Telefonnummer nicht zu suchen, sie hatte sie seit ihrer Kindheit im Kopf. Alesi und ihr Vater waren seit der Studienzeit miteinander befreundet gewesen. Es war Alesi, der sie mit strenger, aber stets wohlwollender Hand während ihrer beruflichen Anfänge in die von Männern besetzte Domäne der Polizeiarbeit geführt hatte. Im vergangenen Jahr war sein Traum in Erfüllung gegangen, und man hatte ihn nach der plötzlichen Abberufung des amtierenden Polizeipräsidenten zu seiner eigenen Überraschung und Freude in den Chefsessel der Behörde gehievt. Damit hatte er so kurz vor dem Ende seiner beruflichen Laufbahn nicht mehr gerechnet. Nach einigen Skandalen sollte er das in der Öffentlichkeit etwas angekratzte Image der römischen Polizei wieder aufpolieren. Dazu gehörte auch, das bisweilen gestörte Verhältnis zu den Kommunalpolitikern ins Lot zu bringen. Alesi war dafür genau der richtige Kandidat, da er die Schritte auf dem glatten Parkett des römischen Gesellschaftslebens perfekt beherrschte. Er ahnte Fallen und erkannte Möglichkeiten, war charmant, gebildet, gutaussehend und wurde in breiten Kreisen akzeptiert.

Doch jede Ermittlung in Richtung Romelli konnte fatale Konsequenzen haben, die Leda nur allzugut kannte: Im Zweifelsfall würden diejenigen vor Gericht landen, die unbequem oder unwichtig waren, nicht aber die Hauptschuldigen. Und es konnte bei ungeschickter Handhabung das Ende ihrer eigenen Karriere bedeuten – und das von Alesis Laufbahn. Ihrem Förderer, den sie so sehr schätzte, durfte sie die beiden letzten Berufsjahre nicht zum Mißerfolg werden lassen.

»Leda, wie schön, von dir zu hören. Genießt du den Urlaub?«

»Nein, leider nicht.« Sie berichtete ihm vom Mordfall Breuer und den bisherigen Ermittlungen.

»Du denkst also an einen Auftragsmord? Theoretisch ist das möglich. Dieser Romelli ist dafür bekannt, daß er für seine Karriere alles tut. Ich kenne ihn persönlich nicht, habe aber schon viel von ihm gehört. Ein aalglatter, arroganter Aufsteiger, süchtig nach Aufmerksamkeit. Er geht einer Menge Leute mächtig auf die Nerven. Auf der anderen Seite treibt er das Projekt Auditorium mit seinem Engagement auch durch jede Untiefe. Und das wird auch von denen anerkannt, die ihn für einen eher unangenehmen Zeitgenossen halten. Ich neige zu Gascos Interpretation, daß Romelli aus jeder Situation seinen Vorteil zu ziehen versteht. Ein Mann wie er mordet nicht, er mischt vielmehr die Karten neu und spielt das nächste Spiel. Aber dein berühmtes Gefühl sagt dir, daß er etwas mit der Sache zu tun hat, nicht wahr?«

»Genau.«

»Leda, wenn du keine hieb- und stichfesten Beweise auf den Tisch legen kannst, sind wir fertig. Ich sage dir klipp und klar, daß ich als geachteter Mann in Pension gehen möchte. Mein ganzes Leben lang habe ich auf dieses Ziel hingearbeitet. Du weißt ja: Römisches Pflaster ist auch im heißesten Sommer spiegelglatt. Nur weil ich dich und dein kriminalistisches Gespür so gut kenne, lehne ich deinen Antrag nicht grundsätzlich ab. Aber fang bitte erst mal vorsichtig in seinem Umfeld an, ob du da Hinweise auf eine Beteiligung finden kannst und halte mich bitte täglich auf dem laufenden. Weiß Fernando Raimondi schon von der Sache?«

Raimondi hatte im vergangenen Jahr Alesis Posten als stellvertretender Polizeipräsident übernommen und war so zu Ledas direktem Vorgesetzten geworden. Ein angenehmer Mann, mit dem Leda gern zusammenarbeitete.

»Nein. Er ist seit Sonntag auf dem internationalen Sommertreffen der europäischen Führungskräfte der Polizei in Polen.«

»Ach ja, das hatte ich vergessen. Denk dran, ihm alle Berichte auf den Tisch zu legen.«

Ein bißchen verärgert war Leda über Alesis Art, sie wie eine unerfahrene Tochter zu behandeln. Sie wußte, wie sie mit Raimondi zu arbeiten hatte. Andererseits gab er ihr die Rückendeckung, die sie brauchte. Das zählte.

Ugo hatte inzwischen bei Zelli die Adresse von Romelli erfragt. Der Politiker lebte im Stadtteil EUR.

Der Himmel war grau verhangen. Eine dichte Wolkendecke hatte sich zwischen Sonne und Erde geschoben. Die Abgase lagen schwer und unerträglich über der Stadt.

»Sie haben für morgen ein Fahrverbot für die geraden Nummern angekündigt, falls sich die Luftwerte nicht wieder verbessern«, sagte Ugo, während Leda den Wagen durch den Verkehr lenkte. Sie war eine geschickte Autofahrerin und empfand die Straßen zur Urlaubszeit als erfreulich leer. Für ein mögliches Fahrverbot interessierte sie sich wenig. Der Polizeiausweis würde sie davor schützen.

»Ich bewundere die Leute, die sich bei diesem Wetter Kirchen und Kulturdenkmäler anschauen können«, meinte sie, als sie an einer Ampel halten mußten und Heerscharen von Menschen mit Fotoapparaten über den Lateransplatz strömen sahen. Die meisten von ihnen wußten vermutlich nicht, daß der Obelisk aus rosa Granit aus dem fünfzehnten Jahrhundert vor Christus stammte und im Jahr 357 von Kaiser Constantinus II. nach Rom gebracht worden war. Erst Ende des sechzehnten Jahrhunderts hatte Papst Sixtus V. ihn auf seinem heutigen Platz aufstellen lassen. Leda fand es unwürdig, daß ein solches Kulturdenkmal verlassen und unbeachtet inmitten des tosenden Verkehrs stand.

»Ob in dreieinhalbtausend Jahren vom Auditorium wohl noch etwas übrig sein wird?« fragte Leda.

»Wie kommen Sie denn auf diese Idee?«

»Nur so, weil der Obelisk so alt ist.«

»Glauben wir den Filmemachern und Ökologen, so wird die Erde dann längst von Menschen oder Außerirdischen zerstört worden sein. Entweder gelingt es den Herren da oben, sich bei Gott langfristig für uns einzusetzen, oder wir gehen eben unter«, sagte Ugo und zeigte auf die Statuen der fünfzehn Kirchenväter, die weiß über dem Portal der Basilika San Giovanni in den Himmel ragten.

Leda lachte.

»Meinst du wirklich, daß es von denen abhängt?«

»Nicht wirklich. Aber auf irgend etwas müssen wir ja hoffen dürfen. Sonst könnte es uns egal sein, wer gut und wer böse ist und wer wen warum umbringt. Und wir bräuchten keine Mörder zu jagen. Diese Lebenseinstellung würde kurz gesagt unsere Arbeitsplätze vernichten. Und da bin ich ganz entschieden dagegen. Apropos: Glauben Sie tatsächlich, daß dieser Romelli den Mord begangen hat?«

»Keine Ahnung. Sicolo war es wohl nicht. Bei Gasco müssen wir aufmerksam bleiben, aber eine aktive Ermittlung in seine Richtung scheint mir im Moment wenig weiterführend. Ich kann kein Motiv entdecken. Bleiben also die wütenden Bauarbeiter und Romelli. Der hätte wenigstens ein Motiv.«

Über die breite Via Cristoforo Colombo erreichten sie das Stadtviertel EUR, die populäre Abkürzung für Esposizione Universale di Roma. Während der faschistischen Epoche war hier eine Weltausstellung geplant worden, die allen Wissenschaften, Künsten und Berufen eine Plattform bieten sollte. Anknüpfend an die Kaiserzeiten der Antike wollte der Duce Mussolini eine moderne Siedlung verwirklichen, das »Dritte Rom« als architektonische Verherrlichung seiner

Macht. Doch der Zweite Weltkrieg machte ihm einen Strich durch die Rechnung. Erst nach dem Krieg wurde das Projekt wiederaufgenommen, und es entstand vor den Toren der alten Stadt ein modernes Verwaltungs- und Wohngebiet mit schattigen Alleen und weitläufigen Plätzen.

Die Anschrift war problemlos zu finden. Leda und Ugo hatten erwartet, daß Romelli ein standesgemäßes Haus mit Garten bewohnte oder in einem der eleganten Wohnblöcke am See lebte. Nun fanden sie sich vor dem Tor eines leicht heruntergekommenen Hauses am Rande des Stadtviertels wieder. Es dauerte eine Weile, bis sie unter den vielen Namensschildern das richtige entdeckten. Niemand reagierte auf ihr Klingeln. Erst der dritte Versuch bei Nachbarn fruchtete.

»Romellis? Die sind nicht da«, erklang eine schroffe Frauenstimme aus der Gegensprechanlage.

»Können Sie uns bitte sagen, wo wir sie finden?«

»Keine Ahnung. Beim Segeln vielleicht? Fragen Sie Rosanna Piccinato, das Kindermädchen, falls sie nicht weggefahren ist. Sie wohnt um die Ecke, Nummer dreiundzwanzig.«

Leda kam nicht einmal dazu, sich für die Auskunft zu bedanken, da hatte die Frau die Leitung schon unterbrochen.

Während sie den Rat der Nachbarin befolgten, hörten sie es weit entfernt grollen. Erst einmal, dann noch einmal.

»Das gibt ein ordentliches Gewitter. Abkühlung können wir brauchen«, meinte Ugo mit einem Blick nach oben.

Auch Leda hatte den Eindruck, keine Luft mehr zu bekommen, und das, obwohl sie seit Wochen keine Zigarette mehr angerührt hatte. Der Schweiß lief ihr am ganzen Körper hinab, und sie fühlte sich elend und schwach.

Ein Klingelschild mit dem Namen Piccinato gab es nicht. Erst durch erneute Nachfrage bei Nachbarn erfuhren sie, daß Rosanna bei ihrer Tante, Signora Vietti, lebte.

»Polizei? Ist Rosanna etwas passiert?« rief eine Frau aufgeregt durch die Gegensprechanlage. Der Türöffner summte, und die beiden betraten einen dunklen Hausflur. Ihre Augen mußten sich ein paar Sekunden lang an die Düsternis gewöhnen. Immerhin herrschte hier eine angenehme Kühle. Am Fahrstuhl klebte ein Schild: »Fuori Servizio«, außer Betrieb. Leda stöhnte auf:

»Das darf doch wohl nicht wahr sein. Ugo, deine Kirchenoberen vom Lateran meinen es heute aber nicht gut mit uns.«

»Das fällt ja wohl auch eher in den Zuständigkeitsbereich von Hausmeistern als in den von Heiligen. Da es auf Erden gewerkschaftlich ausgehandelte Ferien gibt, begeben sich Hausmeister unter dem geistigen Schutz der Heiligen in den Urlaub, und kaputte Fahrstühle bleiben, was sie sind: kaputt.«

Sie hatten Glück: Bereits im ersten Stockwerk stand eine kugelrunde Frau im Alter von Leda in der Tür. Neben ihr kläffte ein kleiner, schwarzer Hund und wedelte heftig mit seinem Ringelschwänzchen. Die Frau hielt ein Küchentuch in der Hand und fuhr sich damit ununterbrochen über die Stirn, auf der sich laufend neue Schweißperlen bildeten. Ihre kurzen Locken wirkten wie frisch gewaschen, so naß klebten sie aneinander. Sie trug einen Küchenkittel mit einem Blumenmuster, das Leda auch als Tischdeckenstoff aus billigen Restaurants kannte, und war sichtlich aufgeregt.

»Entrate, entrate, treten Sie ein. Was ist mit meiner Nichte? Ist sie verunglückt oder gar tot?«

»Nein, beruhigen Sie sich, es ist gar nichts mit Rosanna passiert. Ihr geht es vermutlich glänzend. Wir müssen sie nur etwas fragen.«

Ugo sagte es mit einem Ton eines Priesters, der seinen Schäfchen ewigen Frieden verkündete.

Signora Vietti zog die beiden in ihre Wohnung. Die Rollläden waren heruntergelassen und alle Fenster geschlossen.

Es roch nach kaltem Rauch. Auf dem Tisch lag eine Plastikdecke mit ausgestanzten Spitzen, und ringsherum standen Stühle mit dünnen Metallbeinen und roten Kunststoffsitzen. Von der Wand lächelte milde eine Madonna. Das Bild war von einem bunten Lichterkranz eingefaßt, dessen winzige Elektrokerzen im Halbdunkel matt leuchteten. Das Fernsehen lief, und der Hund hatte bereits wieder hechelnd auf dem Sofa seinen Platz gefunden.

»Setzen Sie sich bitte«, forderte Signora Vietti die Besucher auf. Sie lief aufgeregt durchs Zimmer, das zugleich als Flur und Wohn-Eßzimmer diente. Aus einem Büfett nahm sie schwere Kristallgläser und stellte sie auf ein silbernes Tablett und dann auf den Tisch.

»Sie mögen sicher ein Glas Wasser?« fragte sie und wartete die Antwort gar nicht ab.

Sekunden später stand eine große Flasche kaltes Mineralwasser vor Leda und Ugo. Es schmeckte wunderbar.

»Was ist denn nun los?«

Leda erklärte der Signora, daß sie eigentlich auf der Suche nach Rosannas Arbeitgeber seien, der sich in Urlaub befinde.

»Romelli? Hat der was verbrochen?«

»Nein, er auch nicht. Er weiß nur wahrscheinlich etwas, was wir wissen müssen«, sagte Ugo.

»Es geht um den Mord in der Arena, nicht wahr? Im Fernsehen haben sie von dem toten Deutschen erzählt. Ich habe Rosanna gleich am Sonntag angerufen. Sie schaut nämlich nie Fernsehen. Ich habe ihr gesagt, daß dieser Romelli ein komischer Kauz sein mag. Aber daß keine Fremden unser Auditorium bauen dürfen, da hat er wohl recht. Sie hat gesagt, daß es ihr völlig egal ist, wer da baut. Das kann ich nicht verstehen. Ein solches Projekt hat doch nationale Bedeutung.«

Signora zog eine Zigarette aus der Packung und zündete sie sich an.

»Entschuldigung, möchten Sie auch?« fragte sie und hielt den Polizisten die Schachtel hin. Beide schüttelten den Kopf. Dann fuhr sie fort:

»Aber Rosanna kann die Romellis nicht leiden. Die Kinder schon, aber die Eltern hält sie für völlig verrückt. Die tun hier immer so, als seien sie etwas Besonderes. Sind sie ja vielleicht auch. Aber dann sollen sie zu den feinen Leuten drüben am See ziehen. Mit meiner armen Rosanna springen sie um wie mit einem Stück Vieh. Sie sagen ihr nie, wann sie über Nacht dableiben muß und wann sie gehen kann. Dazu bezahlen sie oft erst einen Monat später und oft auch weniger als vereinbart. Das Kind sucht einen neuen Job. Kennen Sie jemanden, der ein zuverlässiges Kindermädchen braucht? Rosanna ist sehr zuverlässig und kinderlieb, dafür verbürge ich mich.«

Leda und Ugo schüttelten wieder ihre Köpfe.

»Wo ist Rosanna denn?«

»In Ceri, bei ihren Eltern. Dort auf dem Land gab es für das Kind nichts zu tun, da haben sie sie vor zwei Jahren zu mir in die Stadt geschickt. Ich wußte ja, daß Romellis ein Kindermädchen suchten. Wer konnte schon wissen, daß sie so komisch sind? Manchmal hat Rosanna richtig Angst vor ihnen. Sollen wir sie anrufen, damit Sie sie gleich fragen können?« Signora Vietti unterstrich jeden Satz mit großen Gesten, so daß auch ein Tauber sie verstanden hätte.

»Vielen Dank, das ist nicht nötig. So eilig haben wir es nicht. Aber würden Sie uns bitte die Telefonnummer und Adresse geben?« In ihrer Tasche fand Leda nach einigem Wühlen einen Stift und ihr Notizbuch, in das sie nun die Angaben notierte.

Als Leda und Ugo sich von ihren Stühlen erhoben, begann der Hund wieder zu kläffen und um sie herumzutanzen.

»Nein, Nerino, die Herrschaften gehen nicht mit dir spazieren. Er denkt immer, daß jeder, der aufsteht, mit ihm rausgeht. Nerino, beruhige dich, ich gehe später mit dir Gassi.«

»Aber beeilen Sie sich, Signora. Es wird ein Gewitter geben«, sagte Ugo.

»Mamma mia, das wäre herrlich. Diese Hitze ertrage ich nicht mehr. Wie können Sie nur dabei arbeiten?«

»Wir müssen. Uns fragt niemand, ob wir das wollen.«

»Das sagt mein Cousin Luigi auch immer. Er ist ebenfalls bei der Polizei, aber in den Bergen in Rieti. Kennen Sie ihn zufällig, unter Kollegen kennt man sich doch?«

Nun ergriffen Leda und Ugo buchstäblich die Flucht. Die Signora würde sie noch stundenlang ausfragen und ihnen Geschichten ohne Ende erzählen.

»Signora, vielen Dank für Ihre Bemühungen und die Auskünfte. Sie können Ihrer Nichte gern sagen, daß wir sie morgen besuchen werden«, sagte Leda in der sicheren Annahme, daß die Signora umgehend zum Telefonhörer greifen würde.

Draußen war die Luftfeuchtigkeit noch weiter gestiegen, der Himmel grollte, und Ledas Magen knurrte. Sie mußte ihn dringend mit Nahrung füllen. Also fuhren sie zum Restaurant am künstlichen See im Zentrum des EUR und setzten sich auf die Terrasse. Sie konnten immer noch hineingehen, wenn das Gewitter richtig losging.

Auf dem Wasser zogen Enten ihre Bahnen, sogar ein Schwan kam dicht an ihnen vorbeigeschwommen. Ein älterer Herr und ein kleiner Junge traten lachend die Pedale eines Tretbootes. Hinter den Hochhäusern am anderen Ufer brauten sich schwarze Wolken zusammen.

Durch die Glasfassade sah Leda, wie eine junge Frau in schwarzem Minirock und einer langen, weißen Schürze den Barmann über die Theke hinweg küßte. Die beiden bemerkten die Ankunft der neuen Gäste zunächst nicht. Leda versuchte durch besonders lautes Sprechen auf sich aufmerksam zu machen.

»Worauf hast du Hunger?« schrie sie den überraschten Ugo an und gab ihm durch Kopfbewegungen zu verstehen, er solle ins Innere des Restaurants schauen. Er tat es und begriff sofort.

»Auf eine gute Pasta«, rief er mit lauter Stimme.

Noch immer tat sich nichts. Leda und Ugo mußten lachen.

»Sollen wir die beiden stören?«

»Eigentlich ist es schade, einen solchen Moment des Glücks durch banale Anliegen wie Hunger und Durst zu unterbrechen«, meinte Ugo. »Aber wenn die noch länger so weitermachen? Ich erinnere mich daran, daß ich in diesem Alter meinen persönlichen Kußrekord von fast einer Stunde aufgestellt habe.«

Das hatte Leda nicht von ihm erwartet. Sie starrte ihn so entgeistert an, daß er lachend fragte:

»Meinen Sie vielleicht, ich kann nicht küssen?«

»Doch, doch. Aber irgendwie treffe ich dich außerhalb des Dienstes höchstens mal zusammen mit deiner Mutter. Deshalb...« Leda errötete und fand sich selbst albern. Wie konnte sie annehmen, daß ein gestandener Mann von Vierzig ohne Beziehungen kürzerer oder längerer Natur durchs Leben lief? »Entschuldigung, das war blöd.«

»Nein, machen Sie sich keine Sorgen. Ich bin ganz normal. Ich rede nur nicht darüber, wahrscheinlich, weil ich ein bißchen verklemmt bin. Aber Ihnen kann ich es ja sagen: In den letzten Bergferien habe ich eine sehr nette Signora namens Elena kennengelernt. Vielleicht werden wir sogar heiraten.«

Nun war Leda endgültig baff. Ugo interessierte sich für etwas anderes als Beruf, Bergwandern und Mamma?

»Was darf ich Ihnen bringen?« wurden sie von der jungen Kellnerin aus ihrer Unterhaltung gerissen.

»Eine große Portion Küsse«, platzte es aus Ugo heraus.

Leda lachte schallend. Ein Lachen, das sie endgültig aus der peinlichen Situation befreite. Nun war es an der Bedienung, die beiden irritiert anzuschauen.

»Wie bitte?«

»Ich möchte bitte eine kleine Karaffe kühlen Frascati und eine große Flasche Wasser«, sagte Leda. »Was haben Sie denn zu essen?«

»Als Vorspeise wunderbar süße Melone mit Schinken, Mozzarella mit Tomaten und Basilikum, Bruschetta mit Tomaten, Knoblauchbrot und Olivenpaste oder gemischte Antipasti. Als Primo eine wunderbare Minestrone und verschiedene Pastagerichte. Als Hauptspeise Omelette mit Käse, wunderbares Saltimbocca, gegrilltes Rindersteak, gegrillte Dorade oder Carciofi alla Romana«, rasselte sie die Speisekarte herunter.

Leda wußte sofort, wonach ihr der Sinn stand:

»Ich nehme die wunderbare Melone und dann ein wunderbares Saltimbocca.«

»Die Melone hätte ich auch gern und dann Spaghetti all'amatriciana. Kein Secondo.«

In diesem Moment blitzte es. Wenig später folgten ein lauter Donnerschlag und die ersten Regentropfen. Der Himmel über ihnen hatte sich innerhalb kürzester Zeit in ein schwarzes Dach verwandelt. So schnell sie konnten, liefen die Bedienung, Leda und Ugo ins Lokal. Kaum unter dem sicheren Dach angekommen, wurden sie Zeugen eines großartigen Naturschauspiels: Blitze und Donnerschläge jagten einander, sintflutartige Regenfälle peitschten über den See und verwandelten die eben noch glatte Oberfläche in ein kleines Wellenmeer. Das andere Ufer war nicht mehr erkennbar.

Plötzlich sahen sie, wie das Tretboot sich der Terrasse näherte. Der Mann und der Junge versuchten ans sichere Ufer zu gelangen. Das Boot tanzte auf dem aufgewühlten Wasser hin und her. Der Mann klammerte sich mit aller

Kraft an die Holzpfähle der Terrasse und rief dem Jungen zu:

»Steig aus, los, steig aus, und geh ins Haus! Ich ziehe das Boot an Land.«

Doch der Junge konnte mit seinen kleinen Armen vom schwankenden Boot aus die Holzplanken nicht erreichen. Gerade als er ins Wasser zu fallen drohte, sprang Leda von ihrem Stuhl auf, lief hinaus, legte sich platt auf die Planken der Terrasse und streckte dem Kleinen ihre Arme entgegen:

»Halt dich an mir fest. Ich hebe dich raus.«

Sie spürte die kalten Hände des Kindes in den ihren und zog ihn mit aller Kraft auf den sicheren Boden. Da schlug ein Blitz wenige Meter neben ihnen im Wasser ein, und ein Donnerschlag erschütterte die Umgebung. Vor Schreck ließ der Mann den Pfahl los und trieb sofort ein Stück ab. Inzwischen lag auch Ugo neben ihr. Es gelang ihm, das Boot an der Stange des Sonnendachs festzuhalten und es wieder heranzuziehen. Schnell kletterte der Mann nach oben und rief dabei schnaufend:

»Halten Sie das Boot fest, sonst treibt es davon! Wir müssen es festbinden.«

Doch Ugo dachte gar nicht daran. Von oben drohte Gefahr.

»Wir müssen rein, sonst gar nichts«, schrie er gegen Wind und Regen an, schnappte sich den Jungen und lief ins Restaurant, Leda hinterher. Besserer Einsicht gehorchend folgte der Mann. Klatschnaß standen sie unter dem Schutz des Daches. Das Tretboot entfernte sich, wie von unsichtbarer Hand gezogen.

»Weg ist es. Müssen wir das jetzt bezahlen?« erkundigte sich der Kleine. Mit der Zunge fing er die Wassertropfen auf, die von den Haaren übers Gesicht nach unten tropften.

»Das glaube ich nicht. Das finden die schon wieder. Der See ist ja ziemlich klein«, sagte Ugo.

»Stimmt«, meinte der Junge. »Und wenn es an den Klippen zerschellt?«

»Mateo, hier gibt es keine Klippen«, sagte der Mann lachend.

»Aber Opa, untergehen kann es doch«, beharrte der Kleine, um wenigstens eine Katastrophe für sich und seine Erzählungen gerettet zu haben.

»Vielleicht«, meinte der Mann. Dann bedankte er sich bei Leda und Ugo für ihre Hilfe.

»Haben Sie gesehen, wie nahe der Blitz eingeschlagen hat? Richtige Angst hatte ich. Das Unwetter war aber auch so plötzlich da. So schnell konnten wir gar nicht wieder an Land gehen.«

Er stellte sich als Ernesto Cardinale vor und bot den beiden Kommissaren an, einen Schnaps auf den Schrecken und auf die Rettung mit ihm zu trinken. Doch sie waren im Dienst und lehnten ab.

»Nein, danke, das haben wir doch gern getan«, sagte Leda und verschwand in der Toilette, um sich abzutrocknen. Im Toilettenraum schaute sie sich vergeblich nach einem Handtuch um. An der Wand hing lediglich ein Gebläseautomat. Gerade als sie überlegte, was sie tun sollte, erschien die Kellnerin mit einem Handtuch:

»Ich dachte, das können Sie jetzt brauchen.«

»Allerdings. Vielen Dank, nett von Ihnen.«

Leda trocknete sich ab, so gut es ging. Ein Blick in den Spiegel offenbarte jedoch, daß ihr heller Anzug total verschmutzt war und die Haare sich in einem noch desolateren Zustand befanden als vorher. Doch da Leda dazu neigte, Unabänderlichkeiten mit orientalischer Ruhe zu begegnen, ergab sie sich auch jetzt in ihr Schicksal und beschloß, erst einmal anständig zu essen.

Ugo saß bereits vergnügt und relativ trocken am Tisch und wartete. Zwei Teller mit leuchtend orangefarbenen

Melonenstücken und rosaroten, feinen Schinkenscheiben lachten sie an. Draußen tobte das Unwetter. Von den beiden Geretteten keine Spur.

»Wo sind die beiden Herren?« erkundigte sie sich.

»Der Alte hatte es wahnsinnig eilig, weil er zum Kartenspielen verabredet ist.«

»Und deshalb geht er mit dem Kind raus in diese Hölle? Der ist verrückt!«

»Immerhin spart er so die Dusche. Die bekommt er gratis«, meinte Ugo.

»Die hat mir sehr gut getan, auch wenn mein Aussehen nun endgültig zerstört ist.«

Sie schälte zufrieden Melonenstück um Melonenstück aus der Schale. Das Essen war tatsächlich so wunderbar, wie die Bedienung es angekündigt hatte. Das Zusammenspiel der kühlen Fruchtsüße mit dem nussig-salzigen Fleisch des Schinkens trug zum weiteren Wohlbefinden der beiden Kommissare bei.

»Ist unser Beruf nicht herrlich?« meinte Ugo.

»Wie kommst du gerade jetzt darauf?«

»Schauen Sie uns an: Da sitzen wir und verspeisen köstliches Essen, das wir uns wirklich verdient haben. Wer kann das schon so von sich behaupten?«

»Diese Rettungsaktion war, glaube ich, weniger beruflich begründet als vielmehr durch die Tatsache, daß wir eben Gutmenschen sind. Was für ein Glück, daß wir nicht zu den Pfadfindern gehören und täglich eine gute Tat vollbringen müssen.«

Bei Saltimbocca und Spaghetti rief Leda bei Rosanna an, um mit ihr einen Termin zu vereinbaren.

Diese war, wie erwartet, von ihrer aufgeregten Tante bereits über den Besuch der Polizei informiert worden. Nein, sie wisse nicht, wo sich Romelli aufhielt. Jedenfalls nicht auf seinem Segelboot, denn das sei verkauft worden. Allerdings hatte sie im Moment keine Zeit, alles zu erklären, weil sie mit der Mutter dringend ins Krankenhaus nach Cerveteri fahren mußte, da diese von einem Insekt gestochen worden und ihr Bein zum Platzen dick sei. Leda möge doch bitte am nächsten Morgen bei ihr vorbeikommen.

»Romelli hat gar keine Segeljacht mehr. Ugo, da stimmt etwas nicht. Wo steckt er nur?« fragte sich Leda.

Während sich die aufgebrachten Himmelsmächte draußen langsam beruhigten, wurde Leda nervös. Nacheinander rief sie Zelli und Gasco an. Von beiden erhielt sie die bekannte Auskunft: Romelli sei zum Segeln unterwegs. Nein, er habe nie erwähnt, daß er die Jacht verkauft habe. Im Gegenteil, er habe sich schon wochenlang auf den Urlaub gefreut. Bei Romelli meldete sich nur der Anrufbeantworter.

»Möglicherweise schippert er auf dem Boot anderer Leute über die Meere«, meinte Ugo.

Doch in Leda stieg ein ungutes Gefühl hoch. Wieder und wieder ließ sie alle bisherigen Erkenntnisse Revue passieren, filterte Aussagen, Eindrücke und Beweise.

Ugo kannte seine Chefin gut genug, um zu wissen, daß er sie in solchen Momenten nicht stören durfte. Ohne sie zu fragen, bestellte er zwei Tassen Kaffee. Sie trank, ohne ein Wort zu sprechen.

»Ugo, wir müssen Romelli unter allen Umständen finden«, unterbrach sie schließlich das Schweigen. »Am liebsten würde ich gleich zu Rosanna fahren. Aber das hat wohl wenig Sinn. Also brechen wir gleich morgen früh nach Ceri auf. Heute können wir nichts mehr tun.«

Sie zahlten und gingen. Draußen dampften die Straßen, und die ersten Sonnenstrahlen blitzten wieder hervor. Auf dem Weg zum Auto klingelte das Telefonino in der Handtasche.

»Ciao, Mamma, donnert es bei dir auch so?« Es war Marco.

»Hier ist es schon vorbei. Ich bin im EUR. Wo steckt ihr denn?«

»Zu Hause. Wir wollten gerade los, um Stella und Giulia abzuholen und nach Lavinio zurückzufahren. Aber wir warten wohl besser noch das Gewitter ab.«

Im Hintergrund vernahm Leda laut dröhnende Rockmusik.

»Ist das Zucchero?« fragte sie ihren Sohn.

»Ja, ist toll, oder? Die CD haben wir uns gestern abend beim Konzert gekauft.«

»Sehr schön.«

»Das meinst du nicht wirklich, oder? Du kannst doch diesen Krach nicht ab.«

»Immerhin finde ich Zucchero besser als diese Hiphop-Musik, die du sonst immer hörst. Laß uns später in Lavinio darüber reden. Ich werde gegen sechs dasein. Schließt bitte die Wohnungstür gut ab.«

Ugo grinste breit, als Leda ihn ansah.

»Zucchero und Hiphop-Musik. So ändern sich Gesprächsthemen, wenn Kinder im Haus sind. Demnächst rappen Sie noch im Präsidium herum«, sagte er lachend und bewegte sich andeutungsweise rhythmisch wie ein Rapper mit schlenkernden Armen und Beinen voran.

Lachend stiegen die beiden ins Auto. Leda setzte Ugo an der nächsten Metrostation ab, damit er in die Stadt zurückkehren konnte. Er wollte auf jeden Fall bei den Kollegen nachfragen, ob sich bei der Vernehmung der Arbeiter neue Aspekte aufgetan hatten.

Leda machte sich auf den Rückweg ans Meer. Je weiter sie aus der Stadt hinausfuhr, um so heller wurde es. In Lavinio herrschte der normale Ferienbetrieb. Keine dunkle Wolke weit und breit. Der Boden war staubtrocken. Aber das Gewitter würde kommen. Leda spürte die ungewöhnliche Schwüle, als sie aus dem Wagen stieg.

Aus dem Haus erklang die Stimme von Giuseppe di Stefano, des Tenors, der einst mit der Callas die großen Opern gesungen und aufgenommen hatte. Leda erkannte sofort Paolos Lieblingsoper: Lucia di Lammermoor von Gaetano Donizetti. Er mußte sie schon seit einiger Zeit hören, denn als Leda eintraf, erging sich der verzweifelte Ehemann der Lucia, Edgardo, gerade im tiefsten Leid seiner vorletzten Arie: »Fra poco a me ricovero darà negletto avello... Mein Leib wird bald in Grabes Nacht den Ahnen sich anschließen...« Vergebens schaute sie sich nach Paolo um. Erst als er sich beim Schmerzensschrei Edgardos: »Lucia più non è! Lucia lebt nicht mehr!« knapp im Ton vergriff, wußte sie, wo er steckte. Der falsche Ton kam aus dem Garten.

Leda bot sich ein hinreißendes Bild, als sie auf die Terrasse trat. Paolo stand in der Badehose mitten auf dem Rasen mit dem Schlauch in der einen, dem Grillrost in der anderen Hand und sang mit Inbrunst die Partie des Edgardo. Als er zur letzten dramatischen Arie anhob: »Tu che a Dio spiegasti l'ali, o bell'alma innamorata... Du, die schon zum Himmel eilet, reiner Geist auf lichten Schwingen...«, öffnete er die Arme und das Wasser spritzte weit über den Rasen. Mit »Morir voglio! Sterben will ich!« zog er den Schlauch langsam wieder zu sich, um anschließend stellvertretend für das Messer, das Edgardo sich in die Brust stößt, den vollen Wasserstrahl auf seine Brust zu richten, unter seiner Wucht wankend zu Boden zu sinken und ein letztes Mal zu hauchen: »O bell'alma innamorata ne congiunga il Nume in ciel! O reine Seele, bald vereint mich Gott mit dir!«

»Da capo, da capo«, rief Leda laut und klatschte, als der letzte Ton verklungen war. Paolo erhob sich, noch immer mit Grillrost und Schlauch in den Händen, und verbeugte sich wie ein Opernstar auf der Bühne.

VII

Zwischen Mitternacht und zwei Uhr morgens hatte sich das sehnsüchtig erwartete Gewitter über Lavinio ausgetobt. Leda war von den Blitz- und Donnerfolgen, dem rauschenden Meer, dem niederprasselnden Regen und lauten Stimmen am Strand erwacht.

»Beeilt euch! Sonst erwischt es uns noch!« hatte eine Männerstimme immer wieder gerufen, während Schläge wie Kanonenschüsse durch die Nacht krachten.

So muß es sich angehört haben, als die britischen Alliiertentruppen 1944 hier am Strand landeten, hatte Leda gedacht.

Sie wußte aber nicht, ob bei der Landung überhaupt geschossen worden war oder ob die Briten ganz ruhig an Land gegangen waren. Ein bißchen hatte sie noch über diese Frage sinniert und beschlossen, Paolo am nächsten Tag danach zu fragen. Dann war sie dank der frischen Regenluft wieder fest eingeschlafen.

Als der Wecker sie um sieben Uhr morgens wachklingelte, fühlte sie sich ausgesprochen munter, drehte eine kurze Runde mit Pipo und stellte fest, dass ein Blitz einen Verteilerkasten getroffen haben mußte. Der Boiler im Bad sprang nicht an, und auch sonst funktionierte nichts elektrisch Betriebenes. Sie nahm eine kalte Dusche, legte einen großen Zettel auf den Küchentisch, irgend jemand möge sich um die Sachen in der Gefriertruhe kümmern, und fuhr gen Rom.

An der Metrostation Vitinia an der südwestlichen Peripherie der Stadt sammelte sie Ugo ein, mit dem sie sich telefonisch verabredet hatte.

»Buon giorno, Signora. Sie sind ja so pünktlich wie die römische Polizei«, begrüßte er sie.

»Auf ein Minimum an Service muß man sich ja verlassen können.«

Die Fahrt auf der Autobahn verlief zügig. Ugo berichtete ihr, daß die Vernehmung der Arbeiter nur schleppend voranging, da es sich als schwierig erwies, während der Urlaubszeit Dolmetscher für die verschiedenen Sprachen aufzutun.

»Für Albanisch haben sie schnell einen gefunden. Für Russisch auch. Aber für Slowenisch war in ganz Rom niemand aufzutreiben. Morgen kommt eine Frau aus Venedig. Dann sind die Kollegen fast durch. Bei zwei oder drei Männern müssen die Alibis noch überprüft werden. Das kann noch ein paar Tage dauern.«

»Und ist bei irgendeinem ein Verdacht aufgekommen?«

»Nein. Fast niemand hatte persönlich je etwas mit Breuer zu tun. Bei den Vorarbeitern ist auch nichts Verdächtiges aufgetaucht. Für sie war und ist Sicolo der Hauptansprechpartner, schon wegen der Sprachschwierigkeiten mit Breuer. Das entspricht auch der Aussage von Sicolo.«

Eine gute halbe Stunde später standen sie bereits an der roten Ampel, die die einspurige Auffahrt nach Ceri regelte. Das Städtchen war im Mittelalter auf den Gipfel eines Tuffstein-Berges gebaut worden. Mit seinen Stadtmauern thronte es weithin sichtbar wie eine Krone über der leicht hügeligen Landschaft. Baumkronen ragten wie wilde Haarbüschel in den blauen Himmel. Eine schmale Gasse war ins Gestein geschlagen worden, um den Ort überhaupt erreichen zu können. Sie warteten geduldig an der roten Ampel, die die Auf- und Abfahrt regelte. Zwei Autos kamen tatsächlich nach unten gefahren. Dann geschah lange nichts.

»Ein Onkel von mir war früher mal Pilot. Er flog diese kleinen Propellermaschinen«, begann Ugo plötzlich zu erzählen. »In der Schule hatten er und sein Freund gut aufgepasst. Sie wußten also, daß hier in der Gegend viele der

Hügel bewachsene Etruskergräber sind. Aus der Luft kann man das wohl anhand der Form gut erkennen. Nachts, wenn es dunkel war, betätigten sich die beiden als Archäologen. Sie gruben und schaufelten sich durch Erdschichten durch und drangen in die Gräber ein. Leider nicht nur aus wissenschaftlicher Neugierde. Sie haben die Gräber geplündert, jahrelang phantastischste Keramikbüsten, Teller, Vasen und Schmuckstücke ausgebuddelt und auf dem Schwarzmarkt verkauft. Damit sind sie richtig reich geworden.

Zum neunten Geburtstag schenkte mir mein Onkel, der mich sehr liebte so wie ich ihn, eine kleine, bemalte Vase und sagte: ›Die ist noch älter als die alten Römer.‹ Das wollte ich nicht glauben, denn in meiner Zeitrechnung hatte es erst Neandertaler und Drachen und anschließend die antike Hochkultur gegeben, bestenfalls noch ein paar Ägypter zwischendurch. Also marschierte ich mit dem Väschen zu meinem Vater und zeigte es ihm. Der unterzog meinen Onkel einer peinlichen Befragung, wo er es herhatte. In der Familie bestand schon länger der Verdacht, daß bei meinem Onkel irgend etwas nicht mit rechten Dingen zuging, da er so schnell zu viel Geld gekommen war. Mein Vater brach den Kontakt zu ihm ab, was ich natürlich tief bedauerte. Außerdem fühlte ich mich schuldig für den Familienzwist. Immerhin: Die Vase durfte ich behalten. Ich habe sie immer noch. Sie muß einiges wert sein.«

»Hat man ihn erwischt?« fragte Leda.

»Ja. Den Bauern aus der Umgebung waren der häufige Flugverkehr in sehr niedriger Höhe und das nächtliche Treiben verdächtig vorgekommen, und sie meldeten es der Polizei. Mein Onkel und sein Freund wurden in flagranti erwischt und haben einige Jahre im Gefängnis zugebracht. Dort studierte er die Geschichte der Etrusker und entwikkelte sich zu einem echten Fachmann. Später arbeitete er mit dem Ministerium für Kultur zusammen, denn kaum jemand war in der Lage, Fundstätten aus der Luft mit so großer Treffsicherheit ausfindig zu machen wie mein Onkel.«

»Du stammst also aus einer wirklich kriminellen Familie«, bemerkte Leda.

»Ja. Allerdings muß man anerkennen, daß mein krimineller Onkel ja später zur Stütze des Staates wurde.«

»Das Zusammenspiel krimineller Energien mit dem Staat scheint mir in unserem wunderschönen Land ein häufigeres Phänomen zu sein.«

»Seien Sie nicht so hart, Signora. Bedenken Sie, daß mein Onkel sich dank Knast und Studienmöglichkeiten vom Saulus zum Paulus gewandelt hat und zu einem glänzenden Beispiel für eine gelungene Resozialisierung wurde. Er verstarb vor drei Jahren als angesehener Etruskerexperte.«

Endlich sprang die Ampel auf Grün, und sie fuhren durch die schmale, schattige Straßenschlucht hinauf. Oben eröffnete sich vor ihnen der Hauptplatz von Ceri. Er war im Verhältnis zum restlichen Ort ausgesprochen groß. Auf den Plastikstühlen vor einem Café saßen drei oder vier Männer im Schatten, tranken ihren Morgenkaffee und spielten mit Würfeln. Ein Hund begrüßte bellend die beiden Neuankömmlinge und begleitete sie schwanzwedelnd, als sie sich bei den Männern nach dem Haus von Rosanna Piccinato erkundigten.

»Rosanna wohnt im Haus ihrer Mutter Valeria«, antwortete einer von ihnen. »Die liegt aber im Krankenhaus mit einer Blutvergiftung. Wurde von irgendwas gestochen. Sehen Sie die Straße dahinten, die neben dem Palazzo vom Platz abgeht? Dort müssen Sie reingehen, dann ist es die dritte Tür auf der rechten Seite.«

Es dauerte eine Weile, bis jemand auf Ledas Klopfen reagierte und eine junge, dunkelhaarige Frau ihnen öffnete. Sie hatte tiefe Ringe unter den übernächtigten Augen und war sehr blaß.

»Rosanna Piccinato? Buon giorno, ich bin Commissaria Leda Giallo, und das ist mein Kollege Ugo Libotti aus Rom. Wir haben gestern miteinander telefoniert.«

»Bitte treten Sie ein.«

Im dunklen Flur des alten Hauses war es angenehm kühl. Rosanna führte die beiden ins Wohnzimmer, das von vergangenem Wohlstand zeugte. Sie setzten sich an einen langen, blankpolierten Holztisch, auf dem eine Schale mit bunten Keramikfrüchten stand.

»Ich bin erst vorhin aus dem Krankenhaus in Cerveteri zurückgekommen. Meiner Mutter ging es letzte Nacht ziemlich schlecht. Sie hat von dem Stich eine Blutvergiftung und Fieber bekommen. Jetzt scheint es aber wieder besser zu werden. Das Fieber ist gesunken. Die Ärzte mußten sie aber dabehalten. Meine Schwester ist heute morgen aus Rom gekommen und bleibt erst mal bei ihr. Ich fahre dann später wieder hin.«

Ein paar Tränen liefen Rosanna über das schmale Gesicht. Sie sprach sehr leise und hatte die Hände auf dem Schoß gefaltet.

»Das tut mir leid, Signorina. Können Sie mir ein paar Fragen zur Familie Romelli beantworten?« fragte Leda.

Rosanna nickte.

»Wissen Sie, wo wir Signor Romelli finden können?«

»Ich weiß es nicht. Sie haben behauptet, sie würden wie letztes Jahr mit dem Segelboot wegfahren. Das kann aber nicht sein.«

»Warum nicht?« fragte Ugo.

»Weil sie es vor zwei Monaten verkauft haben. Das haben sie mir zwar nicht erzählt, ich habe es aber trotzdem mitbekommen. Das Boot hat jemand aus Pisa gekauft. Ein Signor Valerio. Seinen Nachnamen habe ich vergessen. Er hat ein paarmal deshalb angerufen. Ich habe selbst mit ihm gesprochen.«

»Sind Romellis vielleicht mit Freunden zum Segeln gefahren?«

»Das glaube ich nicht. Denn dann hätten sie die Kinder nicht mitgenommen. Letztes Jahr sind die beiden ja auch bei mir geblieben, weil sie noch zu klein für eine Hochsee-Tour sind.«

»Ihre Tante sagte uns, daß Sie sich bei den Romellis unwohl und schlecht behandelt fühlen.«

»Meine Tante redet soviel.«

»Stimmt es denn nicht?«

»Ich möchte nichts Schlechtes über die Romellis sagen. Der Signore ist schließlich ein wichtiger Mann bei der Stadt. Und ich weiß ja auch gar nichts über einen Mord.«

»Das ist uns schon klar. Aber wenn Sie uns ein bißchen über die Romellis erzählen, können wir uns ein besseres Bild von ihm machen. Sie sollen uns ja nichts Verkehrtes sagen, um ihn zu beschuldigen, sondern nur ganz einfach, wie Sie die Familie erleben. Und wenn es Ihnen bei den Romellis schlechtgeht, sollten wir wissen, warum.«

»Glauben Sie denn, daß Signor Romelli ein Mörder ist?«

»Könnten Sie sich das vorstellen?« gab Leda zurück.

Rosanna drehte ein kleines Goldkreuz, das an einer dünnen Kette um ihren Hals hing, zwischen den Fingern und schwieg. Leda sah, wie sie mit sich kämpfte, und ließ ihr Zeit, um die richtigen Worte zu finden.

»Seit wann arbeiten Sie denn bei den Romellis?«

»Seit zwei Jahren.«

»Und welche Aufgabe haben Sie dort?«

»Ich mache den Haushalt, koche und kümmere mich um die Zwillinge.«

»Wie alt sind die Zwillinge?«

»Fünf.«

»Und wie heißen sie?«

»Paula und Paolo, ich rufe sie Pa und Po.«

»Gefällt Ihnen die Arbeit mit den Kindern?«

»Ja, sehr sogar. Deshalb bin ich ja noch bei ihnen.«

»Die Eltern hingegen gefallen Ihnen weniger, nicht wahr?«

»Manchmal sind sie auch nett. Wenn ich morgens hingehe, weiß ich nie, ob sie mich anschreien oder mit einer Umarmung begrüßen werden. Manchmal habe ich richtig Angst vor ihnen.«

»Warum schimpfen sie denn so mit Ihnen?«

»Es geht eigentlich nie um mich. Der Signor und die Signora haben soviel Krach, weil Geld fehlt. Deshalb bezahlen sie mich auch oft nicht pünktlich.«

»Geben sie denn soviel Geld aus?«

»Die Signora kauft sehr teure Kleider und geht oft zum Friseur. Aber nur, weil der Signore die hohe Stellung hat und sie abends zu offiziellen Veranstaltungen gehen müssen, sagt sie. Und wenn sie zu Hause bleiben, kommen abends manchmal sehr spät noch Gäste. Dann wird ziemlich viel getrunken und geraucht. Das kostet vermutlich auch eine Menge.«

»Und Sie müssen für die Gäste kochen?«

»Nein, da gibt es nichts zu essen. Die kommen immer erst frühestens um halb zehn Uhr, also nach dem Abendessen. Da bin ich schon weg. Ich räume nur am nächsten Tag auf. Die Signora weiß auch nie genau, wann diese Gäste kommen. Wenn der Signore anruft und sagt, daß sie am Abend Besuch bekommen, wird die Signora immer sehr böse. Manchmal geht sie dann selbst weg, und ich muß die Zwillinge ins Bett bringen und warten, bis sie eingeschlafen sind. Wir dürfen dann nicht mehr ins Eßzimmer gehen, wo der Signore mit den Männern trinkt und raucht. Der Signore sagt dann immer, sie hätten eine wichtige Besprechung. Ich darf ihn dann nicht einmal ans Telefon holen, sondern muß Anrufern sagen, daß er nicht zu Hause ist.«

»Kommen nur Männer?«

»Ich habe noch nie eine Frau dabei gesehen.«

»Und warum wird die Signora so böse, wenn die Männer kommen?«

»Ich weiß nicht genau, aber sie schreit dann herum, daß ihr Mann damit aufhören soll, daß sie ihn nun endgültig verlassen wird. Aber sie verläßt ihn trotzdem nicht. Am nächsten Tag ist sie manchmal sehr schlecht und manchmal sehr gut gelaunt. Wenn sie gut gelaunt ist, bekomme ich meistens mein Geld. Manchmal sogar alles, was sie mir noch schuldet. Es kann nach diesen Abenden aber auch passieren, daß sie den ganzen Tag weint und mir ankündigt, sie würde mir in diesem Monat kein Geld geben können.«

Rosanna machte eine Pause und schwieg. Dann hob sie plötzlich den Kopf und sah Leda gerade in die Augen:

»Wissen Sie, ich verstehe überhaupt nicht, wie ein Mann, der angeblich einen so hohen Posten hat, immer in der Geldklemme stecken kann. Solche Leute wohnen in großen Villen, haben Hausangestellte, Segelboote und vieles mehr. Warum ist bei der Familie Romelli alles so anders? Bei denen fehlt manchmal sogar das Geld für den monatlichen Großeinkauf im Supermarkt. Eigentlich lieben die Romellis den Luxus. Sie fahren ein großes Auto, sie geht gern shoppen, sie hatten ein Segelboot und tun nach außen ja auch immer so, als wären sie vermögend. Wenn sie Geld haben, geben sie es in vollen Zügen wieder aus. Aber dann ist garantiert irgendwann die Pleitewelle angesagt, und es reicht für gar nichts mehr. Dann wird nicht einmal mehr telefoniert. Finden Sie das nicht verrückt? Ich denke mir oft, daß da etwas nicht stimmen kann.«

»Und wer diese Männer sind, wissen Sie wirklich nicht?«

»Nein. Ich sehe sie ja höchstens mal, wenn ich dableiben muß, ihnen die Tür öffne und sie ins Wohnzimmer begleite. Und dann nennen sie ihre Namen nie.«

»Sind das denn immer dieselben Männer?«

»Manche ja, manche kommen neu dazu.«

»Und wie viele sind es pro Abend?«

»Verschieden. Mal sind sie zu dritt und mal mehr.«

»Das ist merkwürdig, in der Tat. Zurück zu unserem Ausgangspunkt, wo wir die Romellis finden können. Haben sie Verwandte, die wir fragen könnten?«

»Da gibt es die Eltern vom Signore und die beiden Brüder, Giorgio und Luigi. Sie leben in New York.«

»Auch die Eltern?« wollte Leda wissen.

»Nein, nur die Brüder. Die Eltern sind in Ancona. Der Vater heißt Eduardo und die Mutter Livia. Die waren noch nie zu Besuch da, weil Signora Livia im Rollstuhl sitzt. Da fahren sie ein-, höchstens zweimal im Jahr hin.«

»Sonst noch jemand?«

»Signora Maria Pinto, die Mutter der Signora. Sie mag den Signor Romelli wohl nicht so sehr, weil sie nur zu Besuch kommt, wenn er unterwegs ist.«

»Wissen Sie, wo sie wohnt?«

»In Norma. Die Signora fährt häufig mit den Kindern hin, ist ja auch nicht weit. Sie ist sehr nett. Einmal habe ich geweint, als sie gerade da war, weil ich mein Geld schon wieder nicht bekommen hatte. Da hat sie mir etwas gegeben und so furchtbar mit der Signora geschimpft, bis die auch weinte.«

Als Leda und Ugo aus der Kühle des Hauses wieder auf die Gasse traten, wurden sie von der Hitze beinahe erschlagen. Die Sonne stand fast im Zenit, und ihre Strahlen ließen die Wäschestücke, die über der Straße zum Trocknen hingen, wie Figuren von Scherenschnitten als Schatten erscheinen.

Als hätten sie sich zuvor darüber abgestimmt, strebten Leda und Ugo zum Café. Sie setzten sich unter das Weinlaubdach, von dem die Reben mit noch grünen Früchten herabbaumelten, und bestellten Kaffee und Wasser.

»Haben Sie auch Cornetti?« fragte Leda.

»Die sind schon weg. Aber Obsttörtchen mit Vanillecreme und Käsekuchen kann ich Ihnen anbieten. Beide sind ganz frisch.«

Leda bestellte von jedem etwas, während Ugo sich auf ein Obsttörtchen mit Erdbeeren beschränkte.

»Mit diesen Romellis stimmt etwas nicht. Wieso sind sie so oft pleite und dann wieder nicht? Da hat Rosanna schon recht: Der Mann verdient ausgesprochen gut, vermute ich. Die müssen doch in der Lage sein, regelmäßig eine Hausangestellte zu entlohnen. Oder sie haben ihre Finanzen nicht im Griff und geben zwischendurch immer wieder viel zuviel aus. Aber wofür nur?«

»Alles ist möglich. Vielleicht hat er andere Frauen oder spekuliert mit Aktien. Wir wissen nur eines: Auf seinem Segelboot macht er wohl keinen Urlaub, weil er keines mehr hat.«

Leda hatte sich während des Gesprächs mit Rosanna einige Notizen gemacht. Nun griff sie den Block, zog ihr Telefonino aus der Tasche und bat die Auskunft um die Nummern der Eltern Romelli.

»Genau, in Ancona, Eduardo Romelli. Nein, die Anschrift kenne ich nicht. Ich weiß nur, daß er dort einen Telefonanschluß hat.«

Inzwischen standen Kaffee, Wasser und Kuchen vor ihnen auf dem Tisch. Während die Dame von der Auskunft suchte, teilte Leda ein Stückchen Käsekuchen mit der Gabel ab und wollte es sich gerade in den Mund schieben, als sie am anderen Ende vernahm:

»Da ist ja der Signore Romelli. Bitte notieren Sie...«

Anschließend begann die Suche nach Maria Pinto in Norma. Leider konnte die Dame am anderen Ende der Leitung in der kleinen Stadt in den latinischen Bergen gleich sechs Pintos, aber keine Maria ausmachen. Leda notierte sich eine Nummer nach der anderen.

»Fangen wir mit den Romellis in Ancona an. Aber erst esse ich in Ruhe das Obsttörtchen. Die Erdbeeren schmekken wunderbar. Die scheinen sie heute morgen geerntet zu haben«, sagte Leda und schob sich genüßlich Bissen um Bissen in den Mund.

Dann wählte sie die Nummer von Romellis Eltern in Ancona. Eine Frauenstimme meldete sich:

»Pronto!«

»Signora Romelli? Buon giorno. Mein Name ist Leda Giallo, und ich hätte gern mit Ihrem Sohn Vincenzo gesprochen. Ist er vielleicht bei Ihnen?«

»Nein, er ist nicht hier. Er sitzt bestimmt auf seinem Boot und schippert über die Meere. Wir haben seit Monaten nichts von ihm gehört. Ich kann Ihnen nicht weiterhelfen.«

Noch bevor Leda etwas erwidern konnte, hatte die Frau am anderen Ende der Leitung bereits eingehängt.

»Mamma mia, die ist aber gar nicht gut auf ihren Sprößling zu sprechen. Sie weiß nicht, wo er steckt. Also probieren wir die Pintos. Du drei, ich drei. Möchtest du die oben auf der Liste oder die unten?« fragte sie Ugo.

»Die oberen, weil aller Erfahrung nach erst eine der letzten Nummern zum Erfolg führt und ich gern noch so ein Törtchen essen möchte«, sagte Ugo, zog sein Telefonino aus der Gürteltasche und begann zu wählen.

Leda tat dasselbe. Es kam, wie Ugo prophezeit hatte: unter der letzten Nummer meldete sich eine Kinderstimme. Als Leda nach Maria Pinto fragte, sagte das Kind:

»Das ist meine Oma, ich ruf sie ans Telefon.«

»Warte mal einen Moment. Sind deine Eltern denn auch da?«

»Nein, die sind eben gerade weggefahren zum Einkaufen, weil morgen doch das große Fest ist.«

»Das ist aber schön. Was feiert ihr denn?«

»Weiß ich nicht. Einfach so.«

»Damit ich auch weiß, daß ich bei euch richtig bin: Dein Papa ist doch Vincenzo Romelli, richtig?«

»Ja, da bist du richtig. So heißt mein Papa. Ich habe auch noch eine Zwillingsschwester, Paula. Sie wurde am selben Tag wie ich geboren.«

»Das ist ja toll. Dann wünsche ich euch jetzt erst mal eine schöne Feier. Ich rufe morgen dann einfach noch einmal an. Ciao.«

»Ciao!« rief das Kind und legte auf.

»Wir haben ihn. Romelli ist in Norma bei der Schwiegermutter. Wir fahren sofort hin.«

Leda überließ Ugo das Steuer, um in Ruhe mit Alesi telefonieren zu können. Sie erreichte ihn gerade noch, bevor er zum Friseur aufbrechen wollte.

»Fünf Minuten später, und ich wäre weggewesen.«

»Nimmst du denn dein Telefonino nicht mit?«

»Für die eine Stunde? Nein. Ich habe schließlich Urlaub. Zumindest theoretisch. Wenn ich länger weg bin, habe ich es aber dabei. Also, was habt ihr herausgefunden?«

Leda berichtete von der Vernehmung Rosannas und den angeblichen Finanznöten der Familie. Sie erzählte, daß Romelli sein Segelboot verkauft habe und entgegen allen Ankündigungen nicht auf dem Mittelmeer kreuze, sondern mit der Familie bei seiner Schwiegermutter in Norma sei.

»Dafür kann es eine einfache Erklärung geben, beispielsweise die, daß es der Schwiegermutter nicht gutgeht oder seine Frau nicht ohne die Kinder Ferien machen wollte. Das allein ist sicherlich kein Indiz für eine Beteiligung am Mord.«

»Aber die Umstände sind merkwürdig, und er ist und bleibt der einzige, der ein Mordmotiv haben könnte. Wir sind gerade auf dem Weg zu ihm und werden sein Alibi so freundlich und vorsichtig überprüfen, wie es einem hochrangigen Kommunalpolitiker geziemt.«

»Höre ich da einen gewissen Zynismus aus deinem Tonfall heraus? Leda, ich bleibe dabei: Ermittlungen im politischen Raum können sich für die Ermittler leicht als Bombe erweisen. Also, seid vorsichtig und zuvorkommend.

Bevor du jetzt wieder wütend wirst, hör bitte kurz zu: Ich habe mich ein bißchen über Romelli kundig gemacht. Er stammt aus kleinen, aber ordentlichen Verhältnissen. Der Vater war Finanzbeamter in Ancona. Der Junge war blendend – auf der Schule und an der Universität in Rom, wo er Ingenieurwesen studierte. Er trat schon zu Beginn seines Studiums in die Partei ein, um dort Karriere zu machen. Schon als junger Mann fiel er wegen seiner ausgefeilten Rhetorik und seines Talents zum Taktieren auf. Aber auch wegen einer gewissen Verbissenheit und Skrupellosigkeit, wenn es um die Eroberung von Machtpositionen ging.

Er kennt jede Leiche in den Kellern der Parteimitglieder und spielt dieses Wissen immer wieder nach Bedarf aus, um sich Leute gefügig zu machen. Er ist nicht beliebt, wird aber respektiert, weil er ein hocheffizienter Arbeiter ist. Ohne ihn als Generalsekretär wäre die Partei in ihrer letzten Finanz- und Imagekrise auf Nimmerwiedersehen versunken. Ohne ihn wäre auch das Auditorium nicht so weit, wie es heute ist. Das weiß er auch und ist offenbar sehr arrogant. Er gibt gern Geld aus. Sein Privatleben schottet er völlig ab. Im Unterschied zu anderen Politikern und zu Inhabern hoher Ämter lädt er beispielsweise nie zu sich nach Hause ein, sondern immer nur in noble Restaurants. Seine Frau taucht in Gesellschaftskreisen kaum auf. So, jetzt hast du ein Bild von ihm und wirst mir glauben, daß er sich gegen Ermittlungen tatkräftig zur Wehr setzen wird. Auch auf die Gefahr hin, daß ich mich wiederhole: Sei sehr, sehr vorsichtig. Der Mann ist ein Fuchs!«

»Danke. Woher du immer alles erfährst, möchte ich gar nicht wissen. Ich werde mich auf jeden Fall auf einen schwierigen Menschen einrichten. Noch etwas spricht gegen ihn:

Wenn er nicht auf hoher See war, muß er doch von dem Mord an Breuer gehört haben. Die Medien berichten schließlich jeden Tag in großen Schlagzeilen darüber. Wieso hat er sich nicht gemeldet? Weil er sich ganz sicher ist, daß seine Geschichte vom Segeltörn von jedermann geglaubt wird.«

»Genau wegen dieser Frage hast du meine volle Unterstützung für seine Vernehmung. Melde dich bitte heute abend bei mir, va bene?«

»Geht in Ordnung. Ciao, Erman, und viel Spaß beim Friseur.«

Ugo fuhr, was das Zeug hielt: erst über die Autobahn um Rom herum und dann Ledas gewohnte Strecke nach Lavinio. Doch statt rechts zum Meer abzubiegen, raste er weiter Richtung Süden. Ein paarmal kam es zu riskanten Überholmanövern. Leda konnte sich einen Aufschrei nur verkneifen, weil sie Angst hatte, Ugo zu erschrecken und damit die Situation noch mehr zu gefährden.

»Ugo, ich weiß gar nicht, was mit dir los ist. Erst outest du dich als leidenschaftlicher Liebhaber, und jetzt fährst du auch noch wie der Henker. Seit Jahren arbeite ich mit dir zusammen, aber so habe ich dich noch nie erlebt. Du bist ja in jeder Hinsicht aus den Fugen geraten.«

»Seien Sie doch mal ehrlich: Sie haben mich immer für einen totalen Langweiler gehalten – nett, harmlos und Mamma-fixiert. Das war ich auch. Elena, von der ich schon erzählt habe, hat mir die Augen über mich geöffnet. Sie sagt, ich würde meinen wahren, spontanen Charakter ständig unterdrücken. Nie über mich und meine Gefühle reden und mich selbst lähmen. Und sie hat recht. Jetzt mache ich Dinge, die ich aus lauter Vernunftgründen nie zu tun gewagt hätte, und öffne mich dem Leben. Das gefällt ihr viel besser und mir auch!«

»Das finde ich sehr beachtlich. Aber deshalb mußt du uns doch nicht gleich umbringen«, entgegnete Leda.

»Keine Sorge, ich passe schon auf. Vertrauen Sie mir. Ich kenne die Strecke.«

Ugo lebte seine neu gewonnene Dynamik auch auf der Strecke in den Lepiner Bergen weiter aus. Erst als er in einer Haarnadelkurve das Auto beinahe gegen den Hang gesetzt hätte, verlangsamte er das Tempo auf ein für Leda angenehmes Maß.

Sie sagte nichts und genoß von nun an den Blick über die Tiefebene von Latina. Nach zwei Stunden hielten sie an einer Bar in Norma und fragten nach der Anschrift von Maria Pinto. Niemand kannte sie. So erging es ihnen überall, wo sie sich nach Romellis Schwiegermutter erkundigten.

Erst bei den Kollegen der örtlichen Polizei hatten sie Erfolg. Ein älterer Carabiniere lachte, als Leda ihm die Suchgeschichte erzählte.

»Natürlich, wenn Sie nach Maria Pinto fragen, weiß niemand, wer das ist. Aber versuchen Sie es mal mit ›La Vedova‹, der Witwe, dann kann Ihnen jeder sagen, wo sie wohnt. Die Frau ist bekannt wie ein bunter Hund. Sie leitet nämlich den Kirchenchor und organisiert den Weihnachtsbasar.«

»Und wieso dieser Spitzname?« fragte Leda.

»Weil sie schon mit vierundzwanzig Jahren ihren Mann bei einem Verkehrsunfall verloren und nie wieder geheiratet hat. Es wird kolportiert, der inzwischen längst verstorbene Pfarrer Don Giuseppe habe ihr mehr als rein geistlichen Zuspruch gewährt. Jedenfalls durfte kein anderer Mann jemals wieder in ihre Nähe. Und warum erweist uns die Mordkommission Rom die Ehre? Darf ich raten? Wegen des Mordes auf der Baustelle, für die Signor Romelli zuständig ist! Als ich im Fernsehen hörte, daß er sich auf einer Segeltour befindet, habe ich gleich im Präsidium angerufen, um zu sagen, daß das nicht stimmt. Das hat man Ihnen ja wohl ausgerichtet. Klar, sonst wären Sie ja nicht hier.«

Leda verschlug es den Atem, als sie das hörte. Niemand

hatte ihr von diesem Anruf berichtet. Sie fühlte Wut in sich aufsteigen. Wieviel Arbeit und Zeit hatten sie bei der Suche nach Romelli verschwendet! Sie schaute Ugo an, der entsetzt schwieg. Auch sie verlor kein Wort über die unverzeihliche Unterlassungssünde in der Questura, beschloß aber, den Schuldigen zu finden und zur Rede zu stellen.

Gewappnet mit neuen Erkenntnissen über Signora Pinto und ihren Wohnort, verließen sie die Polizeiwache und machten sich auf den Weg zu La Vedova.

»Das darf doch nicht wahr sein, Ugo, sag mir bitte, daß ich da etwas Falsches gehört habe. Wir dackeln seit zwei Tagen durch die Gegend, um den Mann zu finden, dabei hat ein braver Kollege längst im Präsidium kundgetan, wo er steckt. Ich schwöre dir, das wird Konsequenzen haben.«

»Regen Sie sich nicht auf. Das nützt ja doch nichts. Jetzt ist eben Urlaubszeit, und da funktioniert so manches nicht. Das kennen wir doch«, versuchte Ugo sie zu beruhigen. Er erreichte das genaue Gegenteil. Leda fing an zu toben.

»Ugo, du kannst diese Schlamperei nicht auch noch verteidigen! Urlaub hin oder her – die Polizei muß trotz Ferienzeit funktionieren. Sonst erleben wir bald einen alljährlichen Kriminalitätsboom, weil sich die Verbrecher sagen: Die Polizei hat Ferien, wunderbar, jetzt schlagen wir zu. Das ist doch völlig absurd.«

»So habe ich das ja auch nicht gemeint. Ich wollte nur sagen, daß da mal was durchrutschen kann«, verteidigte Ugo den Kollegen, der voraussichtlich sein blaues Wunder erleben würde. In solchen Fragen konnte Leda sehr ungnädig sein.

Sie stritten, bis sie am Haus der Signora Pinto angekommen waren. Leda, die vor Wut einen puterroten Kopf hatte, knallte die Autotür zu, würdigte Ugo keines Blickes und atmete tief durch, bevor sie auf den Klingelknopf drückte.

Nach unendlichen Minuten des Schweigens und mehreren Klingelversuchen sah Leda Ugo zum ersten Mal wieder an und sagte:

»Und nun? Wieso sind die denn jetzt weg? Das ist wohl heute nicht mein Tag.«

Gerade als sie sich wieder ins Auto setzen wollten, hörten sie aus dem Inneren des Hauses eine Stimme:

»Was ist denn? Wer hat es denn so eilig?«

Eine ältere Frau mit Dutt öffnete die Tür.

»Es ist Mittagszeit. Kann man denn nicht einmal mehr in Ruhe schlafen?« fauchte sie die Ankömmlinge an.

»Entschuldigen Sie bitte die Störung, aber wir suchen Signor Romelli. Können wir ihn sprechen?«

»Nein. Meine Tochter und Vincenzo sind noch unterwegs. Als Sie klingelten, haben die beiden gerade angerufen, um zu sagen, daß sie in etwa zwei Stunden zurück sein werden. Kommen Sie dann wieder.« Sprach's und schlug Leda und Ugo die Tür vor der Nase zu.

Leda rutschte ein Schimpfwort heraus, das ihre Kinder in ihrer Gegenwart nicht in den Mund hätten nehmen dürfen.

»Die Alte hat Haare auf den Zähnen. Es hat gar keinen Zweck, sie jetzt zu vernehmen«, befand Ugo, und Leda gab ihm Recht.

»Also gehen wir etwas essen«, beschloß Leda.

Ugo stimmte sofort zu, in der Hoffnung, daß ein gutes Mahl Ledas Stimmung wieder auf Normalstand bringen könnte.

Am Ortsrand fanden sie ein nettes Restaurant mit einem großen Garten, wo unter dem schattigem Laub hoher Bäume Tische mit rot-weiß karierten Tischdecken standen. Es war schon spät für den Mittagstisch, und die meisten Gäste hatten bereits den abschließenden Espresso getrunken.

Die beiden Polizisten gingen ins Haus und erkundigten sich, ob sie noch etwas zu essen bekommen würden.

»Aber Signora, natürlich. Der Grill ist noch an. Nehmen

Sie nur Platz, wo Sie möchten. Ich kann Ihnen gern Fisch oder zartes Lammfleisch machen. Besseres haben Sie wahrscheinlich noch nie gegessen. Als Primo vorneweg vielleicht eine Scheibe gegrillten Scamorza-Käse?« schlug der Wirt vor und fuhr fort: »Unsere Pasta ist hausgemacht. Die Leute kommen von weither gefahren, um unsere Orecchiette alle verdure mit Pecorino zu speisen. Und als Nachtisch haben wir selbstgemachtes Aprikosen-, Pfirsich- oder Meloneneis.«

Leda lief das Wasser im Mund zusammen. Sie wußte sofort, was sie wollte:

»Für mich den gegrillten Scamorza, dann das Lamm. Aber bitte eine kleine Portion. Haben Sie frischen Spinat dazu?«

»Natürlich, Signora, vom Bauern aus dem Ort. Und Sie, Signore?« wandte er sich an Ugo.

»Die Orecchiette und danach ein Pfirsicheis.«

»Sonst nichts?« fragte der Wirt erstaunt.

»Nein, danke, es ist so heiß.«

»Und dazu einen leichten, kühlen Weißen? Vielleicht einen Trebbiano aus Velletri?«

»Va bene, eine kleine Karaffe, und bitte viel kaltes Wasser dazu. Und zum Dessert für mich ein Meloneneis«, bestellte Leda.

In kürzester Zeit standen die Köstlichkeiten vor ihnen. Leda war wieder die Friedfertigkeit in Person. Es war ihr zwar heiß, aber hier oben in den Bergen wehte ein ständiger Hauch, der die Temperatur erträglich machte. Sie genoß das wunderbare Essen und fand, daß sie es sich auch redlich verdient hatten.

Am Nachbartisch saß eine Gruppe von Engländern, die sich angeregt über die Besichtigung der Ruinen der alten Volskerstadt Norba unterhielten. Die einst von einer zwei Kilometer langen Befestigungsmauer umgebene Stadt lag gleich neben Norma auf einem Hochplateau und war seit dem achtzehnten Jahrhundert Pilgerstätte vieler Archäologen und Neugieriger. Die Tatsache, daß es hier bereits im vierten Jahrhundert vor Christus eine komplette Stadtanlage mit Wohnhäusern, Tempelanlagen, Thermen und breiten Alleen gegeben hatte, die von den eigenen Bewohnern 82 vor Christus in Brand gesteckt worden und seitdem eine Ruinenstadt war, hatte die Engländer offensichtlich so begeistert, daß sie nicht bemerkten, wie die Bergsonne ihre Gesichter verbrannte. Einige von ihnen hatten regelrechte Brandblasen im Gesicht.

»Hast du dir die Ruinenstadt Norba schon mal angeschaut?« fragte Leda ihren Mitarbeiter.

»Ich war schon mit der Schule hier und später auch noch ein paarmal. Da gibt es die besten Brombeeren im Land. Die Büsche wuchern über den Ruinen. Allein der Blick über die Pontinische Ebene ist einen Besuch wert. Unglaublich schön. Fahren Sie mal mit Ihren Kindern hin, das wird ihnen gefallen.«

Als Leda und Ugo vom Mittagsmahl ermattet erneut an der Haustür von Signora Pinto klingelten, brauchten sie nicht lang zu warten. Romelli selbst öffnete die Tür.

»Ja bitte?«

»Buona sera, Assessore, wir sind von der Mordkommission in Rom und möchten Sie sprechen«, sagte Leda, die auf einen Schlag alle Trägheit verlassen hatte.

»Das ist jetzt leider sehr ungünstig. Bitte kommen Sie doch Montag wieder. Dann habe ich sicher Zeit für Sie.«

Romelli wollte bereits die Tür schließen, als sich Ugos Schuh blitzschnell in die Öffnung schob.

»Es tut uns sehr leid, Signore, aber wir müssen Sie dringend sprechen. Es geht um den Mord an Karl Breuer. Sie kennen ihn ja.«

»Und was soll ich damit zu tun haben?«

»Wahrscheinlich gar nichts. Aber Sie können uns möglicherweise wichtige Hinweise für die Ergreifung des Mörders liefern.«

»Jetzt hören Sie mir mal genau zu: Wenn ich Ihnen sage, daß ich mit diesem Mord nichts zu tun und jetzt keine Zeit habe, mit Ihnen zu reden, dann ist das so. Außerdem sage ich ohne meinen Anwalt kein Wort.«

»Das heißt, Sie wollen uns nicht hereinlassen und nicht mit uns reden?« fragte Leda ruhig, aber bestimmt.

»Signora, das haben Sie richtig verstanden«, erwiderte Romelli spöttisch. Leda setzte daraufhin ihr strahlendstes Lächeln auf und sagte:

»In Ordnung, Signor Romelli. Dann verhafte ich Sie jetzt als Mordverdächtigen im Fall Karl Breuer. Kommen Sie bitte mit. Wir fahren nach Rom. Sie können von dort aus selbstverständlich gern Ihren Anwalt anrufen. Darf ich bitten?«

»Sind Sie verrückt geworden? Wissen Sie eigentlich, wer ich bin?« tobte Romelli los.

»Nur zu gut, Signor Assessore. Deshalb wollten wir auch erst einmal in Ruhe und ohne öffentliches Aufsehen mit Ihnen reden. Aber wenn Sie das nicht möchten, müssen wir eben zu anderen Mitteln greifen.«

Romelli begriff, daß er in Leda eine ebenbürtige Meisterin gefunden hatte, und forderte sie mit einer Kopfbewegung auf einzutreten.

Im hinteren Teil des Hausflures hatten die alte Signora Pinto und ihre Tochter das Geschehen an der Tür beobachtet.

»Buona sera, Signora, wir hatten ja bereits heute mittag das Vergnügen«, begrüßte Leda sie und reichte ihr und Romellis Frau die Hand.

Die Alte schaute sie aus strengen, dunklen Augen an und öffnete eine Tür zu ihrer Rechten. Sie betraten ein dunkel möbliertes Wohnzimmer, in dem allein ein modernes, weißes Sofa vor dem offenen Kamin sowie große Sträuße bunter Stoffblumen für farbliche Abwechselung sorgten. Die hohen Fenstertüren gaben den Blick auf eine dicht bewachsene Veranda frei. Im Garten tummelten sich die Zwillinge in einem Plantschbecken aus grellfarbenem Plastik und gaben kleine Jubelschreie und Jauchzer von sich.

Wieder nur mit einer Geste forderte Romelli sie auf, Platz zu nehmen.

»Was soll denn das heißen, daß ich unter Mordverdacht stehe? Sie wollen mich wohl auf den Arm nehmen?«

Frau Romelli wollte gerade gemeinsam mit ihrer Mutter den Raum verlassen, als ihr Mann sagte:

»Nein, bleib nur hier. Es gibt nichts, was du nicht hören könntest.«

Sie sah verunsichert ihren Mann und dann Leda an.

»Sie können gern hierbleiben, Signora«, half Leda ihr aus der Klemme. »Signor Romelli, lassen Sie uns der Einfachheit halber die Regeln einhalten. Wir fragen, Sie antworten. Meine erste Frage lautet: Wo waren Sie Sonntag früh zwischen fünf und sieben Uhr?«

Der Mittvierziger war für einen Urlauber erstaunlich blaß. Die tiefen Ringe unter seinen graublauen Augen zeugten von mangelnder Erholung. Romelli hatte die Statur eines Preisboxers und bereits ausgeprägte Geheimratsecken über der Stirn. Seine Finger lagen ineinander verschränkt auf dem Tisch. Verkrampft, wie Leda fand.

»Im Bett.«

»Im Bett, wo?«

»Hier, neben meiner Frau, wo sonst?«

»Stimmt das, Signora Romelli?«

»Hör zu, Luisa. Du mußt als meine Frau gar nichts sagen. Du hast ein Aussageverweigerungsrecht. Darüber hätten dich die sauberen Polizisten aufklären müssen. Da sie es versäumt haben, tue ich es hiermit. Sag also nichts, wenn du nicht möchtest. Verstanden?«

Signora Romelli nickte, schaute nach unten und schwieg. Sie hatte wenig mit der schicken, modebewußten Signora gemein, die Rosanna ihnen geschildert hatte, wie sie hier in Shorts, einem einfachen T-Shirt und Gummischlappen vor ihnen saß.

»Also noch einmal, Signora Romelli, möchten Sie mir sagen, ob Ihr Mann Sonntag früh zwischen fünf und sieben Uhr hier im Bett lag?«

Die Frau schüttelte den Kopf.

»Nein, das hat er nicht«, meldete sich nun Maria Pinto, die gerade mit Wasser und Gläsern das Zimmer betrat. »Er ist erst um kurz vor acht wiedergekommen und wollte dann anschließend nicht mit uns zur Messe gehen, weil er todmüde war.«

»Mamma, was soll das? Warum mischst du dich ein?« fuhr ihre Tochter auf.

»Weil man die Polizei nicht belügen darf. Es reicht, wenn dein Mann das tut. Aber du und deine Kinder werden das in meinem Haus und unter meinen Augen nicht tun. Ich jedenfalls sage die Wahrheit: Er war nicht hier.«

»Halt den Mund, Schwiegermutter. Das ist allein meine Angelegenheit«, schnauzte Romelli sie an.

»Du irrst. Ein Mensch kam ums Leben, und zwar auf einer Baustelle, die dir das Wichtigste im Leben ist, wichtiger als deine Familie und wichtiger als Gott. Da mußt du mithelfen, die Wahrheit herauszufinden, ob es dir gefällt oder nicht.«

»Raus mit dir«, schrie Romelli außer sich vor Zorn.

»Dies ist mein Haus. Wenn einer es verläßt, dann bist du es. Hai capito?« sagte die Alte mit dem Stolz einer italienischen Mutter, die im Leben schon viel mitgemacht hatte. Ein ungeliebter Schwiegersohn hatte ihr keine Befehle zu erteilen.

Romelli schwieg, und Leda sah, daß er vor Zorn innerlich bebte. Am liebsten wäre er der Alten an den Kragen gegangen.

»Also, Signor Romelli, wo waren Sie Sonntag früh zur genannten Zeit?« fragte Leda unerbittlich weiter.

»Ich verweigere die Aussage und will meinen Anwalt anrufen.«

»Bitte, tun Sie das. Ihre Behauptung wird dadurch allerdings nicht glaubwürdiger.«

»Dio mio, du bist doch sonst nicht so auf den Kopf gefallen«, schaltete sich Signora Pinto wieder ein. »Es ist schließlich besser, ein Zocker als ein Mörder zu sein.« Endlich konnte sie einmal alles loswerden, was ihr offensichtlich seit Jahren auf dem Herzen lag.

»Signora Commissaria, mein Schwiegersohn ist ein notorischer Spieler. Sie denken, er ist der feine Herr in der hohen Position in Rom? Nein, das ist nur seine schöne, glänzende Seite. Die andere ist dunkel und wird uns alle noch ruinieren. Er verspielt jeden Cent und drängt mich sogar, mein Haus zu verkaufen, damit er seine Spielschulden bezahlen kann. Aber das werde ich nicht tun. Niemals. Irgendwo muß meine Tochter mit den Kindern bleiben können, wenn er eines Tages alles verspielt hat. Seit Jahren geht das schon so, und irgendwann muß es ein Ende haben.«

Signora Romelli war zu ihrer Mutter gelaufen und schlug mit den Fäusten auf sie ein.

»Basta, Mamma, hör auf. Du machst doch alles noch schlimmer!«

Ugo packte Signora Romellis Arme und hielt sie fest.

»Ruhig, Signora, ganz ruhig. Ihre Familienangelegenheiten sind uns nicht wichtig. Aber Ihr Mann braucht ein Alibi. Und wenn er tatsächlich gespielt hat, soll er uns sagen, wo und bei wem, damit wir das überprüfen können. Stimmt es, dann hat er ein Alibi, und wir werden nicht weiter gegen ihn ermitteln.«

»Welche Verdachtsmomente gibt es gegen mich?«

»Erstens: Sie haben ein Motiv, und zwar die Angst vor

einer politischen Niederlage. Wir haben verschiedene Zeugenaussagen, alle mit dem gleichen Tenor – Assessore Romelli haßte Breuer so sehr, daß er nicht einmal mit ihm redete. Zweitens: Sie haben versucht, Ihre Umwelt über Ihren wahren Aufenthaltsort während des Urlaubs zu täuschen. Sie haben sich nach dem Ereignis nicht gemeldet, sondern alle in dem Glauben gelassen, Sie seien auf hoher See. Drittens: Sie sind trotz Ihres nicht eben spärlichen Einkommens hoch verschuldet und mußten sogar Ihr Segelboot verkaufen.«

»Sie halten mich doch wohl nicht ernsthaft für einen Mörder?«

»Wir halten niemanden für einen Mörder, solange es nicht bewiesen ist. Wo waren Sie Sonntag früh?«

Romellis Augen flammten kurz auf. Er erhob sich, ging durchs Zimmer und schaute aus dem Fenster. Es war totenstill. Leda sah, wie er sich zum Gegenschlag vorbereitete.

Plötzlich drehte er sich um. Sein Gesicht war verzerrt vor Wut und Ohnmacht.

»Hören Sie, Signora, die Sache wird Sie Ihren Kopf kosten. Wie können Sie sich erlauben, solche Vorwürfe gegen einen Mann in meiner Position zu erheben! Ich werde dafür sorgen, daß Sie Ihren Job verlieren.«

»Wollen Sie mir drohen?«

»Nein, ich will Ihnen nur zeigen, wo Sie stehen.«

»Das weiß ich sehr wohl. Mir ist bekannt, wie mächtig Sie sind und welch gute Beziehungen Sie haben. Aber in jedem Gerichtssaal unserer Republik hängt der Spruch: Das Gesetz ist für alle gleich. Und Sie scheinen bei alledem eines zu vergessen: daß es genauso unsere Pflicht ist, Ihre Unschuld zu beweisen, falls Sie unschuldig sind«, entgegnete Leda ruhig. »Wie mein Kollege eben zu Ihrer Frau sagte: Wir interessieren uns nicht für Ihr Privatleben, solange es nicht im Zusammenhang mit dem Mordfall steht. Wir möchten durch die Überprüfung Ihres Alibis nur ausschließen, daß Sie als Mörder in Betracht kommen. Insofern sind wir ganz in Ihrem Sinne tätig.«

Signora Romelli lief schluchzend zu ihrem Mann, ergriff seine Hände und sagte:

»Amore, du bist kein Mörder. Sag ihnen, wo du warst. Sag es ihnen.«

Romelli schloß seine Frau in die Arme, seufzte und sagte:

»In Sperlonga bei einem Freund.«

»Einen Freund nennst du so etwas? Einen Menschen, der dir nur Geld aus der Tasche zieht?« fuhr Signora Pinto erneut dazwischen.

»Wie heißt der Freund, wo genau kann ich ihn finden?«

»Er ist nicht direkt ein Freund, sagen wir, ein flüchtiger Bekannter. Seinen Namen habe ich vergessen. Die Adresse ist Via Marconi 17 in Sperlonga.«

»Waren noch weitere Personen dabei?«

»Ja, drei andere Herren, die ich nicht kannte.«

»Sagen Sie mir bitte, wann genau Sie sich dort aufgehalten haben?«

»Ich bin um elf Uhr am Samstagabend hier losgefahren. Wir haben kurz nach Mitternacht mit dem Spielen begonnen und um etwa halb sechs Sonntag früh aufgehört.«

»Um welches Spiel handelte es sich?«

»Poker.«

»Haben Sie um Geld gespielt?«

»Um ein paar Cent, nichts Besonderes. Es geht ums Spielen, nicht ums Geld.«

»Danke, Assessore und auf Wiedersehen. Ach, und noch etwas: Bitte verlassen Sie Norma nicht, bis wir Ihnen Bescheid geben, daß Ihr Alibi stimmt. Ich werde es natürlich sofort überprüfen, um Ihnen weitere Unannehmlichkeiten zu ersparen.«

VIII

»Romelli wird jetzt seinen gesamten Machtapparat in Bewegung setzen«, meinte Ugo, während er den Wagen Richtung Sperlonga lenkte. Leda hatte ihm vor Fahrtantritt das Versprechen abgenommen, seine Selbstverwirklichungsphase nicht mit ihr im Auto auszuleben. Er hielt sich daran.

»Das glaube ich nicht. Denn dann liefe er Gefahr, daß seine Spielsucht bekannt wird. Außerdem macht auch der Machtapparat Urlaub, da wird er so schnell niemanden erreichen.«

Leda konnte in Ruhe mit Paolo telefonieren, um ihm zu sagen, daß sie heute erst sehr spät, wenn überhaupt käme. Paolo war sauer, weil sie eine Verabredung mit Freunden zum Abendessen hatten. Anschließend unterrichtete sie Alesi über die Neuigkeiten.

»Du gerätst häufig an außergewöhnliche Fälle. Kannst Du pokern?« fragte er sie.

»Nein, aber ich würde es gern lernen. Vielleicht bekomme ich heute abend noch eine kleine Einführung.«

»Ledakind, sei vorsichtig. Diese Spieler können gefährlich sein. Ich weiß, daß sogar unsere ausgefuchsten Undercover-Leute Angst vor ihnen haben. Oft steht die Mafia hinter dem Glücksspiel, und du kennst ja deren Art, mit unliebsamen Elementen umzugehen.«

»Erman, mach dir keine Sorgen. Wenn es zu brenzlig wird, steigen wir sofort aus. Versprochen.«

Immer, wenn er sie Ledakind nannte, was weder zu ihrem Alter noch zu ihrer Statur oder ihrem Beruf paßte, wußte sie, daß er die Situation für wirklich gefährlich hielt.

Auf den Straßen herrschte reger Verkehr. Richtung Meer

wurde es immer voller, und in Terracina standen sie im Stau. Sie brauchten fast eineinhalb Stunden, bis sie endlich im romantischen Sperlonga angekommen waren und das Haus gefunden hatten.

Die Stimme einer Frau teilte ihnen durch die Gegensprechanlage mit, der Hausherr und seine Gattin kämen erst nach dem Abendessen vom Segeln zurück.

»Wie heißt denn der Herr des Hauses?« fragte Leda.

»Ich bin gehalten, keinerlei Fragen zu beantworten. Bitte fragen Sie ihn doch selbst, wenn er da ist.«

Das Mädchen hatte offensichtlich Übung im Abwimmeln ungebetener Gäste, und Leda beschloß, vorübergehend den Rückzug anzutreten.

»Das wird ein langer Abend. Wir sollten uns ein Hotel suchen«, meinte sie.

»Ich habe aber keine frischen Sachen für morgen dabei«, wandte Ugo ein.

»Mein Lieber, es gehört zu den Merkmalen eines spontanen, freien Menschen, daß er jede Situation bewältigt. Sieh es als eine Art Survival-Training, wenn du dir jetzt ein neues Hemd, eine Zahnbürste und einen Einmal-Rasierer kaufen mußt. Deine Unterhose kannst du später kurz auswaschen, die wird bis morgen früh trocken sein. Das ist wirklich nur ein Training, denn die Geschäfte haben ja noch offen. Die wahre Härte beginnt erst, wenn die Geschäfte bereits geschlossen sind.«

»Ich hätte Ihnen besser nicht soviel von mir erzählt, jetzt nehmen Sie mich die ganze Zeit auf den Arm.«

»Das meine ich doch nicht böse. Im Gegenteil, es gefällt mir, außer beim Autofahren in den Bergen vielleicht! Im übrigen verschonst du mich mit meiner neuen Mutterrolle ja auch nicht gerade.«

Sie mußten beide lachen. Wenig später betraten sie das erstbeste Hotel.

»Da werden Sie im Ort wohl kein Glück haben. Hier ist um diese Jahreszeit immer alles ausgebucht«, teilte ihnen der Herr an der Rezeption mit.

Bei einer kleinen Pension in einer Nebengasse hatten sie endlich Erfolg. Die freundliche ältere Dame war froh, für kurzfristig abgesagte Zimmer nun doch noch eine Belegung zu finden.

»Haben Sie kein Gepäck?« fragte sie mit der typischen Neugierde einer Pensionsbesitzerin.

»Nein, wir müssen heute nacht überraschend aus beruflichen Gründen in Sperlonga bleiben und uns jetzt erst einmal mit dem Notwendigsten versorgen«, klärte Leda die Dame auf, die ihr kein Wort glaubte und die beiden vermutlich für ein heimliches Liebespaar hielt. Leda gab sich keine Mühe, das Bild der Dame zu korrigieren, es wäre zwecklos gewesen. Sie füllten die Anmeldescheine aus, bezahlten im voraus und sahen sich die Zimmer an. Einfach eingerichtet, aber nett und sauber.

»Wir kommen möglicherweise erst sehr spät zurück. Sind Sie dann noch wach?«

»Sie können jederzeit klingeln, mein Sohn oder ich selbst werden Ihnen öffnen.«

Dann ließen sie sich noch ein nettes Restaurant empfehlen und zogen los. Sie schlenderten mit schier unglaublichen Urlaubermengen durch die schmalen Gassen des malerischen Örtchens. In einem kleinen Supermarkt fanden sie alles, was sie für eine Nacht brauchten. Leda schwitzte zwischen all den Menschen und träumte von einem kühlen Glas Wein.

Und dann plötzlich, in einer der Gassen, sah Leda es im Schaufenster einer Boutique: ein orangefarbenes Leinenkleid, wadenlang, schlicht geschnitten, vorn durchgeknöpft und mit kurzen Ärmeln. So etwas hatte sie schon lang gesucht. Schnell war sie in der Boutique verschwunden. Ugo zog es vor, draußen zu warten.

Sie geriet für einen kurzen Moment ins Wanken, weil das Kleid auch in einem dunklen Grün und einem warmen Gelbton auf der Stange hing. Schließlich griff sie zu dem Orangenen. Während sie sich umzog, kam Ugo in den Laden und erklärte durch den Vorhang der Umkleidekabine, daß er kurz in das Herrengeschäft schräg gegenüber gehe, wo er ein Hemd entdeckt habe.

Das Kleid paßte wie angegossen, was bei Ledas barocker Figur eher selten vorkam. Auch der Preis stimmte. Als Leda das Geschäft verließ, hatte sie das orangefarbene Kleid an und die beiden anderen in Gelb und Grün in der Einkaufstüte. Um ihre Schultern flatterte ein leichtes, buntes Tuch, auf dem sich die Farbtöne der Kleider wiederfanden.

»Das paßt sehr gut zu Ihren roten Haaren. Toll sehen Sie aus«, sagte Ugo und pfiff anerkennend durch die Zähne. Er selbst trug ein neues Polohemd, das ihn ausgezeichnet kleidete.

»Du bist ja auch fündig geworden. Sehr schön, Glückwunsch«, bemerkte Leda und betrachtete ihren Begleiter voller Wohlgefallen. Innerlich dankte sie Elena, die solche Veränderungen ermöglicht hatte.

In dem von der Pensionswirtin empfohlenen Restaurant erwischten sie die letzten freien Plätze an einem Tisch an der Straße. Matt, aber zufrieden bestellten sie sich Hummermedaillons in Weißweinsauce mit frischen Kräutern und dazu einen Falerner Weißwein. Die Krustentiere waren eine Spezialität des Ortes und wurden in den umliegenden Felsgrotten gefangen. Bis die Köstlichkeit auf dem Tisch stand, dauerte es fast eine Stunde. Die Küche war dem Ansturm der Gäste kaum gewachsen. Doch Leda und Ugo hatten Zeit, waren noch vom opulenten Mittagessen gesättigt, tranken in Ruhe kühlen Wein und bestaunten gegenseitig ihre Neuerwerbungen. Dann entschädigte sie das Essen für jede Wartezeit.

»Ich denke, das ist der beste Hummer, den ich je gegessen habe«, schwärmte Leda, die sich, was gute Küche betraf, wahrlich auskannte.

»Wenn wir hier nicht arbeiten müßten, könnte ich das Gefühl von Urlaub bekommen«, meinte Ugo ebenso begeistert.

»Wir stellen uns einfach für zwei Stunden vor, wir hätten Urlaub. Dann sind wir anschließend bestens erholt und können diesen Signore noch besser vernehmen.«

Zum abschließenden Kaffee kam bei Leda der brennende Wunsch nach einer Zigarette auf. Sie unterdrückte ihn, drängte aber auf raschen Aufbruch, um die Reste der Sucht durch Bewegung und Ablenkung zu besiegen.

Um kurz vor zehn brachen sie auf, luden ihre Einkäufe in der Pension ab und schoben sich durch die Menschenmengen erneut zum Haus in der Via Marconi. Über dem Eingang entdeckte Ugo schon von weitem eine Videokamera. Ein Mann stand vor der Tür, der die Flucht ergriff, als Ugo und Leda sich näherten.

Ein Mädchen mit einer adretten weißen Schürze öffnete die Tür, noch bevor sie läuten konnten. Sie sah sie mit einem Blick an, der ihnen signalisierte, daß sie jemand ganz anderen erwartet hatte. Wieder trug Leda ihr Anliegen vor, den Herrn des Hauses sprechen zu wollen.

»Sind Sie angemeldet?«

»Nein.«

»Dann muß ich erst einmal nachfragen, ob der Signore jetzt Zeit hat. Wie ist bitte Ihr Name?«

Leda und Ugo zückten ihre Polizeiausweise und hielten sie dem Mädchen vors Gesicht.

»Einen Moment bitte«, sagte sie und wollte die Tür schließen. Zum zweiten Mal an diesem Tag kam Ugos Fuß zum Einsatz. Sie folgten dem Mädchen unaufgefordert ins Hausinnere. Leda sah, wie sie rasch auf einen unscheinbaren Knopf in der Wand drückte.

Der Luxus im Inneren stand im krassen Gegensatz zu der schlichten, weißen Hausfassade. Auf dem Boden aus weißem Carrara-Marmor, wie ihn Michelangelo für seine Kunstwerke benutzt hatte, stand eine Reihe von antiken Sandsteinsäulen, die Leda allesamt echt zu sein schienen. Sie spiegelten sich in der gegenüberliegenden Wand, die mit reinem Bleikristall verkleidet war. Zwischen den Säulen hingen halbrunde Wandleuchten aus Terracotta, die den großzügigen Eingangsbereich in ein bühnenartiges Licht tauchten. Eine breite, geschwungene Treppe führte ins obere Stockwerk. Das Mädchen ging auf eine große Holztür unter der Treppe zu und öffnete sie. Leda und Ugo folgten ihr ins Wohnzimmer, wo drei leger gekleidete Männer und eine Frau sich angeregt unterhielten. Die großen Fenster zur Veranda waren weit geöffnet, und Leda sah im Hintergrund die vielen kleinen Lichter des Hafens und die Dunkelheit des Meeres, auf dessen glatter Oberfläche sich der Mondschein brach.

»Desdemona, was soll das? Wer sind diese Leute?« fragte ein zierlicher Mann mit vollem schwarzen Haar und einem Schnauzbart, der mit einem Champagnerglas in der Hand aufgebracht auf sie zukam.

»Die Polizei, Signore. Sie sind einfach hinter mir hergegangen«, sagte das Mädchen leise.

Der Mann erstarrte förmlich, gab sich aber alle Mühe, es sich nicht anmerken zu lassen. Doch Leda sah, wie es ihm die Farbe aus dem gebräunten Gesicht trieb.

»Ihr entschuldigt mich bitte einen Moment«, wandte er sich mit vorgetäuschter Lässigkeit an seine Gäste. Dann drängte er die Polizisten aus dem Saal, den sich Leda gern noch genauer angeschaut hätte, und schloß die Tür hinter sich.

»Sie sind ein Sammler antiker Kunst«, begann Leda das Gespräch.

»Die Herkunft eines jeden Stückes ist nachweisbar und mit Rechnungen belegt. Wer sind Sie, und was wollen Sie?«

Erneut zückten Leda und Ugo ihre Ausweise.

»Mordkommission Rom. Nachdem Sie nun wissen, wer wir sind, wüßten wir gern, wer Sie sind.«

»Sie wissen nicht einmal, wen Sie verhören? Ich bin mit Sicherheit nicht derjenige, den Sie sprechen wollen.«

»Demjenigen, der uns zu Ihnen geschickt hat, ist Ihr Name leider unbekannt. Die Anschrift allerdings nicht. Deshalb bin ich sicher, daß Sie genau der Mann sind, mit dem ich sprechen möchte. Würden Sie also bitte meine Frage beantworten?«

»Mein Name ist Claudio Caiolo, und ich bin Steuerberater und Wirtschaftsprüfer in Rom. Das hier ist mein Ferienhaus«, sagte er freundlich. »Aber Sie sind sicher nicht gekommen, um nur meinen Namen von mir zu erfahren. Was möchten Sie noch wissen?«

»Signor Caiolo, bitte entschuldigen Sie, daß wir Sie kurz von Ihren Gästen fernhalten«, sagte Leda, »aber wir müssen wissen, ob Signor Vincenzo Romelli am Sonntag früh zwischen fünf und sieben Uhr hier bei Ihnen war.«

»Welche Frage! Um diese Uhrzeit schlafe ich. Da ist außer meiner Familie und vielleicht einigen Freunden niemand hier. Ein Signor Romelli war nicht da, denn ich kenne niemanden mit diesem Namen.«

»Signor Romelli behauptet aber, er habe hier bei Ihnen von Sonntag kurz nach Mitternacht bis etwa halb sechs morgens Poker gespielt, gemeinsam mit drei weiteren Herren.«

In diesem Moment summte Caiolos Telefonino in der Gürteltasche. Er zog es heraus und entfernte sich ein paar Schritte.

»Wie heißt er? Schon unterwegs? Nein, jetzt auf gar keinen Fall. Verstanden? Jetzt nicht.«

Er steckte das Telefon wieder ein.

»Der Signore phantasiert. Darf ich fragen, warum es für die Mordkommission in Rom so wichtig ist, ob er bei mir zu Gast war?«

»Gern. Wir ermitteln in einem Mordfall, der in Rom geschehen ist. Sie haben wahrscheinlich in der Presse davon gelesen: der tote Deutsche im Auditorium. Nun müssen wir rein routinemäßig alle Alibis der Personen prüfen, die mit dem Bau der Musikstätte zu tun haben.«

In diesem Moment läutete es an der Haustür. Das Mädchen erschien und meldete:

»Signor Benevento ist da. Soll ich öffnen?«

»Ist nicht nötig, Desdemona. Ich gehe selbst.«

Caiolo ging rasch zur Tür und öffnete.

»Mein lieber Benevento, wie schön, daß Sie Zeit haben, uns Gesellschaft zu leisten. Kommen Sie herein«, begrüßte er überschwenglich einen jüngeren Mann, den die herzliche Umarmung wohl überraschte.

Ihn fest im Arm haltend, führte Caiolo ihn zu Leda und Ugo.

»Mein junger Segelfreund Germano Benevento.«

Der junge Segelfreund schaute verwirrt drein, grüßte höflich und ließ sich von Caiolo ins Wohnzimmer schieben, während dieser seinen Gästen von der Tür aus zurief:

»Germano ist da. Kümmert euch bitte noch einen Augenblick um ihn, ich komme gleich.« Er schloß die Tür und wandte sich wieder an Leda und Ugo.

»Wo waren wir stehengeblieben? Ach ja, beim Alibi von Signor Romelli. Tut mit leid, da kann ich Ihnen und ihm nicht weiterhelfen. Samstag abend war aber mein Freund Ferdinando Ca'Zorzi bei uns. Er ist im Wohnzimmer. Möchten Sie vielleicht auch mit ihm sprechen?«

»Gern, sehr gern sogar«, sagte Leda mit einem freundlichen Lächeln. Ugo bewunderte ihre schauspielerischen

Fähigkeiten, mit deren Hilfe sie schon manche schwierige Situationen gemeistert hatte. Gerade spielte sie das harmlose, freundliche, wenig durchsetzungsfähige Weibchen. Romelli hatte vorhin die knallharte Polizistin zu spüren bekommen.

»Ca, kannst du mal bitte eine Sekunde herauskommen? Hier sind Herrschaften, die mit dir sprechen möchten.«

»Ca'Zorzi. Mit wem habe ich die Ehre?«

Während Leda sich vorstellte, wirkte der Mann mit den hellen Haaren völlig ungerührt.

»Welch erstaunlicher Name. Aus welcher Region unseres Landes stammen Sie?« fragte Leda.

»Aus dem Veneto, Signora. Soweit ich mich in der Familiengeschichte auskenne, steht das für Ca ›Casa‹, also Haus, und in dem unseren wohnten die Zorzis, was dazu führte, daß man die Familienmitglieder Ca'Zorzi rief.«

»Wie interessant, das wußte ich nicht. Ich wollte Sie fragen, mit wem Sie Sonntag nacht Poker gespielt haben.«

»Erstens haben wir Samstag abend gespielt, und zweitens war es Buraco und nicht Poker.«

»Und das ging nicht bis in die frühen Morgenstunden des Sonntags hinein?«

»Nein, ganz sicher nicht. Denn unsere Frauen waren dabei, und wir wollten am nächsten Tag noch segeln. Da können wir nicht die ganze Nacht spielen.«

»Und wer war noch da?«

»Zwei weitere Bekannte, die wir beim Segeln kennengelernt haben. Sie stammen aus dem Norden und sind auch schon wieder abgereist. Ich kann Ihnen natürlich Namen und Adressen zukommen lassen, falls Sie die brauchen.«

»Sind Sie ganz sicher, daß kein Signor Romelli Ihnen Gesellschaft geleistet hat?«

»Absolut.«

»Vielen Dank, die Herren. Entschuldigen Sie nochmals

die Störung.« Leda wandte sich zum Ausgang. Caiolo begleitete sie zur Tür.

»Erwarten Sie noch weitere Gäste?«

»Nein, warum?«

»Ach, nur so, ich finde es immer schön, wenn sich viele Freunde abends treffen.«

Caiolo schwieg. An der Tür zeigte Leda auf den kleinen, weißen Knopf in der Wand:

»Reine Neugierde: Was ist das für ein Knopf?«

»Ein interner Klingelknopf. Damit kann derjenige, der die Tür öffnet, den anderen Hausbewohnern Bescheid geben, daß Besuch für sie da ist. Das gilt insbesondere, wenn ich in meinem Arbeitszimmer sitze.«

Die Tür fiel hinter ihnen ins Schloß, und sie gingen langsam die Gasse hinab. An einer Ecke blieb sie stehen und sah zurück zum Haus.

»Wir warten noch ein paar Minuten. Ich will sehen, ob doch noch jemand kommt.«

Sie hatte den Satz kaum ausgesprochen, als ein Mann bei Caiolo anklingelte, während er sein Telefonino zückte. Er wählte eine Nummer und schob das Gerät nach einem kurzen Wortwechsel wieder in die Gürteltasche zurück. Der Mann trat nervös von einem Bein aufs andere, während er wartete.

»Da siehst du, die lügen wie gedruckt. Das ist doch der Typ, der bei unserer Ankunft weggelaufen ist. Wir sind denen mitten in den Beginn einer erlesenen Pokerrunde reingeplatzt. Caiolo schützt sich vor unliebsamen Besuchern durch ein ausgeklügeltes Sicherheitssystem. Er wird von außen informiert, wer als nächstes kommt, und kann unerwünschte Gäste abwimmeln, wie vorhin per Telefon. Dann wird das Mädchen in der Küche informiert. Desdemona beobachtet die Neuankömmlinge und vergleicht deren Aussehen mit ihren Informationen. Mit uns ist ihr eine Panne unterlaufen. In der Küche hatte sie noch den Mann auf dem Bildschirm. Der haute aber ab, als wir kamen. Bis sie an der Haustür war, standen wir schon da. Pech!

Die interne Klingelanlage ist ein simples Warnsystem. Wenn etwas schiefgeht, wie heute abend mit uns, werden die Leute im Spielzimmer angeklingelt und wissen, was sie zu tun haben. Wahrscheinlich gibt es einen geheimen Ausgang, durch den alle schnell verschwinden können. Ich bin sicher, daß wir es mit Profis zu tun haben. Zumindest Caiolo und dieser Ca'Zorzi. Diesem Benevento war Caiolo bestimmt noch nie begegnet, und der konnte deshalb mit der Herzlichkeit seiner Begrüßung nichts anfangen.«

»Den Eindruck hatte ich auch. Mit Romelli kann es genauso gelaufen sein. Und jetzt behaupten sie, ihn nicht zu kennen, damit ihr Pokerkreis nicht auffliegt. Jeder, den wir befragen, wird bestreiten, jemals einen Signor Romelli gesehen zu haben«, meinte Ugo.

»Genau. Wir dürfen aber nicht außer Betracht lassen, daß auch Romelli lügen könnte. Vielleicht war er tatsächlich gar nicht hier. Er kann aus Spielerkreisen von der Adresse gehört und sich ihrer als Alibi bedient haben.«

»Dann knöpfen wir uns morgen also wieder Romelli vor.«

Ugo war todmüde und ging gleich in die Pension, während Leda es vorzog, noch durchs Dorf zu schlendern, um die Anspannung des Tages abzulegen. In den Gassen kehrte langsam Ruhe ein. Ladenbesitzer ließen die schweren Gitter vor ihren Geschäften herunter und schlossen sie sorgfältig. Vor den Restaurants wurde gekehrt, und in dunklen Hauseingängen standen engumschlungene Liebespaare.

Auf einmal hatte Leda das Gefühl, ihr folge jemand, und sie sah sich mehrfach um. Nichts. Auf der Piazza della Repubblica entdeckte sie eine noch geöffnete Bar, setzte sich hin und trank ein Glas Wein. Dann rief sie Paolo an, der im

Kreis der Freunde in Lavinio saß und sich prächtig amüsierte. Leda beneidete und vermißte ihn.

»Also dann bis morgen, schlaf gut.«

»Du auch.«

Ein leichter Wind wehte vom Meer herauf über den Platz. Leda fröstelte, zog das bunte Tuch fester um ihre Schultern und ging Richtung Pension. Wieder meinte sie, jemanden ganz in ihrer Nähe zu spüren. Sie beschleunigte ihre Schritte. Als sie in die kleine Gasse einbog, in der die Pension lag, hörte sie plötzlich eine dunkle Männerstimme hinter sich:

»Signora, lassen Sie die Finger von Caiolo. Das rate ich Ihnen dringend.«

Leda erstarrte für einen kurzen Moment. Dann drehte sie sich um und sah, wie ein mittelgroßer Mann davonlief und in der Nacht verschwand.

»Verdammt, Erman hat Recht. Die Brüder gehen aufs Ganze«, dachte sie.

IX Durch lautes Klopfen an ihrer Tür ewachte Leda am nächsten Morgen.

»Signora, schlafen Sie noch?«

Sie war benommen und brauchte Zeit, um herauszufinden, wo sie überhaupt war. Als sie Ugos Stimme erkannte, wickelte sie sich das Bettlaken um und öffnete ihm die Tür.

»Buon giorno, haben Sie gut geschlafen?« begrüßte er sie, frisch rasiert und geduscht.

»Geht so. Wieviel Uhr ist es?«

»Acht. Ich denke, wir sollten bald los.«

»Danke, daß du mich geweckt hast. Wo gibt es hier eine Dusche?«

»Am Ende des Flurs. Das Wasser ist bestenfalls lauwarm. Ich gehe solange eine Zeitung kaufen. Möchten Sie auch eine?«

»Nein, danke. Treffen wir uns im Frühstücksraum?«

»Ja, bis später.«

Eine halbe Stunde später saßen sie im Auto zurück nach Norma. Leda setzte ihre Sonnenbrille auf, klappte die Blende mit dem Kosmetikspiegel herunter und beobachtete den Verkehr hinter ihnen. Ein blauer Fiat folgte in einiger Entfernung. Leda erzählte Ugo von der geheimnisvollen Warnung des Fremden.

»Dio mio, da haben wir wohl mitten ins Wespennest gestochen bei diesem Caiolo«, kommentierte Ugo das Geschehene. »Das sind Mafiamethoden. Erst warnen sie dich, dann stirbt einer aus deiner Familie, und zum Schluß du selbst. Hinter dem Glücksspiel steht häufig die Mafia. Was wollen Sie jetzt machen? Sich überwachen lassen?«

»Nein, das würden sie merken. Ich denke, wir lassen sie

erst einmal in dem Glauben, daß wir uns tatsächlich nur für die Sache Romelli interessieren. Bitte fahr die nächste Tankstelle an. Ich möchte sehen, ob sie uns folgen. Seit unserer Abfahrt ist ein blauer Fiat hinter uns. Aber laß dir nichts anmerken. Dreh dich nicht um, sondern tanke ganz normal.«

Schon bald kamen sie zu einer Tankstelle. Ugo bog ein und tankte voll. Leda stieg aus, ging zur Kasse, zahlte und inspizierte auf dem Rückweg das Gelände. Tatsächlich stand der blaue Fiat mit laufendem Motor auf der Außenspur und wartete.

»Fahr einfach weiter Richtung Norma und tu so, als wäre nichts. Die wollen nur sehen, ob wir Romelli festnehmen, weil er ja nun kein Alibi hat.«

»Aber Leda, wenn das Profis sind, dann sind er und seine Familie in Gefahr. Dann ist er für sie ein Verräter. Er hat uns die Adresse von Caiolo genannt. Die gehen knallhart zur Sache. Wir müssen unbedingt dafür sorgen, daß die Frauen und die Kinder weg sind, bevor wir mit denen im Schlepptau ankommen«, warnte Ugo.

»Stimmt, solange die Ermittlungen gegen Caiolo laufen, muß die Familie in Sicherheit gebracht werden. Sonst nehmen sie sie womöglich noch, um Druck auf Romelli auszuüben, damit er sie nicht verrät.«

Leda kramte in ihrer Handtasche und fand den Block mit der Telefonnummer von Signora Pinto. Die alte Frau meldete sich, und Leda erklärte ihr in kurzen Worten, daß sie, ihre Tochter und die Kinder möglicherweise gefährdet seien.

»Gibt es eine Möglichkeit, wo Sie in den nächsten Tagen bleiben könnten?«

»Dieser Hurensohn, nichts als Probleme beschert er uns. Wann müssen wir los?«

»Sofort. Bitte holen Sie Ihren Schwiegersohn an den Apparat.«

»Pronto. Was ist los?« meldete sich Romelli kurz darauf.

»Sehen Sie zu, daß Ihre Frau, Ihre Schwiegermutter und die Kinder an einen sicheren Ort gebracht werden. Wer kommt da in Frage? Möglichst niemand aus der nächsten Verwandtschaft, die findet man zu leicht.«

»Commissaria, Sie übertreiben maßlos.«

»Wenn Sie meinen. Wir glauben das allerdings nicht, und ich fordere Sie erneut auf, Ihre Familie in Sicherheit zu bringen. Sie sind da in eine sehr dumme Sache reingeraten.«

Auf der anderen Seite der Leitung herrschte Schweigen. Dann sagte Romelli:

»Ich habe eine Cousine in Frosinone mit einem großen Haus, und die Kinder kennen sich gut.«

»Gut, fragen Sie sie und rufen Sie mich sofort an, ob es klappt. Schreiben Sie meine Nummer auf.«

Ein Blick in den Spiegel bestätigte Leda, daß Eile geboten war, denn der Fiat fuhr nach wie vor hinter ihnen, obwohl Ugo mit mäßigem Tempo unterwegs war und sich mehrere Gelegenheiten zum Überholen geboten hatten.

Wenig später jaulte das Telefonino den Türkischen Marsch.

»Pronto, Commissaria? Hier ist Romelli. Alles klar. Sie packen und fahren in etwa einer halben Stunde los. Reicht das?«

»Ja. Aber dann müssen sie weg sein. Und Sie bleiben, wo Sie sind, verstanden? Ich verspreche Ihnen, daß ich Ihnen den gesamten italienischen Verfolgungsapparat auf den Hals hetze, falls Sie fort sein sollten.«

»Bin ich selbst gefährdet?«

»Sogar massiv. Ihre Spieler dürften Profis der härtesten Art sein. Sie haben gestern abend sogar mir gedroht. Wir werden zur Zeit von einem Wagen verfolgt. Das dürften Caiolos Leute sein. Deshalb lasse ich vor Ihrem Haus jetzt auch Carabinieris aufstellen. Wundern Sie sich also nicht.

Alles Weitere später. Packen Sie bitte auch, wir werden Sie zu Ihrer eigenen Sicherheit mit nach Rom nehmen.«

Anschließend rief Leda den Notruf an und ließ sich mit der Carabiniere-Station in Norma verbinden.

»Buon giorno. Hier ist Commissaria Giallo von der Mordkommission in Rom.«

»Commissaria, buon giorno. Ich erinnere mich gut an Sie. Wir haben gestern miteinander gesprochen, als Sie das Haus von La Vedova suchten. Haben Sie es gefunden?«

»Nochmals herzlichen Dank. Sie haben uns sehr geholfen. Jetzt hätte ich eine weitere Bitte.« Sie schilderte ihm die Situation, ohne auf Einzelheiten einzugehen.

»Natürlich stellen wir zwei Leute zum Schutz von Assessore Romelli ab. Ich werde das selbst mit einem Kollegen übernehmen. Es ist doch schön, wenn die Carabinieri und die Staatspolizei so gut zusammenarbeiten.»

Ugo erhöhte die Geschwindigkeit, und der Fiat folgte ihnen in gebührendem Abstand. Weniger geschulte Augen hätten ihn vermutlich nicht bemerkt. Gerade als Leda den nächsten Anruf ins Präsidium tätigen wollte, piepte ihr Telefonino einige Male und gab dann den Geist auf.

»Porca, der Akku ist leer. Ich muß mir endlich eine Freisprechanlage ins Auto bauen lassen, eine mit integriertem Aufladegerät. Gibt es so etwas?«

»Ich weiß nicht, glaube schon.«

Ugo fummelte sein Telefon aus der Gürteltasche und gab es ihr. Leda wählte die Nummer von Silvia, weil sie keine Ahnung hatte, in welches Dezernat illegales Glücksspiel gehörte. In wenigen Worten schilderte sie ihr die Situation und bat sie um weitere Informationen zu Ca'Zorzi.

Silvia versprach das Menschenmögliche zu tun.

Schließlich rief Leda bei Alesi an.

»Ciao, Leda. Kannst Du jetzt pokern?« fragte er sie gutgelaunt.

»Das nicht, aber ich habe gelernt, wie ungemütlich diese Leute werden können. Gerade sind wir auf dem Weg zurück nach Norma zu Romelli und werden dabei verfolgt. Für meine Begriffe sind Romelli und seine Familie in höchster Gefahr.«

Sie bat den Polizeipräsidenten, wieder einmal seine römischen Freundschaften zu nutzen und sich über Caiolo zu erkundigen, dessen Namen Alesi noch nie gehört hatte.

»Ich werde heute vormittag hoffentlich noch einen Anruf von meinem Freund, dem Bankpräsidenten Luigi Cremonese, erhalten. Du kennst ihn ja schon vom Fall Puccio. Ich hatte ihn gebeten, die finanzielle Situation Romellis genauer unter die Lupe zu nehmen und gegebenenfalls Kollegen anderer Bankhäuser mit einzuspannen.«

»Ich rufe dich an, sobald es Neuigkeiten gibt. Zum Berichteschreiben komme ich im Moment nicht, weil wir die ganze Zeit unterwegs sind.«

Ugo fuhr weiter, während sie den Fiat noch immer auf den Fersen hatten. Sie rasten an der Ruinenstadt Ninfa vorbei und wanden sich über die Serpentinenstraße nach Norma hinauf. Leda rief Romelli an.

»Sind Sie fertig? Alles abgeschlossen, Waschmaschine aus und Fensterläden dicht?«

»Nein, noch nicht.«

»Beeilen Sie sich, wir sind in zehn Minuten da und holen Sie.«

Als sie in die Straße einbogen, sahen sie schon von weitem den Wagen der Carabinieri auf der Straße stehen.

»Park bitte dicht an der Haustür, Ugo, falls die auf Romelli schießen sollten. Du bleibst im Auto sitzen. Laß den Motor laufen.«

Leda stieg aus und ging zum Wagen der Militärpolizei.

»Vielen Dank. Das klappt ja prima. Wir wurden von einem blauen Fiat von Sperlonga bis hierher verfolgt. Er parkt dort hinten. Schauen Sie in den Rückspiegel. Können Sie ihn sehen?«

»Ja, sehr gut sogar.«

»Ich denke, die haben es auf den Assessore abgesehen. Romellis Familie ist bereits weg.«

»Das stimmt, zwei Frauen und zwei Kinder sind eben in einem großen BMW davongefahren«, meinte ein älterer Kollege in Uniform.

»Gut. Falls der Fiat in die Nähe des Hauses kommt, während ich drinnen bin, seien Sie doch bitte so nett und starten eine langwierige Überprüfung der Dokumente aller Autoinsassen, die so lange dauert, bis wir weg sind. Ansonsten fahren Sie bitte eine Zeitlang Richtung Rom hinter uns her, und zwar so dicht, daß der Fiat nicht dazwischenpaßt. Wir müssen ihn unbedingt loswerden.«

»Und falls er dann immer noch hartnäckig bleibt, werden wir ihn stoppen und eine ausführliche Kontrolle vornehmen.«

»Genau, Sie sind ein alter Fuchs, ich habe es geahnt!« meinte Leda lachend.

»Keine Sorge, Sie werden schon gut nach Rom kommen.«

»Kann ich mal bitte Ihre Visitenkarte haben, Herr Kollege?« bat Leda und zog eine von den ihren aus der Handtasche.

»Ich habe keine dabei, aber mein Name ist Piero Cassotti.«

Leda reichte ihm die Hand durchs Fenster.

»War mir eine Freude. Hoffentlich auf bald, und das unter angenehmeren Umständen.«

»Gern, Commissaria. Viel Glück.«

Leda klingelte. Romelli fragte durch die Tür, wer da sei, und ließ sie erst dann hinein.

»Fertig?«

»Ja.«

»Wir fahren jetzt so schnell wie möglich ins Polizeipräsidium nach Rom. Es könnte sein, daß auf Sie geschossen wird, während Sie ins Auto steigen. Der Wagen, von dem ich Ihnen vorhin erzählte, ist uns bis hierher gefolgt. Wir sollten so schnell wie möglich weg. Steigen Sie rasch auf den Rücksitz des Wagens, und geben Sie mir Ihr Gepäck. Hauptsache, Sie sind aus jeder möglichen Schußlinie raus. Ich gehe zuerst hinaus, öffne den Kofferraum und stelle das Gepäck hinein. Dann öffne ich die Hintertür des Wagens, Sie steigen ein, und wir fahren los. Va bene?«

Romelli nickte. Leda nahm die Reisetasche und trat vors Haus. Der Fiat stand noch immer am gleichen Platz. Sie lud das Gepäck ein, nahm ihre Waffe aus der Handtasche, öffnete die hintere Wagentür und nickte Romelli zu. Er kam heraus und begann, die Haustür abzuschließen. In diesem Moment setzte sich der Fiat in Bewegung und raste auf sie zu.

»Nicht!« schrie Leda. »Steigen Sie ein!«

Romelli reagierte sofort und sprang ins Auto. Leda warf sich auf den Boden. Sie hörte drei Kugeln in die Haustür einschlagen. Der Fiat jagte davon, der schwarze Alfa der Carabinieris mit quietschenden Reifen hinterher. Romelli lag geschockt, aber unverletzt auf der Rückbank. Auch Ugo war nichts zugestoßen.

»Das war knapp«, sagte Leda. »Glauben Sie mir jetzt, daß ich nicht übertrieben habe?«

Romelli nickte. Leda sprang ins Auto, und Ugo trat aufs Gaspedal. Diesmal mahnte Leda ihn nicht zur Vernunft, sondern ließ ihn mit einem Affenzahn hinter den beiden Autos herfahren. Sie hörten die Sirene des Alfas mal leiser, mal lauter jaulen, je nachdem, in welche Richtung er die Serpentinenstrecke hinabsauste. An der Kreuzung kurz vor Ninfa sahen sie zwei Carabinieri- Wagen, die den Fiat in die Klemme genommen hatten. Zwei junge Männer standen bereits mit den Händen auf dem Autodach und gespreizten Beinen da und wurden nach weiteren Waffen abgesucht.

»Cassotti, wo kam denn der zweite Wagen so schnell her?« fragte Leda verdutzt.

»Wir haben sie per Funk gerufen. Ich wußte, daß meine Leute hier unten unterwegs waren. Meine Jungs sind richtig gut, non è vero?«

»Glückwunsch die Herren, das war eine Meisterleistung. Und wer sind die Gauner?«

»Überprüfen wir gerade.«

»Können Sie mir die beiden nach Rom ins Polizeipräsidium bringen, oder soll ich sie holen lassen?«

»Wir bringen sie Ihnen rüber. Ich organisiere nur schnell noch einen Wagen aus Latina. In drei Stunden haben Sie sie.«

»Cassotti, Sie haben einen bei mir gut. Ohne Ihre Hilfe wäre das nicht gutgegangen. Ach, und noch etwas. Falls Neugierige Sie fragen sollten, was passiert ist: Der Name des Assessore kommt bitte weder über Ihre noch über die Lippen Ihrer Jungs. Erzählen Sie eine hübsche Geschichte, daß Halunken nach Abreise der Familie einbrechen wollten, was Sie zufälligerweise entdeckt hätten. Dabei sei es zu einer Schießerei gekommen.«

»Sì, Signora. Kein Wort über meine Lippen«, meinte Cassotti augenzwinkernd.

Romelli hockte kreidebleich im Fond des Wagens. Leda ließ ihm Zeit, sich vom Schock zu erholen. Das würde ihm eine Lehre sein.

»Soll ich jetzt fahren?« bot Leda ihrem Mitarbeiter an.

»Nein, ich bin völlig in Ordnung und fahre gern. Das tue ich selten genug.«

»Hat Elena ein Auto?«

»Ja, hat sie. Aber sie benutzt in der Stadt nur öffentliche Verkehrsmittel, genau wie ich. Deshalb passen wir auch so gut zueinander.«

Leda rief erneut in der Questura an, schilderte kurz, was passiert war, und bat Silvia, die Kollegen zu informieren, daß das Haus in der Via Marconi ab sofort sorgfältig observiert und alle ein- und ausgehenden Personen fotografiert werden müßten.

Nach einer Weile wandte sich Leda zu Romelli um:

»Wollen Sie uns nichts sagen?«

»Wenn Sie sich aus meinem Privatleben herausgehalten hätten, wäre nichts passiert.«

Leda mußte sich anstrengen, um Haltung zu bewahren. Fast wäre sie vor Wut geplatzt.

»Soll das ein Witz sein? *Sie* haben uns diesen Caiolo als Alibi-Zeugen benannt. Was können wir dafür, daß Sie sich mit kriminellen Elementen herumtreiben? Und ich will Ihnen mal erzählen, was dieser Caiolo gestern abend zum Thema Alibi gesagt hat: daß er Sie nicht kennt, daß Sie nie in seinem Haus waren, daß dort weder Samstag noch Sonntag noch sonst irgendwann gepokert wurde. Im Klartext: Sie haben nicht den Schimmer eines Alibis.«

»Das brauche ich auch nicht, weil ich kein Mörder bin.«

»So? Wir können dem Staatsanwalt genügend Beweise liefern, die den Mordverdacht und einen Haftbefehl rechtfertigen. Und es dürfte Ihnen bekannt sein, daß die Staatsanwälte prominente Politiker nicht gerade mit Samthandschuhen anfassen. Hinzu kommt der dringende Verdacht auf Beteiligung an illegalem Glücksspiel. Eine häßliche Sache, weil illegales Glücksspiel heutzutage als typisches Verbrechen der organisierten Kriminalität besonders scharf verfolgt wird. Da wird Sie auch der beste Anwalt Roms nicht rausholen können. Und ich erlaube mir noch einen kleinen Hinweis: Wenn wir einen so prominenten Mann wie Sie zu einem Besuch in die Questura bringen, so wird das ganz sicher auf reges Medieninteresse stoßen. Wir werden gezwungen sein, eine Pressekonferenz abzuhalten. Selbst wenn wir schweigen, werden die Pressegeier auf Sie und Ihre arme Familie scharf sein.

Es gibt aber auch eine zweite Variante des Spiels, die ich wesentlich eleganter finde. Sie kooperieren mit uns und reden. Kommen wir im Verlauf der Fahrt zu dem Ergebnis, daß Sie mit den genannten Verbrechen nicht in Verbindung stehen oder uns sogar sachdienliche Hinweise zur Aufklärung beider Fälle geben, dann würden wir Sie in Ihre römische Wohnung fahren und Sicherheitskräfte in Zivil zu Ihrem Schutz abstellen. Die würden sogar für Sie einkaufen gehen.«

»Sie wollen mir drohen?«

»Nicht im geringsten. Ich möchte Ihnen lediglich die Sachlage erklären. Ich sage Ihnen offen: Nach dem, was eben passiert ist, neige ich dazu, Ihnen Ihre Alibi-Geschichte in Sperlonga abzunehmen. Das kann ich aber nur dann tun, wenn Sie mir nachvollziehbare Details nennen. Wie sind Sie an diese Typen geraten?«

Romelli schwieg zunächst, aber Leda merkte, daß sein Widerstand der Angst Platz machte. Dann begann er zu sprechen. Erst langsam, dann immer schneller.

»Ich spiele seit vielen Jahren. Ich weiß, daß ich uns ruiniere und kann doch damit nicht aufhören. Wahrscheinlich bin ich süchtig, krank. Im Anfang konnte ich mich noch kontrollieren, verdiente gut und spielte um kleine Summen mit schlechten Spielern. Da habe ich oft und leicht gewonnen. In dieser Zeit haben wir uns das Boot gekauft.

Langsam erhöhten sich die Einsatzsummen, und es ging plötzlich um richtig viel Geld. Das Gefühl, ein Full House oder sogar einen Royal Flush auf der Hand zu haben, die Karten genüßlich auf den Tisch zu legen und dann den gesamten Batzen Bargeld nehmen zu können, ist unbeschreiblich.

Aber man gewinnt nicht immer. Alles, was wir hatten, ist

draufgegangen. Die Banken haben uns den Hahn abgedreht. Und ich schulde einem Bekannten noch sehr viel Geld. Deshalb mußte ich vor ein paar Monaten das Segelboot verkaufen. Mit einem Teil des Geldes konnte ich die Banken bedienen, einen Teil habe ich behalten, um fürs Spielen flüssig zu sein.

Vor einem Monat habe ich in Rom eine große Summe gesetzt und auch gewonnen. Es war viel, sehr viel. Jeder Spieler weiß, daß es Glückssträhnen gibt. Und ich war mir ganz sicher: Jetzt ist es bei mir wieder einmal soweit. Die nächsten Male werde ich gewinnen. Aus der Spielerrunde hat mich einer angesprochen und gesagt, daß er einen Platz kenne, an dem um große Summen gespielt werde. Ob mich das interessiere.

Er gab mir eine Kontaktadresse in Sperlonga, eine Bar in der Nähe der Via Marconi. Dort erhielt ich ein Paßwort und mußte meine Nummer hinterlassen. An jenem Samstagabend erhielt ich plötzlich einen Anruf, ich solle mich um halb zwölf abends in der Bar einfinden, und bekam die Adresse. An der Tür mußte ich mein Paßwort sagen, und eine Frau ließ mich hinein. Sie führte mich zunächst in ein Wohnzimmer, wo es ein Glas Champagner zu trinken gab. Zwei Männer waren schon da. Man sprach sich nur mit Vornamen an. Sie wußten genau, wer ich war. Das ist in Spielerkreisen eigentlich unüblich. Ich habe bis heute keine Ahnung, wer sie sind. Es dauerte eine Weile, bis der vierte kam. Anschließend gingen wir ein Stockwerk tiefer in den Spielraum und begannen. Erst habe ich gewonnen, wieder sehr viel, gegen Morgen dann lief es schlechter. Trotzdem ging ich mit mehr weg, als womit ich gekommen war. Sie schlugen mir vor, sich bald wieder bei mir fürs nächste Spiel zu melden. Ich war einverstanden.

Gestern vormittag erhielt ich den Anruf, ich solle mich um zwei Uhr nachmittags in einer Bar in Anzio einfinden.

Da meine Frau ohnehin in Latina einkaufen wollte, sind wir zuerst dorthin und anschließend ans Meer nach Anzio gefahren. Dort erhielt ich wieder ein Paßwort und den Bescheid, man werde mich anrufen. Genauso wie letztes Mal. Ich habe gefragt, ob das nächste Treffen in Anzio stattfände. Doch der Barmann sagte mir, er wisse von nichts. Ich solle auch besser nicht weiter fragen. Wahrscheinlich hätten sie sich heute abend gemeldet.«

»Ihnen war aber klar, daß es sich um organisiertes Spiel handelte, oder?« fragte Leda nun.

»Natürlich. Nur Profis sind so gut organisiert, und nur mit ihnen sind wirklich große Gewinne möglich.«

»Beschreiben Sie mir bitte das Haus von innen.«

Romelli erwies sich als genauer Beobachter seiner Umwelt. Er benannte jedes Detail im Haus Caiolos, beschrieb jede Person des Abends genau.

»Um wieviel Geld ging es in der Nacht?«

»Dreißigtausend Euro.«

Leda schaute ihn sprachlos an:

»Um dreißigtausend Euro? Meine Güte, das ist wirklich viel. Und wie hoch sind Ihre Schulden?«

»Das geht Sie nichts an«, erwiderte Romelli.

»Doch, und wenn Sie es mir nicht sagen, werde ich es herausfinden.«

Romelli blickte sie haßerfüllt an und schwieg.

Ugos Telefonino unterbrach die Sprachlosigkeit.

»Sie sitzt neben mir. Aber der Akku ihres Telefons ist leer. Ja, ich gebe sie Ihnen.«

Es war Alesi. Leda informierte ihn über die neuesten Entwicklungen.

»Sitzt Romelli im Auto?«

»Ja.«

»Aber er kann mich nicht verstehen, wenn ich rede, oder?«

»Ich denke nicht.«

»Gut. Cremonese sagt, daß der Assessore drei Konten bei verschiedenen Banken hat. Überall herrscht im Moment totale Flaute. Der Gesamtschuldenstand beläuft sich auf etwa einhunderttausend Euro. Er pflegt in unregelmäßigen Abständen größere Summen einzuzahlen und abzuheben. Vor zweieinhalb Jahren hatte er sämtliche Konten fast wieder glattgebügelt. Damals muß er also eine Menge Geld bekommen haben. Daraufhin wurden ihm weitere Kredite eingeräumt. Vor zwei Monaten hat er bei der Banca di Credito seit langem mal wieder Schulden getilgt, nachdem sie ihm eine Lohnpfändung angedroht hatten.«

»Wieso haben die ohne Sicherheiten so hohe Kredite gewährt?«

»Er ist ein bekannter Mann mit hohem Einkommen. Da haben sie den Punkt mit den Sicherheiten lockerer gesehen.«

»Danke für die Information. Ich melde mich.«

Leda drehte sich wieder zu Romelli.

»Assessore, so spielt das Leben. Gerade bekomme ich die Nachricht über die Höhe Ihres Schuldenstandes. Beachtlich, kann ich da nur sagen, beachtlich! Und wie peinlich, daß die Banca di Credito gegen Sie mit dem Ziel der Lohnpfändung klagen will.«

Romelli starrte mit verbittertem Gesicht aus dem Fenster. Plötzlich sackte er auf dem Rücksitz in sich zusammen und begann zu weinen.

»Rund einhundertfünfzigtausend Euro«, brach es aus ihm heraus. »Ich hatte gerade diese Glückssträhne. Gerade jetzt mit den hohen Einsätzen hätte ich das Geld schnell zusammenbekommen.«

Der Mann hatte den Sinn für die Realität offenbar gänzlich verloren.

»Sie haben also vier Konten bei verschiedenen Banken«, bohrte Leda weiter.

»Nein, drei. Wie kommen Sie auf vier?«

»Gut, drei. Ich will nur den Wahrheitsgehalt Ihrer Aussagen testen. Aber dort sind nur hunderttausend Euro aufgelaufen. Wieso sprechen Sie von hundertfünfzigtausend?«

»Ein Freund hat mir Geld geliehen.«

»Das muß ein sehr guter Freund gewesen sein. Vor zweieinhalb Jahren hat er Ihnen das Geld gegeben, stimmt's? Und jetzt will er es wiederhaben, genau zu dem Zeitpunkt, da alle ihre Forderungen geltend machen.«

»Hören Sie doch endlich auf!«

»Nein, das tue ich nicht. Ich möchte von Ihnen wissen, wer dieser Freund ist. Und ich sage Ihnen auch, warum. Weil ich annehme, daß Sie Bestechungsgelder erhalten haben für das Auditorium. Sie brauchten dringend Mittel für die Spielerei und für das Begleichen Ihrer Schulden. Zu diesem Zeitpunkt war die Conedil noch als Bauträger der Musikstätte tätig. Und Sie taten alles, absolut alles, damit Brüssel keine gegenteilige Entscheidung treffen würde. Dabei hätte es Ihnen egal sein können, wer baut. Aber nein, Sie haben sich bis zum letzten Moment für die Conedil eingesetzt, obwohl die Firma längst kein Interesse mehr an dem Auftrag hat. Daraus ziehe ich den Schluß, daß der alte Conedil-Chef den Bau unter allen Umständen wollte, Sie dafür bezahlte und nun, da Holzer den Auftrag bekommen hat, sein Geld zurückfordert.»

»Di Palmieri hat mir das Geld geliehen. Ich bin nicht bestechlich. Und ich werde es ihm auch zurückzahlen. Das hatte mit dem Bau nichts zu tun. Es war ein Kredit unter Freunden. Fragen Sie ihn.«

»Das werden wir tun. Gibt es einen Kreditvertrag zwischen Ihnen?«

»Einen mündlichen.«

»Halten Sie es eigentlich für möglich, daß die Firma Conedil sich im Fall eines Rückzugs der Firma Holzer wieder für den Auftrag interessieren könnte?«

»Nein. Der Sohn des Conte Di Palmieri will es nicht, und er führt die Geschäfte von Conedil.«

»Sie haßten Breuer, weil er für die Firma Holzer arbeitete und der Auftrag Ihre politische Karriere beeinträchtigte.«

»Er war ein unausstehlicher Mensch. Und ich bleibe dabei, daß der Bau eines Kulturgutes wie der des Auditoriums in nationale Hände gehört. Mit dieser Meinung stehe ich nicht allein. Aber deshalb bringe ich niemanden um.«

Per Telefon organisierte Leda den Personenschutz für Romelli. Als sie bei seinem Haus ankamen, hatten sich schon Polizisten in Zivil eingefunden.

Im Präsidium wartete Silvia bereits auf die beiden. Leda bat Ugo, ihr eine Pizza zu bestellen und den Aufenthaltsort Di Palmieris herauszufinden. Währenddessen lief sie so schnell sie konnte in das Büro von Alfonso Lucarelli, der für Fälle von illegalem Glücksspiel zuständig war.

»Leda Giallo erweist uns die Ehre, welch eine Freude, Frau Kollegin«, rief der Kommissar.

Lucarelli war wesentlich jünger als Leda und hatte bereits eine steile Karriere hinter sich. Wegen seiner großen Erfolge im Kampf gegen die organisierte Kriminalität hatte man ihn sehr jung in den Rang eines Kommissars erhoben. Mit seinen zurückgekämmten Locken, die mit Hilfe chemischer Substanzen glänzend am Kopf lagen, einer auffälligen Golduhr am Handgelenk, einem breiten Goldring am kleinen Finger und hochgekrempelten Hemdsärmeln sah er selbst aus wie ein Spieler aus einem Hollywoodfilm.

»Lucarelli, unser bester Mann, ist nicht im Urlaub! Das kommt mir wie eine Fügung Gottes vor«, begrüßte Leda ihn.

»Lassen wir die Schmeicheleien, Signora Giallo. Sie haben Claudio Caiolo getroffen? Ein charmanter Mann, nicht wahr? Aber wohl einer der gefährlichsten. Wir kennen ihn seit Jahren. Er ist vermutlich der oberste Kopf eines Mafia-Clans, der unter anderem illegales Glücksspiel betreibt. Es ist bekannt, daß er selbst spielt. Leider ist es uns noch nie gelungen, Zeugen zu einer verwertbaren Aussage gegen ihn zu bewegen. Hoffentlich haben Sie uns etwas Gutes mitgebracht.«

Leda berichtete ihm, was geschehen war und wen die Carabinieris aus Norma in Kürze bringen würden.

»Die werden schweigen wie Gräber. Einen Caiolo kennen die angeblich nicht, da wette ich mit Ihnen. Die wissen genau, daß ansonsten ihre Familien dran sind. In den Knast müssen sie wegen versuchten Mordes ohnehin. Romelli könnte allerdings unsere Chance sein. Wenn er bereit wäre, gegen Caiolo auszusagen, wäre das großartig. Dazu müßte aber seine gesamte Familie, inklusive der näheren Verwandtschaft, in ein Zeugenschutzprogramm aufgenommen werden. Seine politische Karriere ist damit gestorben. Denken Sie, das würde er tun?«

Leda zuckte mit den Schultern. Sie wußte überhaupt nicht mehr, was sie noch denken sollte. Ihr Kopf brummte, ihr Magen knurrte, und sie schwitzte wie in der Sauna.

»Sie halten Romelli also für extrem gefährdet?«

»Auf jeden Fall. Caiolo wird versuchen, ihn aufzutreiben und umzubringen. Koste es, was es wolle. Wo ist er jetzt?«

Als Leda erzählte, daß er sich in seiner Wohnung aufhalte, allerdings mit Zivilschutz, wurde Lucarelli nervös.

»Da muß er sofort weg. Ich regele das und halte Sie auf dem laufenden.«

Im Büro aß Ugo bereits seine Pizza.

»Wo hast du die so schnell aufgetrieben?«

»Einer unserer Auszubildenden lief gelangweilt durch die Flure. Er war bereit, sie zu holen, nachdem ich ihm versichert hatte, daß davon die Ermittlungen eines Mordfalls abhingen und er außerdem einer Hauptkommissarin und einem Kommissar das Leben retten würde. Dafür hatte er Verständnis und ist zur Pizzeria um die Ecke gegangen.«

Leda schlang eine Pizza mit feinen Zucchini-Schnitzen herunter, schüttete etwa einen Liter Wasser hinterher und rief anschließend Paolo an.

»Leda, meine Güte, lebst du noch? Ich habe bei dir angerufen und Nachrichten hinterlassen. Was ist denn los?«

Sie erzählte ihm von dem leeren Akku, der Schießerei und den Freunden des Glücksspiels.

»Und was hat das alles mit dem Mord zu tun?« wollte Paolo wissen.

»Frag mich nicht, keine Ahnung. Könntest dir mir bitte einen Gefallen tun?«

Paolo zögerte. Er fühlte sich von ihr versetzt, mußte den Haushalt und das Ferienleben ihrer Kinder organisieren und fand das alles ungerecht.

»Nachher kommen auch noch Francesca und Romano. Sie wollen übers Wochenende hierbleiben. Und es ist nicht mal Kaffeepulver im Haus.«

»Warum schickst du denn nicht die Kinder zum Einkaufen?«

»Die sind seit heute morgen am Strand.«

Leda versprach ihm, alles Notwendige zu organisieren.

»Paolo, reg dich nicht auf. Wir schaffen das irgendwie.«

Es dauerte noch eine Weile, bis Paolo sich beruhigt hatte.

»Welchen Gefallen soll ich dir denn tun?«

»Du hast doch diesen Freund, Massimo Levante, bei der Zeitschrift ›Gente‹, der sich beim römischen Adel so gut auskennt. Kannst du ihn mal bitte fragen, was es mit Antonio Conte Di Palmieri und seiner Familie auf sich hat?«

»Der heißt Antonio Conte Talasso Di Palmieri und stammt aus einer steinreichen toskanischen Weinbauernfamilie, die seit zwei Generationen in Rom lebt. Von seinem Onkel Alessio hat er eine Baufirma geerbt und sie groß gemacht. Er ist hilfreich und gut, für seine Verhältnisse relativ bescheiden und versteht sehr viel von Musik. Das weiß sogar ich. Aber ich frage Massimo trotzdem. Er weiß sicher noch viel mehr. Was möchtest du denn wissen?«

»Ob er eventuell Bestechungsgelder an Romelli für den Bau des Auditoriums gezahlt hat. So direkt kannst du Massimo das natürlich nicht fragen. Aber ich will wissen, ob er der Typ für solche Zahlungen ist, wie wichtig ihm der Bau des Auditoriums war und wo er seine Ferien verbringt.«

»Gut, ich lasse mir etwas einfallen. Wann kommst du?«

»Bald, versprochen!«

Leda brauchte jetzt erst einmal einen Kaffee.

»Ugo, möchtest du auch einen Kaffee? Ich bringe dir einen mit.«

Ugo nickte, noch immer kauend. Er war ein langsamer Esser, brauchte weniger Nahrung als sie und brachte, so vermutete Leda, weniger Kilos auf die Waage als sie selbst, obwohl er zwei Kopf größer war.

Als Leda mit zwei Plastikbechern voller Espresso zurückkehrte, saß Ugo kreidebleich und mit dem Hörer in der Hand da.

»Meine Mutter ist beim Fensterputzen von der Leiter gefallen. Sie liegt im Krankenhaus. Ich muß sofort hin.«

Er nahm einen Zettel, kritzelte noch eine Anschrift und eine Telefonnummer darauf und sagte bereits in der Tür stehend:

»Das ist Di Palmieris römische Adresse. Es meldet sich aber niemand.«

Damit verschwand er.

»Gute Besserung«, rief Leda ihm hinterher.

Ihr reichte es für heute auch. Sie setzte sich ins Auto. Wie von unsichtbarer Hand geleitet, fuhr sie jedoch nicht nach Lavinio, sondern lenkte den Wagen zur Via Appia Antica, wo das Haus der Grafenfamilie lag. Das Gebäude war hinter der hohen Mauer inmitten eines kleinen Zypressenhaines eher zu erahnen als zu sehen. Sie parkte vor einem schweren

Eisentor und klingelte. Nach einer Weile hörte sie hinter dem Tor eine Frauenstimme:

»Wer ist da?«

»Polizei. Bitte öffnen Sie!«

»Einen Moment.«

Sie mußte wieder warten. Dann ging eine kleine, ins Tor eingelassene Tür auf, und ein Mann musterte Leda mit neugierigen Augen.

»Buona sera. Zu wem möchten Sie?«

»Zum Conte Di Palmieri.«

»Tut mir leid. Die ganze Familie ist nach Argentario ins Ferienhaus gefahren. Ich bin der Hausmeister. Ist etwas passiert?«

»Nein, ich möchte den Conte nur etwas fragen. Könnten Sie mir seine Telefonnummer und die Anschrift in Argentario geben?«

»Ja, natürlich. Kommen Sie herein. Ich schreibe es Ihnen auf.«

Leda trat ein, und es verschlug ihr den Atem: eine von Pinien gesäumte Allee führte schnurgerade auf einen in dunklem Rot gehaltenen Palast zu, dessen Haupthaus von einem Turmbau gekrönt wurde. Sämtliche Fenster und Türen waren mit dunkelgrünen Holzläden verschlossen. Ein sicheres Zeichen für die Abwesenheit der Bewohner. Um die Säulen des Eingangs rankte sich eine Bougainvillea mit knallig pinkfarbenen Blüten. Rechts und links in der Gartenanlage sprudelte Wasser aus den Mäulern steinerner Brunnenfische.

Der Mann führte sie zu einem Tisch vor einem Häuschen, in dem er mit seiner Familie lebte. Aus den Wäschestücken auf dem Ständer in der Sonne schloß Leda, daß der Mann kleine Kinder hatte. Er verschwand im Haus und kehrte kurz darauf mit einem beschriebenen Zettel zurück.

»So, hier finden Sie die Angaben. Der Conte hat vor

zwanzig Minuten angerufen, um zu erfahren, ob alles in Ordnung ist. Er hat gesagt, daß er nächste Woche für ein paar Tage hiersein wird. Es ist schöner, wenn die Familie hier ist. Wenn Sie möchten, können Sie gern von hier aus mit ihm sprechen. Er ist jetzt mit Sicherheit zu Hause.«

»Vielen Dank, das ist nett von Ihnen. Aber so eilig habe ich es nicht. Es geht mir nur um eine Information. Sie mögen den Conte sehr, nicht wahr?«

»Ja, die ganze Familie. Sie sind nett, sehr nett sogar. Gute und fromme Leute.«

Leda bedankte sich und ging. Auf dem Weg nach Lavinio kam sie an einem Einkaufszentrum vorbei. Das war ihre Chance, ihren guten Willen zu demonstrieren und allen zu zeigen, wie einfach sich Beruf und Familie vereinbaren ließen.

Doch entgegen ihrer Vorstellung stand sie mit dem voll gepackten Einkaufswagen eine geschlagene halbe Stunde an der Kasse und mußte warten, weil um diese Uhrzeit außer ihr noch viele andere Menschen auf die Idee gekommen waren, ausgerechnet jetzt den Wochenendeinkauf zu machen. Naßgeschwitzt und fluchend schob sie den schweren Wagen zum Auto.

Als sie ankam, trugen Marco und die Mädchen gerade Einkaufstüten aus dem Kofferraum von Paolos Auto nach drinnen.

»Hallo, Mamma, sieht man dich auch mal wieder«, begrüßte Marco sie strahlend. »Wir haben einen Rieseneinkauf gemacht, weil Tante Francesca und Onkel Romano gleich kommen und wir gar nichts mehr im Haus hatten.«

Es gab großes Gelächter, als Leda ihren Kofferraum aufklappte und ihnen zeigte, was sich darin befand. Sie beschlossen entgegen der Planung, zu Hause zu essen, um wenigstens die frischen Sachen in ihren Mägen zu verstauen.

Leda war müde, ein kurzes Bad im Meer und eine anschließende kalte Dusche belebten ihre Geister jedoch wieder. Als sie im neuen gelben Kleid in die Küche kam, schickten die Mädchen sie gleich wieder hinaus.

»Schick, Mamma, todschick, aber für die Küche ungeeignet. Laß uns mal machen«, meinte Flavia und rührte in der Bolognese-Soße, wobei hin und wieder ein Tomatenspritzer durch die Luft flog. Giulia und Stella wuschen und schnipselten Salat und schnatterten wie junge Gänse. Aus den Lautsprechern im Wohnzimmer schmetterte Eros Ramazotti eine Hymne an die Liebe im Sommer, während Paolo und Marco das Feuer des Grills entfachten.

»Quanto è bella, quanto è cara«, begann Paolo zu singen, als er Leda sah. Von Verstimmung keine Spur. »Hast du ein neues Kleid?«

»Ja, gefällt es dir?«

»Sehr hübsch. Aber ich dachte, du jagst Mörder und wärst beinahe erschossen worden. Dabei hast du nur einen Boutiquenbummel gemacht.«

»Leute wie ich können alles gleichzeitig.«

»Das stelle ich mir komisch vor: Mamma mit Einkaufstüte in der einen und Pistole in der anderen Hand. Paolo, ich sage dir, Frauen kann man nie trauen«, ließ Sohn Marco vernehmen.

»Das weiß ich schon lange. Was meinst du, warum ich nie geheiratet habe?«

»Und mich würdest du auch nicht heiraten?«

Paolo schaute sie lächelnd an.

»Selbst wenn ich es wollte, würde wahrscheinlich just im Moment der Trauzeremonie das Telefon klingeln und dich zu irgendeiner Leiche zitieren. Deshalb versuche ich es erst gar nicht.«

»Einen Heiratsantrag könntest du mir wenigstens mal machen.«

»Das habe ich schon mal versucht, und du hast nur gelacht.«

»Ehrlich, Mamma, du hast gelacht? Warum denn?«

»Weil wir ziemlich betrunken waren und Paolo es sowieso nicht ernst gemeint hat. Und ich finde, wir sollten das Thema hier am Grill nicht weiter verfolgen. Was soll ich tun?«

»Nichts, meine Geliebte. Setz dich hin und erhol dich ein bißchen. Du siehst so aus, als könntest du das brauchen.«

Paolo mußte sie nicht zweimal darum bitten. Sie setzte sich in einen der herumstehenden Liegestühle, schloß die Augen und lauschte dem geschäftigen Treiben der Familie.

Von einem Kitzeln an der Wange wurde sie wach. Giulia stand lachend mit einem Zweig vor ihr, den sie ihrer Tante vorsichtig übers Gesicht strich.

»Zia Leda, wir sitzen schon alle am Tisch. Kommst du auch?«

Schlaftrunken torkelte Leda zur Runde ihrer Lieben. Ihr Schwager hatte ein paar Flaschen Rotwein umbrischer Herkunft aus seiner Schatzkammer mitgebracht, von denen er fand, daß sie besonders gut zu gegrilltem Fleisch schmeckten.

»Jetzt, ihr Lieben, kommen wir zum Besten, was Umbrien uns zu bieten hat: ein Torgiano Riserva der Familie Lungarotti. Er entsteht im wesentlichen aus Sangiovese-Trauben. Mit diesem Wein ist es der Region endgültig gelungen, aus dem Schatten der Toskaner ans Licht der internationalen Öffentlichkeit zu treten.«

»Wo ist denn Torgiano?« erkundigte sich Stella beim Vater.

»Ein paar Kilometer südlich von Perugia. Wir müssen mal hinfahren. Da gibt es auch ein sehr schönes Weinmuseum.«

»Das machen wir, wenn Flavia und Marco endgültig hier wohnen.«

»Was soll das heißen?« fragte Francesca neugierig.

Mitten ins Erklärungsgewirr um die römischen Zukunftsplanungen von Flavia und Marco spielte der Türkische Marsch auf. Leda hatte ihr Telefonino zum Aufladen in die Steckdose an der Terrasse gesteckt.

»Leda, meine Mutter hat einen Oberschenkelhalsbruch und ist operiert worden. Es geht ihr ziemlich schlecht. Ich werde bei ihr bleiben, morgen auch.«

Ugo klang verzweifelt. Sein ganzes Leben hatte er mit Donna Cecilia zusammengelebt. Jedes Leid, das ihr widerfuhr, brachte ihn völlig aus dem Gleichgewicht. Ein solcher Bruch, das wußte Leda sehr genau, konnte eine Dame von weit über siebzig Jahren dauerhaft zu einem Pflegefall werden lassen.

»Es tut mir so leid, Ugo. Ist Elena bei dir?«

»Sie war die ganze Zeit hier, zum Glück. Ich habe sie nach Hause geschickt.«

»Brauchst du noch irgend etwas?«

»Drücken Sie mir die Daumen, daß sie bald wieder gesund wird. Das reicht. Mehr kann man im Moment nicht tun.«

X Paolo fluchte wie ein Müllmann, als am nächsten Morgen um sieben Uhr der Wecker klingelte. Im Urlaub kam ihm diese Stunde fürs Aufstehen schier unmenschlich vor. Er beschimpfte Ledas Polizeiarbeit im allgemeinen und den Mörder Breuers im besonderen, der ihn nun vom Schlaf abhielt. Paolo hatte Leda angeboten, sie zur Vernehmung von Conte Di Palmieri nach Argentario zu begleiten. Dieses Angebot bestätigte Ledas Eindruck, daß Paolo ein bißchen Abstand vom intensiven Familienleben brauchte. Als Einzelkind war er mit dem jährlichen Ferientrubel der Familie Giallo nach spätestens zwei Wochen Meeraufenthalt überfordert. Eine Pause würde ihm guttun, auch wenn er jetzt schimpfte.

Leda ließ ihm Zeit, um zur Besinnung zu kommen. Sie drehte ihre gewohnte Runde mit Pipo, den die Eingeweide drückten, weil er am Vorabend von allen Seiten mit Grillfleischstücken unter dem Tisch versorgt worden war. Gemeinsam liefen sie zum Strand, der sich menschenleer vor ihnen ausbreitete. Noch brannte der Sand nicht unter den Fußsohlen. Auf dem spiegelglatten Meer tanzten die Sonnenstrahlen, und der wolkenlose Himmel kündigte einen weiteren heißen Tag an.

Leda lief ins kühle Wasser und schwamm mit kräftigen Zügen hinaus. Pipo begleitete sie zunächst ein paar Meter, drehte dann aber wieder Richtung Land ab. Leda sah, wie er sich am Strand ausführlich schüttelte, so daß die Tropfen wie ein Feuerwerk in der Sonne um ihn herumflogen. Anschließend warf er sich in den Sand, wälzte sich ausgiebig und rannte dann eine Zeitlang wie von Geisterhand gejagt auf und ab. Als Leda aus dem Wasser stieg, war sein Fell über und über mit einer Sandschicht verklebt und glich einer Panade.

Im Garten spritzte sie das Tier mit dem Gartenschlauch gründlich ab. Dann duschte sie selbst, zog sich das gelbe Kleid über und packte eine Tasche mit dem Nötigsten für eine eventuelle Übernachtung. Nachdem sie Paolo mit Nachdruck aus dem Bett geworfen hatte, ging sie in die Küche, um Kaffee zu kochen. Sie hörte, wie Paolo seine Morgentoilette verrichtete, und fragte sich, ob es wirklich Sinn hatte, zu Conte Di Palmieri zu fahren. Wie so häufig trieb sie in erster Linie ihr Gefühl. Im Laufe der Jahre hatte sie gelernt, ihm zu folgen, weil es ihr häufig den richtigen Weg wies.

»Ihr habt doch bisher sowieso keine heiße Spur«, sagte Paolo. »Das heißt, es bleibt euch gar nichts anderes übrig, als in alle nur erdenklichen Richtungen zu ermitteln. Immerhin gibt es die Möglichkeit, daß er dir etwas Interessantes über Romelli erzählt.«

Paolo war gutgelaunt und unternehmungslustig. Er trat wie ein Verrückter aufs Gaspedal, was in seinem Fall jedoch keinen Akt der spontanen Befreiung bedeutete, sondern vielmehr seinem generellen Temperament entsprach. Das Meer zur Linken, die Hügel des Latium zur Rechten und blühende Oleanderbüsche auf dem Mittelstreifen der Autobahn, flogen sie durch Zeit und Land.

»Wie schön es ist, mal wieder mit dir allein zu sein«, sagte Paolo irgendwann. Leda hatte gerade dasselbe gedacht.

Nach zwei Stunden erreichten sie Orbetello. Das Städtchen lag zwischen zwei Lagunen auf einer der drei Landbrücken, die die Halbinsel Argentario mit dem Festland der Toskana verband. Vor ihnen erhob sich majestätisch die Berglandschaft des Monte Argentario. Über die einst von den Spaniern mit mächtigen Mauern und Türmen befestigte Hafenstadt Porto Santo Stefano fuhren sie die bergige

Strecke am westlichen Rand der Halbinsel entlang. Zweimal hielten sie an, um das hinreißende Panorama von Bergen, Meer und vorgelagerten Inseln zu betrachten. Das Anwesen der Di Palmieri war leicht zu finden, denn jeder auf der Insel schien die Grafenfamilie zu kennen.

»Fahren Sie die Straße immer weiter, bis Sie auf der rechten Seite einer Einfahrt das Schild mit der Aufschrift ›Casa Cala Grande‹ sehen. Da biegen Sie ab und folgen dem Weg, bis Sie angekommen sind«, hatte ihnen eine keuchend bergauf tretende helmbewehrte und mit einem grellbunten Fahrrad-Dreß bekleidete junge Frau während des Fahrens zugerufen.

»Die trainiert wohl für eine Alpenüberquerung«, meinte Paolo kopfschüttelnd angesichts der Qualen, denen sich die Frau freiwillig unterzog.

»Hast du ihre Muskeln gesehen? Der möchte ich nicht im Dunkeln begegnen!« fuhr er fort.

»Solange du nett zu ihr bist, wird sie dir nichts tun«, meinte Leda. Paolo brummelte ein paar abfällige Bemerkungen über spindeldürre und muskelbepackte Weiber.

»Die haben keinen Busen, keinen Hintern und nie Zeit, weil sie permanent um körperliche Höchstform kämpfen müssen. Mir ist schleierhaft, was ein Mann mit einer solchen Frau anfangen soll. Nicht einmal zum guten Essen kann man sie einladen, weil sie fasten müssen. Geschweige denn einen guten Wein mit ihr genießen.«

»Da müßtest du mit mir ja sehr zufrieden sein: Ich betreibe keinerlei Sport, esse leidenschaftlich gern, liebe guten Wein über alles und bin kugelrund, Busen und Hintern inklusive«, sagte Leda lachend und sah ihn dabei von der Seite an.

»Sehr zufrieden. Obwohl ein paar Kilo weniger auch nicht schlecht wären. Aber ja nicht zu viele. So dünn wie du früher warst, hast du mir nicht gefallen.«

In der Tat, bis zur Trennung von Thomas war Leda sehr

zierlich gewesen. Der Schmerz über den Verlust von Mann, Kindern und der eigenen Mutter, die mit ihnen zusammen nach München gezogen war, hatte Leda in eine wahre Freßsucht gestürzt. Die Pfunde aus dieser Zeit war sie nie wieder losgeworden. Halbherzige Diätversuche brach sie nach wenigen Tagen wieder ab. Und da sich Paolo nie über ihr Gewicht beschwerte, gab es auch keinen Anlaß, die Situation zu ändern. Heute äußerte er sich zum ersten Mal anders, kritischer.

»Meinst du wirklich, ich sollte abnehmen?«

»Ach, Leda, nimm das bitte nicht zu ernst. Wenn du ein paar Pfund weniger draufhättest, wäre das in deinem Alter wahrscheinlich ganz gut. Aber wenn du dich wohlfühlst, so wie du bist, dann ist das völlig in Ordnung. Ich liebe dich mit und ohne Pfunde und werde dich garantiert nicht gegen eine muskulöse Bohnenstange eintauschen.«

»Alle normalen Männer in deinem Alter packt das Verlangen nach einer neuen, jungen Frau mit knackigem Hintern. Schau dich nur mal in unserem Bekanntenkreis um: Pasquale und Elviro sind sogar älter als du und haben sich gerade wegen einer Jüngeren von ihren Frauen getrennt.«

In diesem heiklen Moment war Paolo heilfroh, das gesuchte Schild zu entdecken. Schwungvoll lenkte er den Wagen durch einen Torbogen, dessen Flügel weit geöffnet standen. Der Weg war holprig, und in der Mitte verlief eine hohe Grasnarbe. Hinter ihnen stieg eine Staubwolke auf. Es ging in Kurven steil bergab.

»Das sieht mir aber nicht wie die Zufahrt zu einem hochherrschaftlichen Sommersitz aus«, meinte Leda.

Nach ein paar Minuten Fahrt durch die mediterrane Macchia tauchte ein Konglomerat aus einem größeren, einstökkigen Haupthaus mit einem wuchtigen Turm und mehreren angrenzenden kleineren Häusern auf. Alle waren aus grobem Naturstein, mit breiten rotbraunen Dachziegeln gedeckt und offensichtlich sehr alt. Nur wenige schmale Fenster und Türen und ein großes Holztor unterteilten die abweisende Steinfassade. Auf dem kleinen Vorplatz standen riesige Blumenkübel mit blühenden Oleanderbüschen und Zitrusbäumen. Paolo parkte den Wagen hinter einem schwarzen Jeep. Als sie ausstiegen, begrüßte sie ein Grillenkonzert. Sie sahen eine Eidechse davonhuschen, ansonsten war es totenstill. Die Sonne brannte vom Himmel.

Sie gingen auf eine der Türen zu und entdeckten eine dieser altmodischen Klingeln, an deren Griff man ziehen mußte, damit das Zugseil irgendwo im tiefen Inneren des Hauses eine Glocke in Schwung brachte. Paolo zog daran. Doch es passierte nichts.

»Keiner zu Hause. Wir hätten doch vorher anrufen sollen. Hast du eine Telefonnummer?«

Leda wühlte in ihrer Tasche nach dem Zettel, den ihr der gräfliche Portiere gestern in Rom gegeben hatte. Sie diktierte Paolo gerade die Nummer, als sich die Tür plötzlich quietschend öffnete.

»Entschuldigung, daß es so lang gedauert hat. Wir waren gerade unten. Wer sind Sie?«

Ein große, schlanke Frau von etwa sechzig Jahren mit Kurzhaarschnitt, in Jeans und einer weiten, weißen Bluse schaute sie erstaunt an.

»Oh, ich hatte Tito mit den Eiern erwartet. Buon giorno, zu wem möchten Sie?«

»Buon giorno, Signora. Wir sind von der Polizei in Rom und möchten mit Conte Di Palmieri sprechen.«

Entsetzt starrte die Frau sie aus stahlblauen Augen an, die inmitten ihrer sonnengebräunten Gesichtshaut noch heller schienen.

»Um Gottes willen, ist Nicola etwas passiert?«

»Wer auch immer Nicola sein mag, seinetwegen sind wir nicht gekommen«, antwortete Leda.

»Nicola ist mein jüngerer Sohn, er ist in Amerika. Da weiß man nie, was passiert.«

»Haben Sie nicht zwei Söhne?« fragte Leda.

»Doch, Luca ist der Ältere. Da er hier ist, weiß ich, daß es ihm gutgeht. Er schläft noch.«

»Nicola geht es sicher auch prächtig. Keinem Ihrer Kinder ist nach unserem Kenntnisstand etwas zugestoßen. Wir kommen nur, um mit Ihrem Mann zu sprechen, Contessa.«

»Kann ich bitte Ihre Ausweise sehen?«

»Aber natürlich, gern.«

Leda fand den ihren sofort in der Tasche und zeigte ihn der Gräfin. Diese war mit dem einen zufrieden und verzichtete glücklicherweise auf die Inspektion des nicht existierenden Polizeiausweises von Paolo.

»Bitte treten Sie ein. Worum geht es?«

»Um den Mord im Auditorium.«

»Mein Mann hat mit dem Auditorium nichts mehr zu tun.«

»Das weiß ich. Aber er kennt die Verhältnisse sehr genau und kann uns vielleicht weiterhelfen.«

Die äußere Schlichtheit des Baus setzte sich im Inneren fort. Die Wände der kleinen Eingangshalle waren weiß getüncht. Auf einem Tisch aus dunklem Holz stand ein großer Wildblumenstrauß. Ein prachtvoll geschnitztes Kruzifix dominierte den Raum. Aus dem Antlitz des Gekreuzigten sprach das Leid der Welt, und Leda dachte sich, daß eine Dornenkrone auf dem Kopf so wehtun mußte wie eine Pistolenkugel im Körper.

Die kleine Halle öffnete sich nach ein paar Schritten zu einem rechteckigen Kreuzgang. Durch die Bögen blickte man in eine hübsche Gartenanlage: Rosen und Lavendel blühten in zarten Farben. Genau in der Mitte spie ein steinerner Fisch aus seinem aufgerissenen Maul Wasser, das in ein flaches Brunnenbecken herablief.

»War das früher mal ein Kloster?« erkundigte sich Leda.

»Ja. Aber seit über einhundert Jahren gehört es der Familie Di Palmieri.«

Die Gräfin öffnete eine Tür zur Rechten und bat sie in einen weiteren, fast kahlen Raum.

»Achtung, Kopf einziehen. Früher waren die Menschen kleiner«, warnte sie. »Bitte nehmen Sie Platz, ich hole meinen Mann. Möchten Sie Wasser?«

Leda und Paolo nickten und ließen sich auf einer der beiden Holzbänke nieder. Ansonsten fehlten Möblierung und Wandschmuck. Die rauhen Bodenfliesen aus Terracotta neigten sich leicht zur Mitte des Raums, wo sich ein Abfluß im Boden befand.

»Ein idealer Ort, um Kübelpflanzen überwintern zu lassen«, meinte Paolo.

»Und um ungebetene Gäste möglichst schnell wieder loszuwerden«, ergänzte Leda.

Kurze Zeit später erschien der Conte höchstpersönlich: groß und kräftig, braungebrannt mit schlohweißen, millimeterkurz geschnittenen Haaren. Er trug ebenfalls Jeans und ein weißes Hemd, dessen Ärmel er bis zu den Ellbogen hochgekrempelt hatte. Unter dem Stoff zeichnete sich der muskulöse Körper eines Mannes ab, der in seinem Leben entweder hart körperlich gearbeitet oder viel Sport getrieben hatte. Seine Erscheinung entsprach keineswegs dem, was sich Leda bisher unter einem kulturbeflissenen Adligen vorgestellt hatte. Abkommen solcher Familien, die in Palästen wohnten oder zumindest welche besaßen, definierten sich für sie über fein geschnittene Gesichter mit tiefliegenden Augen und zartgliedrigen Körpern. Dieser Mann hingegen strahlte die Kraft eines Vulkans aus. Im nächsten Moment einen schweren Balken aufheben und forttragen – das ja. Aber abends im Smoking mit einem Champagnerglas in der Hand eine Vernissage eröffnen oder im Foyer eines Opernhauses die Inszenierung einer Oper mit der im vergangenen Monat an der Mailänder Scala zu vergleichen – das nicht.

Wie sehr sie sich irrte, sollte Leda bald erfahren.

»Buon giorno. Ich bin Antonio Di Palmieri. Sie wollten mich wegen des Auditoriums sprechen? Ich nehme an, unser Gespräch hat mit dem Mord zu tun. Wie waren bitte noch mal Ihre Namen?«

»Leda Giallo, Hauptkommissarin im Morddezernat der Questura in Rom, und Paolo Merla, der mir heute bei den Ermittlungen zur Seite steht.«

»Ich halte es für unwahrscheinlich, daß ich Ihnen helfen kann. Wie Sie sicherlich wissen, habe ich mit dem Bau des Auditoriums seit etwa zwei Jahren nichts mehr zu tun. Meine Söhne Nicola und Luca haben die Geschäftsführung der Conedil übernommen. Die Familie war der Meinung, daß die alte Generation ausgedient hat und die Jungen ans Ruder gehören. Es wäre also besser, wenn Sie gleich mit Luca sprechen. Er ist hier. Soll ich ihn wecken?«

»Später gern. Aber wir benötigen im Moment vor allem eine Art Gesamteindruck über die Geschichte des Baus und über die beteiligten Akteure, insbesondere über Signor Romelli. Denn Sie sind wohl gut mit ihm befreundet.«

»Sie bringen Romelli mit dem Mord in Verbindung?«

»Da gibt es zweifelsohne Unstimmigkeiten.«

»Das müssen Sie mir erst einmal erklären. Da das vermutlich länger dauern wird, schlage ich vor, daß wir uns auf die Terrasse setzen.«

Di Palmieri führte die beiden durch einen weiteren Flur, von dem nacheinander mehrere Türen abgingen, die ehemaligen Mönchszellen, nahm Leda an. Dann öffnete er eine Flügeltür, und sie standen in einem hohen Raum, der einst die kleine Kirche des Klosters gewesen sein mußte. Heute diente er als Wohn- und Eßzimmer. In der halbrunden Apsis stand ein großer, runder Holztisch, an dem mindestens zwölf Personen bequem Platz finden konnten. Am anderen Ende des Raums luden ausladende Sofas und Sessel in warmen Farbtönen zum Verweilen ein. Moderne Kunstobjekte aus Stein und Metall, auf derbe Holzklötze montiert, und mehrere meterhohe, auf Leinwände gemalte Figuren in bunten Kostümen vermittelten den Eindruck einer Bühne. Der Höhepunkt war jedoch die Aussicht: eine Terrasse, hinter der sich das türkisblaue Meer erstreckte, in das einige kleine Inseln eingestreut waren.

»Ich wußte nicht, daß Kirchen so aussehen können«, sagte Paolo beeindruckt.

Di Palmieri lachte:

»Da gibt es aber inzwischen gerade bei uns in Italien einige schöne Beispiele. Wir haben zu viele Sakralbauten für die heutige Zeit. Daher verkauft man dort, wo sie nicht mehr gebraucht werden, vor allem in den Bergen. Sie sind nicht einmal teuer. Ein verrückter Ur-Ur-Onkel von mir hat der Kirche dieses Kloster abgekauft. Als ich es vor etwa dreißig Jahren übernahm, war es völlig heruntergekommen, weil sich niemand darum gekümmert hatte. Erst als wir jungverheiratet ein Feriendomizil suchten, stieß ich wieder darauf und habe es ausbauen lassen. Wir sind sehr häufig hier.«

Di Palmieri führte sie nach draußen auf die Terrasse, wo sie an einem Tisch unter einem Dach von Weinlaub Platz nahmen.

»So, und nun sagen Sie mir, wie ich Ihnen weiterhelfen kann, den Mord an dem Deutschen aufzuklären. Steht Romelli unter Vedacht?«

»Er hat kein Alibi und möglicherweise ein Motiv«, erklärte Leda.

Sie sah, wie Paolo einen kleinen Block und einen Stift aus der Hemdtasche zog und sich Notizen zu machen begann.

»Welches denn?« wollte der Conte wissen.

»Wut darüber, daß die Deutschen den Auftrag erhalten haben und er selbst möglicherweise politisch und finanziell endgültig ruiniert ist.«

»Was sagt er selbst dazu, wenn ich fragen darf?«

»Natürlich dürfen Sie. Romelli sagt, er habe in der fraglichen Nacht bis morgens um kurz vor sechs in Sperlonga Poker gespielt und sei anschließend zu seiner Schwiegermutter nach Norma gefahren.«

»Warum bezweifeln Sie das?«

»Weil diejenigen, bei denen er gespielt haben will, behaupten, Romelli sei nicht dagewesen.«

»Das heißt, er hat keine Zeugen. Glauben Sie denen?«

»Das weiß ich noch nicht. Romelli sagt, es handele sich um professionelle Glücksspieler. Kollegen überprüfen das gerade. Falls es so sein sollte, wird es nicht leicht sein, sie zu überführen. Diese Leute sind eben so geschickt wie gefährlich. Wissen Sie, ob Romelli zu solchen Kreisen Kontakt hat?«

»Ich wußte nur, daß er hin und wieder spielt, weil er öfter in Geldnot geriet.«

»Das heißt, er führt ein Doppelleben: ein offizielles als Vertreter der Stadt und erfolgreicher Politiker. Und ein verdecktes als jämmerlicher Spieler und Verlierer. Und Sie haben ihm Geld geliehen?«

»Ja.«

»Wann und wieviel?«

»Ich glaube, gut fünfzigtausend Euro. Vor zwei Jahren.«

»Für wann war die Rückzahlung vorgesehen?«

»Es gab keinen festen Termin. Vor etwa einem Jahr bat ich ihn, wenigstens einen Teil zu zahlen. Es passierte aber nichts. Vor vier Monaten habe ich es noch einmal versucht. Daraufhin erhielt ich fünftausend Euro und das Versprechen, am Ende des Sommers die gesamte Summe wiederzubekommen.«

»Hat er gesagt, woher er es nehmen wollte?«

»Nein. Das war mir auch gleichgültig. Aber ich vermutete, daß es sich um Spielgeld handelte, weil er es mir bar auf den Tisch legte, statt es zu überweisen. Ist das etwa verboten?«

»Keineswegs, es fällt nur auf, daß Sie Ihr Geld ausgerechnet dann zurückwollten, als der Auftrag fürs Auditorium verlorengegangen war.«

Die dunkelbraunen Augen Di Palmieris glühten förmlich, während er Leda ansah. Er hatte genau verstanden, was sie meinte.

»Um das ein für alle Mal klarzustellen: Möglicherweise bin ich der einzige Bauunternehmer in ganz Italien, der seinen Erfolg nicht irgendwelchen Bestechungsgeldern zu verdanken hat. Das hatte ich nie nötig. Andere Dinge sind viel wichtiger als Geld: Fleiß und Beziehungen. Über beides verfüge ich. Das hat zum einen mit meiner Position als Abgeordneter im italienischen Parlament zu tun und zum anderen mit meiner Abstammung aus einer der bekanntesten und reichsten Familien des Landes. Um es kurz zu machen: Ich habe es gar nicht nötig, vergleichsweise kleine Leute wie Romelli mit kleinen Summen zu schmieren.«

Di Palmieri war aufgestanden und lief angespannt und wild gestikulierend über die Terrasse. Er kam Leda wie ein wildes Tier vor, das man eingesperrt hatte. Warum nur? fragte sich Leda. Der Mensch hatte alles, was man sich erträumen konnte. Er war trotz seines Alters in körperlich bester Verfassung, strahlte Stärke und Autorität aus, hatte eine Familie und Geld. Vielleicht war er in sich selbst gefangen? Es gab viele Gründe, warum Menschen sich nicht frei und im Einklang mit sich selbst fühlten. Di Palmieri blieb schließlich stehen, stellte einen Fuß auf das Mäuerchen, das die Begrenzung der Terrasse bildete, und atmete tief durch. Er fixierte Leda mit seinen großen, schwarzen Augen, die er in anderen Situationen wahrscheinlich mit ebenso großem Erfolg einzusetzen wußte.

»Hat Romelli etwa behauptet, ich hätte den Auftrag nur gegen Geld bekommen?«

»Nein.«

»Irgendwer sonst?«

»Nein.«

»Dann sollten Sie es auch nie wieder tun oder auch nur daran denken. Va bene?«

In diesem Moment trat die Gräfin mit einem altmodischen Holztablett aus dem Haus. Auch sie sah ihren Mann erstaunt an. Schweigend stellte sie gefüllte Kaffeetassen, Gläser und eine Karaffe mit Wasser auf den Tisch und setzte sich dazu. Dann ergriff der Conte erneut das Wort.

»Danke Cara. Bitte bedienen Sie sich. Also, ich erhielt den Auftrag für das Auditorium, weil das Projekt meine Idee war und ich sehr viel in seine Realisierung investiert hatte. In Enzo Gasco fand ich sehr früh jemanden, der sich dafür genauso interessierte wie ich. Ein hochkultivierter Mann, ein kluger Kopf und genialer Architekt. Man kann sein Schaffen nicht genug bewundern.«

Wie eine Herkulesstatue, die ein Meister der Bildhauerkunst genau für diesen Ort geschaffen hatte, stand Di Palmieri auf seiner Terrasse und begann, von der Geschichte des Baus zu erzählen. Leda spürte, daß er eine enorme Ausstrahlung hatte und daß er um seine Wirkung wußte. Sie mußte vorsichtig sein, weil sie Gefahr lief, in seinen Bann zu geraten. Sogar Paolo spürte die Spannung, die sich zwischen Leda und dem Conte aufgebaut hatte, denn er sah sie unverwandt an.

»Sind Sie Römerin?« fragte Di Palmieri die überraschte Kommissarin.

Sie nickte.

»Dann wissen Sie, daß unsere Stadt zu wenige Orte hat,

wo vielen Menschen gute Musik präsentiert werden kann. Das Opernhaus ist technisch veraltet, dort passiert seit vielen Jahren kaum etwas. Die anderen Säle sind relativ klein oder unattraktiv. Italien ist ein Land der Musik, seine Hauptstadt die schönste der Welt. Und dort gibt es keinen Ort, wo sich Schönheit und Musik zu wirklicher Größe vereinen können. Schauen Sie sich beispielsweise Berlin an. Dort gibt es bei vergleichbarer Einwohnerzahl allein drei Opernhäuser, verschiedene große Konzertsäle und dazu noch Musical- und Varietétheater. Wir können nicht immer nur aus der Vergangenheit schöpfen, sondern haben die Aufgabe, den Menschen neben schönen Gebäuden, dem Vatikan und den Museen auch musikalische Kultur zu bieten. Gascos und meine Idee ist es, eine moderne Musikanlage zu schaffen, die den historischen Schätzen ebenbürtig ist und Rom zu einem weltweiten Zentrum des schönen Klangs werden läßt.

Musik ist eine der elementarsten Ausdrucksformen des Menschen, wobei das erhabenste und schönste Instrument für mich die menschliche Stimme ist. Ich setze mich seit vielen Jahren für die Förderung junger Gesangstalente ein. Einer der wichtigsten nationalen Wettbewerbe für Gesang trägt meinen Namen. Darauf bin ich sehr stolz. Drei der dort prämierten jungen Künstler stehen inzwischen auf international berühmten Bühnen. Eine von ihnen ist Angela Serafino. Sie macht Weltkarriere wie einst Maria Callas oder Joan Sutherland. Ich kenne derzeit keine bessere und ausdrucksstärkere Sopranistin.«

Natürlich kannte Leda »La Serafino«, wie sie allgemein genannt wurde. Ganz Rom war mit Plakaten zugepflastert, auf denen ihre Auftritte in den Caracalla-Thermen als Höhepunkt des römischen Kultursommers angepriesen wurden. Seit Jahren hatte man die Thermen nicht mehr als Spielstätte verwendet. Für La Serafino wurden sie nun wieder hergerichtet. Angeblich, weil sie dort als kleines Mädchen zum ersten Mal die Oper Aida gesehen und gehört hatte und an jenem Abend den Beschluß gefaßt haben sollte, die größte Sängerin Italiens zu werden. In allen Medien erschienen seit Monaten weitgehend spekulative Berichte über die junge Frau mit der unvergleichlichen Stimme, die Details ihres Privatlebens zum großen Ärger der Kolumnisten weitgehend unter Verschluß hielt. Sie entzog sich gekonnt der Öffentlichkeit, gab selten Interviews und sprach, wenn überhaupt, nur über ihre Rollen und die Kunst im allgemeinen.

Di Palmieri fuhr fort.

»Gasco und ich meinten, daß es an der Zeit war, die seit 1935 existierende Idee eines großen Auditoriums endlich zu verwirklichen. Gasco hatte weltweit Erfahrung im Theater- und Konzertbau gesammelt. Er ist ein Meister seines Fachs, weil er verstanden hat, daß es zwischen Musik und Architektur viele Parallelen gibt. Er beherrscht alle bautechnischen Feinheiten, um eine optimale Akustik in einem Saal zu erreichen.

Da ich seit über vierzig Jahren auch politisch tätig bin, hatte ich die Chance, das Projekt Auditorium in der Kulturszene der Stadt auf die Tagesordnung zu bringen und bei den zuständigen Leuten Gehör zu finden. Es folgten Architektenwettbewerbe, aus denen Gasco und seine Mitarbeiter als klare Sieger hervorgingen, nicht zuletzt weil sie als einzige vergleichbare erfolgreiche Projekte vorweisen konnten.

Meine Erfahrung, mein guter Ruf als Bauunternehmer und eine für den Magistrat höchst attraktive Kosten- und Zeitkalkulation führten zum Auftrag für die Conedil. Wir alle wußten, daß die Brüsseler Bürokratie möglicherweise auf einer europaweiten Ausschreibung beharren würde, waren aber der Überzeugung, daß wir sie im Zweifelsfall gewinnen würden. Es stand für alle Beteiligten außer Frage, daß ein solches Projekt in italienischen Händen liegen sollte. Der Meinung bin ich bis heute. Dieser Fall wäre geeignet gewesen, den gesamten europäischen Bürokratiewahnsinn zu kippen. Doch dazu sind sie ja zu feige.«

Die Veränderungen Di Palmieris während der verschiedenen Erzählphasen waren bemerkenswert. Solange er von der Entstehung des Projektes gesprochen hatte, stand er ruhig da und untermalte seine Ausführungen mit Gesten, die denen eines Dirigenten ähnelten. Mal gab er einzelne Einsätze, mal führte er durch weit ausholende Armbewegungen alle Stränge des Geschehens zusammen. Doch sobald er auf Brüssel zu sprechen gekommen war, begann er wieder die Terrasse abzulaufen, die Hände verkrampft und den Blick starr zu Boden gerichtet.

Leda beobachtete die Frau des Grafen. Sie wirkte völlig unbeteiligt. Wahrscheinlich kannte sie die Thematik in- und auswendig und ging ihren eigenen Gedanken nach.

»Wann kam Romelli ins Spiel?« fragte Leda.

»Romelli?«

Der Conte stoppte seinen Lauf abrupt, starrte die Kommissarin an und begann zu lachen.

»Romelli, dieser Crétin, kam erst viel später dazu. Vor sechs Jahren, glaube ich. Ein unkultivierter Aufsteiger, der Zahlen verwalten und Strippen ziehen kann, aber keinen blassen Schimmer von Kultur oder Stadtentwicklung hat. Er sollte wohl für seine Verdienste um die Partei belohnt werden und erhielt daher den Posten als Assessore. Immerhin hatte er schnell begriffen, daß dieses Projekt seiner politischen Karriere sehr nützlich sein konnte, wenn er es nur mit Nachdruck unterstützte. Er kann nur in der Kategorie des persönlichen Vorteils denken und hat es damit bedauerlicherweise, wie viele Parteigenossen, weit gebracht.«

»Aber so hat er Ihnen doch sehr genützt.«

»Zweifelsohne, das muß ich zugeben. Außerdem ist er

intelligent und sehr lernfähig, was man wahrlich nicht von allen Parteileuten sagen kann.«

Jetzt kam Di Palmieri zum Tisch, nahm die letzte auf dem Tablett stehende Tasse Kaffee, rührte Zucker hinein und trank sie in einem Zug leer.

»Kalt«, stellte er fest.

Seine Frau schnellte vom Stuhl hoch.

»Soll ich dir einen neuen machen?«

»Nein, danke, meine Liebe, es geht schon. Zurück zu Romelli. Bevor er mit dem Posten betraut wurde, hatte er noch nie in seinem Leben klassische Musik in einem Konzertsaal gehört, geschweige denn eine Oper. Ich habe mit ihm eine Art Schnellkurs Musik gemacht, ihn in die besten Konzert- und Opernhäuser Italiens, Europas und sogar der Vereinigten Staaten geschleppt. Er sollte die Materie, für die er tätig war, wenigstens oberflächlich kennen. Daß er die Musik nicht in ihrer ganzen Tiefe begreifen würde, war mir klar. Aber das machte nichts, er mußte nur ihre kulturhistorische Bedeutung, die wichtigsten Werke, deren Komponisten und Interpreten kennen. All das habe ich übrigens aus eigener Tasche bezahlt. Und zwar nicht, um ihn zu bestechen. Das wäre gar nicht möglich gewesen, weil er sich in seinem tiefsten Inneren für Musik nicht interessiert. Sie erreicht sein Herz nicht, geschweige denn seine Seele. Wissen Sie...«

Di Palmieri ließ sich auf einen Stuhl neben Leda fallen und sah sie aufmerksam an. Dann griff er zu einem Glas, schenkte sich Wasser ein, leerte es mit wenigen Zügen und fuhr fort:

»Wissen Sie, wie Gasco und ich Freunde wurden?«

Wieder fixierte er Leda mit seinen durchdringenden Augen.

»Vor vielen Jahren saßen wir einmal nebeneinander in einem Schubertkonzert, ein Klaviertrio für Pianoforte, Violine und Cello. Wir haben beide geweint, weil es uns so sehr berührte. Kurze Zeit später haben wir eine Aufführung der Oper Norma von Bellini in London gesehen und wieder beide an derselben Stelle geweint. Seitdem sind wir Freunde fürs Leben. Unser gemeinsames Musikempfinden verbindet so sehr, wie es sonst nur die Liebe zwischen Mann und Frau kann.«

Um weiteren langatmigen Ausführungen Di Palmieris vorzubeugen, lenkte Leda das Gespräch in die gewünschte Bahn:

»Und Romelli trieb die Sache zunächst erfolgreich durch die Brüsseler Untiefen?«

»Ja, unter Mithilfe des Magistrats. Alle Parteien hatten dem Auditorium inzwischen eine herausragende Rolle für die Stadt- und Kulturentwicklung eingeräumt, und Romelli setzte sich besonders vehement dafür ein. Es kam immer wieder zu Baustopps, zum Beispiel gleich am Anfang durch den Fund der römischen Villa. Im Stadtrat gab es öfter an dieser oder jener Ecke Streit um Kleinigkeiten. Einmal wollte Gasco sogar abspringen, weil sein gesamter Zeitplan durcheinandergeriet. Er hatte schließlich noch andere wichtige Projekte. Da hat Romelli jedes Mal wie ein Löwe für die Fortsetzung gekämpft, das muß man ihm lassen.«

»Wenn alles schließlich so gut lief, warum haben Sie die Leitung Ihrer eigenen Firma aufgegeben?«

»Meine beiden Söhne sind von mir seit ihrer Jugend auf die Übernahme der Firma vorbereitet worden und eignen sich glücklicherweise auch dafür: der eine als Ingenieur, der andere als Ökonom. Als sie die Leitung der Conedil übernahmen, hatten sie bereits jahrelang unter meiner Führung in der Firma gearbeitet, hatten also Erfahrung und kannten alle Bauvorhaben. Zu diesem Zeitpunkt waren Luca und Nicola immerhin schon Mitte Dreißig. Sie wollten die Verantwortung übernehmen, zumal sie mit meiner Geschäftspolitik nicht einverstanden waren. Es gab damals sehr viel Krach in der Familie. Da habe ich nachgegeben und ihnen die Leitung übertragen. Sonst wäre die Familie gesprengt worden.«

»War der Streitpunkt das Auditorium?«

»Ja. Die beiden meinten, daß die hohen Ansprüche an die Qualität und die damit verbundenen Kosten die Firma in den Ruin treiben würden.«

»Aber Sie hatten doch den Bau sicherlich so kalkuliert, daß der Firma ein satter Gewinn blieb, oder?«

»Nein. Ich war und bin der Auffassung, daß das Projekt viel mit persönlichem Engagement zu tun hat. Das ist mir wichtiger als schwarze Zahlen unter dem Strich der Firmenbilanz. Dafür war und bin ich bereit, privates Geld einzuschießen, sozusagen als Sponsor. Unsere Familie ist sehr reich und kann sich das leisten. Ich glaube, daß mein Reichtum mir Verpflichtungen gegenüber der Gesellschaft und gegenüber der Kunst auferlegt. Meine Söhne haben dafür wenig Verständnis. Meine Frau übrigens auch nicht, oder, Cara mia?«

Aus seinem Tonfall glaubte Leda eine tiefe Verachtung für seine Familie herauszuhören. Oder war es Enttäuschung, daß die Seinen ihm kein gebührendes Verständnis entgegenbrachten? Oder beides?

XI »Da ist ja Luca, mein vielversprechender Nachfolger«, sagte Di Palmieri plötzlich mit lauter Stimme und verbeugte sich in Richtung Haus. »Haben Sie wohl geruht, Principe? Es ist wohl spät geworden gestern abend, oder soll ich besser sagen, heute früh?«

»Papa, bitte laß gut sein.«

Leda wandte sich um und erblickte einen unrasierten Mann mit halblangen, dunklen Haaren. Er war einen halben Kopf kleiner und insgesamt schmaler als sein Vater und trug ein lachsfarbenes Polohemd, das locker über seiner Jeanshose hing und seine Haut besonders dunkel wirken ließ. Eine Sonnenbrille schützte seine Augen vor dem grellen Tageslicht.

»Buon giorno, ich wußte nicht, daß wir Besuch haben. Bitte entschuldigen Sie meinen Aufzug.«

Er reichte ihnen die rechte Hand. Am Ringfinger seiner Linken steckte ein Siegelring.

»Das sind Hauptkommissarin Giallo und ihr Mitarbeiter Paolo Merla von der römischen Polizei. Sie untersuchen den Tod des Deutschen im Auditorium. Romelli steht unter Verdacht, weil er ein Motiv haben könnte und ihm ein verläßliches Alibi fehlt. Die beiden haben dir sicher auch einige Fragen zu stellen, die du bitte wahrheitsgemäß beantworten wirst.«

Leda war über den Tonfall Di Palmieris gegenüber seinem fast vierzig Jahre alten Sohn entsetzt.

»Darf ich vorher noch einen Kaffee trinken?« fragte Luca und ging zu seiner Mutter, um sie auf beide Wangen zu küssen. Seinen Vater würdigte er keines Blicks. Die Contessa stand auf:

»Setz dich, Luca, ich mache dir einen. Möchten Sie auch noch welchen?«

Leda und Paolo nickten.

»Wie gut, daß du es aus den Federn geschafft hast, denn ich war gerade dabei, unsere unterschiedlichen Einstellungen zum Bau des Auditoriums darzulegen. Du kannst mich also direkt korrigieren, wenn ich etwas Falsches sagen sollte.«

Luca zeigte keinerlei Reaktion auf die Worte seines Vaters. Während dieser weitersprach, ging Luca ans andere Ende der Terrasse, blickte über das Meer und atmete die Seeluft tief ein, als würde er aus ihr die Kraft für den gesamten Tag saugen. Er schien keinen Grund zu haben, sich durch seinen Vater und zwei Polizisten aus seinem Rhythmus bringen zu lassen.

»Meine Söhne sind bessere Geschäftsleute als ich. Meine angeblich falschen Geschäftsstrategien haben dem familiär bedingten Reichtum noch einige weitere Millionen gebracht. Und das, obwohl ich mich immer finanziell sehr stark für soziale und kulturelle Fragen in der Stadt eingesetzt habe. Immerhin wurden Luca und Nicola nicht vertragsbrüchig und haben die laufenden Aufträge fortgesetzt, wenn auch mit knirschenden Zähnen. Aber ihnen fehlt offensichtlich jede innere Verbindung zum Auditorium und zur Musik. Als vor etwa einem halben Jahr die ersten Signale aus Brüssel kamen, daß wir den Auftrag verlieren könnten, waren meine beiden Söhne ausgesprochen froh darüber. Während ich es als Vollendung meines Lebenswerkes sehe, betrachten sie es nur als finanzielle Belastung. Drücke ich mich richtig aus, mein Sohn?«

Luca schwieg beharrlich. Von einem Mauervorsprung nahm er einen Aschenbecher, fischte eine Packung Zigaretten und ein Feuerzeug aus der Hosentasche und setzte sich an den Tisch. Er hielt Leda und Paolo die Schachtel einladend hin. Beide winkten dankend ab, woraufhin er sich selbst eine anzündete. Dann wandte er sich an Leda.

»Warum werden wir eigentlich verhört? Stehen wir unter Mordverdacht?«

»Nein. Wir möchten nur so viel wie möglich über das Bauprojekt und die Übernahme durch die Firma Holzer erfahren, um Rückschlüsse auf ein mögliches Mordmotiv ziehen zu können«, antwortete sie.

»Und warum steht Assessore Romelli unter Mordverdacht?«

Leda erläuterte ihm kurz die Situation.

»Romelli ein Mörder? Das kann ich nicht glauben. Er kann zwar sehr unangenehm werden, wenn man nicht seine Meinung vertritt, das weiß ich aus eigener Erfahrung. Romelli ahnte seit Monaten, daß der Auftrag an die Deutschen gehen und seine Karriere dadurch einen heftigen Knick erleben würde. Aber ich schätze ihn nicht so ein, daß er handgreiflich wird. Der zweite Bauleiter, Sicolo, und Gasco, der Architekt, haben mir berichtet, daß Romelli wegen der Brüsseler Entscheidung eher still und trübsinnig als aggressiv geworden sei. Viel wahrscheinlicher scheint mir, daß dieser unerzogene deutsche Signore irgend jemanden, der möglicherweise gar nichts mit dem Auditorium zu tun hat, so beleidigt hat, daß dieser ihn die Stufen hinuntergestoßen hat.«

»Aber wer käme da in Frage? Die Bauarbeiter? Wir haben sie fast alle verhört. Entweder hatten sie keinerlei Kontakt zu Breuer oder wasserdichte Alibis. Wer sonst?«

Luca zuckte mit den Schultern. Er nahm seine Brille ab und rieb sich die Augen. Er hatte die fast schwarzen, ausdrucksstarken Augen von seinem Vater geerbt, nicht die hellen seiner Mutter. Ratlos schaute er die Kommissarin an.

»Wer hat denn die Leiche gefunden?«

»Gasco.«

»Gasco? Also der war es bestimmt nicht! Er war mit der

Übergabe an die Firma Holzer ganz zufrieden, weil er mit ihr und insbesondere mit Breuer in Deutschland schon gut zusammengearbeitet hatte.«

»Wer käme noch als Täter in Frage? Vielleicht Ihr Vater? Er hat sich doch als einziger bis heute mit der neuen Situation nicht anfreunden können.«

Luca sprang von seinem Stuhl auf. Zum ersten Mal, seit er die Terrasse betreten hatte, sah er seinen Vater an. Leda erwartete, daß jetzt wieder das Tier im Conte ausbrechen und er sich gegen falsche Beschuldigungen zur Wehr setzen werde. Doch nichts desgleichen geschah.

Statt dessen ergriff Luca das Wort. Er sprach mit leiser, tiefer Stimme und vor allem sehr bestimmt. In diesem Moment begriff Leda, warum der Alte schon lange keine Chance mehr gegen seinen Sohn hatte.

»Mein Vater, Signora Commissaria, und ich sind meistens unterschiedlicher Meinung. Er ist enttäuscht, weil er glaubt, daß niemand ihn versteht, weder seine Liebe zur Musik noch seine Verantwortung für die Gesellschaft. Er hat sich für unseren Geschmack zu sehr in das Projekt Auditorium hineingesteigert. Wir meinen, daß unsere Verantwortung für die Gesellschaft und für die Musik ihre Begrenzung in unseren eigenen finanziellen Ressourcen findet, weil auch unser Geld endlich ist. In Absprache mit weiteren Familienmitgliedern, die an Teilen des Gesamtvermögens beteiligt sind, haben mein Bruder Nicola und ich das Ruder der Firma Conedil übernommen. Darüber war und ist er verbittert.

Aber mein Vater ist ein guter Mensch. Er könnte keiner Fliege etwas zuleide tun, auch wenn er sich manchmal so aufspielt. Sie verschwenden Energie, wenn Sie auf dieser Fährte weiterforschen.«

Das Klappern von Tassen unterbrach die Stille auf der Terrasse. Niemand hatte bemerkt, daß die Gräfin zurückgekommen und im Türrahmen stehengeblieben war.

»Das ist absurd. Mein Mann ist kein Mörder, niemals«, erklärte sie nachdrücklich. Dann stellte sie schweigend die Tassen auf den Tisch und einen Teller mit Keksen daneben. Di Palmieri schnappte kurz nach Luft, schien etwas sagen zu wollen, aber tat es dann doch nicht.

»Das behaupte ich auch gar nicht, weil es dafür tatsächlich keine Anhaltspunkte gibt. Dennoch muß ich auch Sie rein routinemäßig fragen, wo Sie sich Sonntag früh zwischen fünf und sieben Uhr aufgehalten haben. Bitte verstehen Sie mich nicht falsch, aber das ist nun mal unser Job.«

»Sie verdächtigen mich doch«, entfuhr es dem Conte.

»Nein, Papa, beruhige dich. Sie muß fragen«, sagte Luca beschwichtigend. »Samstag abend waren Papa und ich bei einer Probe von Lucia di Lammermoor. Eine Freundin des Hauses, Angela Serafino, singt die Hauptpartie, und Papa ist Sponsor der gesamten Veranstaltung. Sie hat das erste Mal zusammen mit Salvatore Ghezzi gesungen, dem Tenor, der die Partie des Edgardo übernimmt. Es hat ziemlich lange gedauert, bis sie miteinander klarkamen. Erst gegen Mitternacht war Schluß. Ich habe anschließend noch eine Freundin besucht, bei ihr übernachtet und bin bis zum nächsten Mittag bei ihr geblieben.«

»Name und Anschrift der Freundin?«

»Das möchte ich in Gegenwart meiner Eltern nicht sagen. In unseren sogenannten besseren Kreisen darf man sich nur mit ganz bestimmten Leuten einlassen. Anderes tut man besser heimlich, und solange niemand darüber redet, ist es in Ordnung. Bei Bedarf gebe ich Ihnen die gewünschten Informationen unter vier Augen«.

»Ich habe dich bei der Probe aber nicht gesehen. Du hast nicht auf deinem Platz gesessen«, fuhr der Conte dazwischen.

»Habe ich auch nicht. Ich wollte nicht neben dir sitzen. Ich saß in der letzten Reihe und bin sofort gegangen, als Angela sagte, sie sei müde und müsse aufhören.«

»Und Sie, Conte?«

»Ich habe Signora Serafino nach Hause gebracht und bin anschließend hergefahren, habe mich ins Bett gelegt und geschlafen.«

»Haben Sie Ihren Mann begleitet, Gräfin?«

»Nein, ich bin hiergeblieben und schlief bereits, als mein Mann zurückkehrte.«

»Um wieviel Uhr war das?«

»Das weiß ich nicht. Ich hörte nur, wie er irgendwann in sein Zimmer ging, und habe einfach weitergeschlafen. Ich bin es gewohnt, daß mein Mann sehr spät nach Hause kommt, und schaue nicht jedes Mal auf die Uhr.«

»War es schon hell?«

»Ich denke nein. Aber ich hatte die Fensterläden zu und die Augen geschlossen. Jedenfalls lag er in seinem Bett, als ich so um halb acht aufgewacht bin und nach ihm geschaut habe.«

»Und er schlief ruhig?«

Die Gräfin nickte. Für einen kurzen Moment glaubte Leda in ihrem Lächeln eine Art Triumph zu entdecken. Aber das konnte eine Fehlinterpretation sein, und so schob sie den Eindruck beiseite.

»Was für ein Auto fahren Sie, Conte?«

»Ich habe mehrere.«

»Und welches haben Sie an diesem Abend benutzt?«

»Keine Ahnung, entweder den Porsche oder den BMW.«

»Und wem gehört der Jeep vor der Tür?«

»Mir«, antwortete Luca.

»Die Strecke läßt sich sonntags um diese Uhrzeit mit einem schnellen Auto in eineinhalb Stunden schaffen. Die beiden Wagen fahren doch sehr schnell, wenn ich nicht irre?« dachte Leda laut nach.

»Commissaria, was soll der Unfug?« sprang Luca wieder dazwischen.

»Beruhigen Sie sich bitte. Polizisten entwickeln mit der

Zeit einen Haufen Ticks. Einer davon ist es, bei jedem, den sie befragen, egal ob als Zeugen, Informanten oder Verdächtigen, alle Möglichkeiten einer Beteiligung durchzuspielen. Dabei kommt man dem eigentlichen Ziel nur selten näher, zumindest in komplizierteren Fällen wie diesem, weil fast alle Spielfiguren nach und nach vom Feld fliegen. Aber die Methode hat den großen Vorteil, daß man sich später, falls es nötig werden sollte, daran erinnert, die Überlegung schon einmal angestellt zu haben. Und denkt man dann gründlicher nach, fällt einem alles wieder ein, und man hat eventuell das noch fehlende Puzzleteil gefunden. Das ist alles. Sie haben es ganz einfach mit einer Spielerin zu tun.«

»Das Spiel ist für uns aber keineswegs amüsant«, bemerkte Luca mit grimmigem Gesicht.

»Entschuldigen Sie bitte, ich sollte einfach leise denken«, erwiderte Leda.

»Brauchen Sie mich noch?« fragte der Conte, der inzwischen aufgestanden war.

»Ja, einen Moment noch, bitte. Hatten Sie mit dem Projekt Auditorium also seit der Übergabe der Geschäftsführung gar nichts mehr zu tun?«

»In geschäftlichen Fragen nicht, in politischen sehr wohl. Ich habe als Parlamentsabgeordneter, in meiner Partei, im römischen Magistrat und bei Romelli immer wieder meinen Einfluß geltend gemacht, um die Fortführung des Projektes sicherzustellen. Es ist mir gelungen, gegen den Willen meiner Söhne und der gesamten Familie, die politischen Fäden bis zur gegenteiligen Entscheidung aus Brüssel vor vier Monaten zusammenzuhalten. Heute sagen zwar alle, bis auf meine Söhne, es sei falsch, daß die Deutschen das Projekt fortführen, aber niemand kämpft mehr. Niemand, bis vielleicht auf Romelli, ist bereit, eine Klage durchzuziehen und sich für ein Bauwerk von dieser Bedeutung einzusetzen.«

»Kannten Sie Breuer?«

»Nein. Ich hatte auch kein Bedürfnis, ihn kennenzulernen. War es das? Ich habe in Porto Santo Stefano zu tun und werde dort erwartet.«

Grußlos und ohne Ledas Antwort abzuwarten, verließ Di Palmieri die Terrasse.

Ein leichter Wind ließ die Weinblätter über ihren Köpfen hin- und herwiegen. Möwen zogen am Himmel ihre Bahnen und stießen Schreie aus, die an Hilferufe von Kindern erinnerten. Auf dem Mäuerchen erschien eine Eidechse, erhob sich auf ihre Hinterbeine, schaute sich kurz um und verschwand dann lautlos an der Außenmauer. In der Macchia ringsum zirpten die Grillen ihr endloses, monotones Lied. Luca zündete sich eine weitere Zigarette an. Leda schwitzte und bekam Lust zu rauchen.

»Darf ich?«

»Ja, bitte, ich dachte nur, Sie rauchen nicht.«

»Ich habe eigentlich auch aufgehört.«

»Dann lassen Sie es besser sein. Nur die eine – das klappt nicht. Man wird rückfällig.«

Aber Leda brauchte sie jetzt, die eine, und zündete sie sich an. Sie schmeckte scheußlich und wunderbar zugleich. Paolo sah sie mit einem nachsichtigen Lächeln an, das besagte: »Ich habe es doch gewußt!« Leda schämte sich ein bißchen vor ihm, aber es reichte nicht für den Verzicht. Dann wandte sie sich an die Gräfin:

»Haben Sie keine Angst, nachts hier allein zu sein?«

»Nein. Die Anlage ist wie eine Festung gebaut und das gesamte Grundstück von einer fünf Meter hohen Mauer umgeben. Die Macchia ringsherum ist so dicht und stachelig, da kommt kein ungebetener Gast durch. Außerdem wird das Tor zur Einfahrt nachts geschlossen. Innerhalb des Hauses sind in jedem Raum Alarmknöpfe angebracht, die laute Sirenen aktivieren und Alarm bei der nächsten Polizeistation auslösen. Und schließlich laufen die Hunde nachts frei herum. Sie greifen jeden Fremden, der nicht von uns begleitet wird, bedingungslos an.«

»Begleiten Sie Ihren Mann denn nie in die Stadt?«

»Doch, wenn es sich um wichtige Termine oder Besuche bei Freunden handelt. Aber ich muß mir nicht jede Opernprobe anhören.«

»Warum gehen Sie denn eigentlich zu den Proben mit?« wollte Leda von Luca wissen.

»Sie sind das schönste an einer Oper, weil man erlebt, wie sich das Werk und seine Künstler entwickeln, langsam zu einer Einheit werden. Ich liebe Proben beinahe mehr als die fertigen Aufführungen.«

»Aber Ihr Vater hat doch gesagt, daß Sie sich nicht für Musik interessieren.«

»Nicht in seinem Sinne. Ich verliere wegen der Musik nicht völlig den Kopf wie Papa. Er ist fanatisch. Ich hasse jede Art von Fanatismus – für oder gegen was auch immer. Aber ich liebe die Musik zutiefst, habe sogar eine Gesangsausbildung hinter mir und wäre lieber Sänger als Ökonom geworden. Aber es reichte nicht für eine echte Karriere. Jeder hat Träume, die an den Grenzen des persönlichen Unvermögens scheitern können. Wenn es sich wie bei mir um einen natürlichen und nicht korrigierbaren Mangel an Stimmvolumen handelt, der das Singen großer Partien auf der Bühne unmöglich macht, dann muß man das einfach akzeptieren. Auf kleine Partien, Musicals und Nebenrollen hatte ich keine Lust. Ich habe eben ziemlich hohe Ansprüche an mich selbst und möchte bei dem, was ich tue, gut sein, richtig gut. Als Leiter eines Unternehmens bin ich das und widme mich nun der Musik als Zuhörer und Genießer. Da bin ich, wie Sie merken, Papa sehr ähnlich. Er war auch in allem gut, was er anfaßte. Das ist er bis heute, solange er sich nicht verrennt.«

»Sie hätten also gern neben der Serafino den Part des Edgardo übernommen?«

Jetzt lachte Luca und strich sich das Haar aus dem Gesicht.

»Nein, das hätte sowieso nicht geklappt, weil ich ein Baß-Bariton bin, also viel zu tief für den vor Liebe rasenden Tenor Edgardo. Da hätte ich leider mit der Rolle von Lucias bösem Bruder Enrico vorlieb nehmen müssen. Aber allein die Tatsache, neben einer Sängerin wie Angela auf der Bühne stehen zu dürfen, wäre die Erfüllung meiner Träume, das gestehe ich ein. Sie gibt übrigens heute abend auf der Piazza in Santo Stefano ein Konzert. Ein Wohltätigkeitskonzert für Künstler in Not. Angela singt gratis, und Papa sponsert den Rest. Sie sollten unbedingt hingehen. Angela singt ein hinreißendes Programm mit lauter Liebesarien aus verschiedenen Opern.«

»Noch eine Frage: Halten Sie Romelli für korrupt?«

»Bei uns hat er es nie versucht. Es wäre auch sinnlos gewesen, weil mein Bruder und ich in dieser Hinsicht dieselbe Einstellung wie mein Vater haben. Außerdem fehlte wie gesagt unser Interesse an der Fortführung des Auftrags. In der Branche wird aber gemunkelt, daß Romelli in den letzten Jahren so gut wie immer die Hand aufgehalten hat und inzwischen sehr reich sein muß. Das kann ich aber nicht beurteilen, auch nicht, ob er spielt, wie Papa behauptet.«

»Wußten Sie, daß er einen hohen Kredit von Ihrem Vater erhalten hat?«

Luca zog seine Augenbrauen in die Höhe und seufzte.

»Nein, das wußte ich nicht. Aber Papa gibt so vielen Menschen Geld, daß es mich nicht weiter wundert. Er glaubt tatsächlich, er bekäme es eines Tages zurück. Manchmal stimmt das ja auch. Aber eben nur manchmal.«

»Sie halten Ihren Vater für einen ziemlich verdrehten Vogel, nicht wahr?«

»Er hat sich in den letzten Jahren sehr verändert, nicht unbedingt zum Wohl der Familie. Vielleicht ist er nur zu gut für diese Welt und kommt mit ihr nicht mehr zurecht.«

XII

Sie waren kaum ein paar hundert Meter auf der Straße zurück nach Porto Santo Stefano gefahren, da bog Paolo wieder ab und folgte dem Hinweisschild zu einem Hotel.

»Wo willst du hin?«

»Das Hotel anschauen. Mal sehen, ob es dort auch eine Terrasse mit einem so fantastischen Blick wie beim Grafen gibt.«

»Sollen wir dort essen?«

»Ja, hast du etwa keinen Hunger?«

Keinen Hunger? Ledas Magen brummte seit Stunden, und ihre Gedanken waren während der Vernehmung der gräflichen Familie mehrfach von Bildern mindestens dreigängiger Menüs gestört worden.

Das Hotel Casa della Macchia hatte eine Terrasse. Und was für eine! Sie erstreckte sich über die gesamte Länge und war mit einem dichten, dunkelgrünen Dach aus Jasmin bedeckt, dessen weiße Blüten betörend dufteten. Leda entdeckte sofort einen gemauerten Grill, an dem ein junger Mann mit einer bodenlangen karierten Schürze stand und Fleisch wendete. Sie beneidete ihn angesichts der brütenden Hitze nicht um seinen Job.

Familien und Paare aßen zu Mittag oder waren bereits fertig und dösten vor sich hin. Ein Ober kam freundlich lächelnd auf sie zu und fragte, ob sie speisen wollten. Sie wählten einen Tisch am Geländer aus, von wo aus sich ein Ausblick über die gesamte Bucht bot. Dann bestellten sie sich eine Flasche leichten toskanischen Landwein und ein Mineralwasser und vertieften sich in die Lektüre der Speisekarte.

Speisekarten übten auf Leda eine magische Anziehungskraft aus. Sie erweckten bei ihr Sehnsüchte, die nur derjenige nachvollziehen kann, der Essen nicht nur als Akt der Nahrungsaufnahme sieht, sondern als eine genußvolle Bereicherung des Lebens. Stand der Aspekt der Lebenserhaltung zeitweilig im Vordergrund, was bei Leda wegen ihrer hektischen Arbeit öfter passierte, war sie bereit, sich auf Schnellgerichte wie Pizza, Pasta oder ähnliches einzulassen. Sie nahm jedoch jede Möglichkeit wahr, den Aspekt des Genußessens in ihr Leben zu integrieren.

In Paolo hatte sie für diese Leidenschaft einen kongenialen Partner. Da keiner von ihnen die Kunst des Kochens beherrschte, beide aber über entsprechende finanzielle Mittel verfügten, aßen sie so gut wie nie zu Hause. Beide konnten sich nichts Schöneres vorstellen, als sich nach getaner Arbeit in einem guten Lokal lukullisch verwöhnen zu lassen und ein oder zwei Glas Wein zu trinken. In römischen Restaurants waren sie bekannt wie bunte Hunde. Paolo verfaßte seit einiger Zeit neben seiner hauptberuflichen Tätigkeit als Polizeireporter für eine große römische Zeitung eine wöchentliche gastronomische Kolumne, die bei der Leserschaft großen Zuspruch fand. In Leda hatte sich in den vergangenen Tagen jedoch der Verdacht breitgemacht, daß die neue Situation mit den Kindern im Haus ihren Lebenswandel grundlegend ändern könnte.

Die Karte des Hauses war so, wie es sich für ein gutes Restaurant gehörte: wenige Gerichte besonderer Zubereitungsart. Schweigend studierten sie das Angebot. Leda sprangen als Vorspeise sofort Lumache alla Maremma ins Auge, Weinbergschnecken nach Art des Landstrichs Maremma. Paolo entschied sich für Zucchini alla Scapese, marinierte Zucchini, und Thunfisch am Spieß. Leda bestellte als Hauptspeise Calamari.

Ihre Wahl erwies sich als hervorragend. Der Ober erklärte

begeistert, daß die Weinbergschnecken in den Anbaugebieten von ökologischem Wein auf dem Festland gesammelt würden. Die Oliven stammten von den Bäumen der Hotelbesitzer, ebenso wie die Zitronen, mit deren Saft die Zucchini tags zuvor beträufelt worden waren. Auch Gemüse, Tomaten, Kräuter und Salat bauten sie im eigenen Garten an.

»Signora Anna-Maria zeigt Ihnen den Garten sicher gern, falls Sie ihn sehen möchten. Sie ist sehr stolz auf ihn.«

Das Essen übertraf alle Erwartungen. Leda und Paolo schwelgten im puren Genuß, reichten sich gegenseitig Bissen zum Probieren über den Tisch und krönten das Mahl mit einem hausgemachten Zitronensorbet auf gebackenen Ricottaplätzchen. Hinterher saßen sie zufrieden und müde auf der Terrasse und schauten apathisch aufs Meer. Jede Bewegung hätte ihre Körper überfordet, jede Unterhaltung war der Trägheit der Mittagshitze erlegen.

»Ein Königreich für ein Bett«, sagte Leda. Paolo stand schweigend auf und verschwand im Restaurant. Leda schloß die Augen und träumte davon, sich an einem kühlen Ort ausstrecken zu können.

Eine Viertelstunde später lag sie ausgezogen auf den kühlen Laken eines Bettes im zweiten Stockwerk der Casa della Macchia. Paolo hatte kurzerhand für eine Nacht ein Zimmer gemietet.

»Familie und Mörder in allen Ehren. Aber heute habe ich einfach keine Lust mehr darauf«, sagte Paolo. »Außerdem ist Wochenende. Auch wir haben das Recht auf einen Urlaubstag. Keine Widerrede, es hat keinen Zweck, ich habe schon bezahlt.«

Leda hatte entgegen seiner Vermutung nicht die geringste Absicht, ihm zu widersprechen, sondern fand seine Idee wunderbar und fiel sofort in einen tiefen Schlaf. Als sie erwachte, war es bereits fünf Uhr nachmittags. Zärtlich betrachtete sie Paolo, wie er platt auf dem Bauch, alle viere von sich gestreckt, dalag. Nach fast drei Wochen Strandleben in Lavinio war seine Haut tief gebräunt. Leda hielt einen ihrer Arme neben ihn. Einige Stufen heller, stellte sie fest. Normalerweise stand sie ihm in der Bräune nicht nach, was Paolo in der Verbindung mit ihren roten Haaren jeden Sommer in helle Begeisterung versetzte. Nun mußte er so mit ihr vorlieb nehmen. Vorsichtig fuhr sie ihm mit den Fingerspitzen über den Rücken, um ihn zu wecken.

»Mmhh, mach weiter, das ist herrlich.«

»Es ist schon fünf.«

»Nur noch ein bißchen, bitte.«

Leda lachte und kam seinem Wunsch nach.

»Genauso habe ich mir unseren freien Tag vorgestellt«, murmelte er zufrieden, drehte sich um und zog sie an sich.

Es dämmerte bereits, als sie das Hotel verließen, um nach Porto Santo Stefano zu fahren. Hand in Hand schlenderten sie durch die Stadt. Überall prangten Plakate, die zum Besuch des Konzerts mit Angela Serafino auf der Piazza Centrale einluden.

Dort herrschte reges Treiben. Klappernd wurden Stühle aus einem Lastwagen ausgeladen und in Reihen aufgestellt. Auf zwei riesigen Bildschirmen sah man die Arbeiter auf der Bühne. Die letzten Scheinwerfer und Mikrofone für die Übertragung auf den Platz wurden installiert. Aus einem Aufnahmewagen des Fernsehens liefen Leute pausenlos auf die Bühne und gaben Anweisungen. In zwei Stunden sollte die Diva auftreten.

Während sie sich das Spektakel anschauten, kam der verschwitzte Graf auf sie zu. Er schien wenig entzückt über ihre Anwesenheit:

»Sie sind noch hier?«

»Ja, wir haben spontan beschlossen, uns einen freien Tag zu gönnen. Es ist so schön hier.«

»Oder spionieren Sie mir nach?«

»Nein, Conte, ganz gewiß nicht. Auch Polizisten machen mal Pause und besuchen Konzerte. Wo bekommt man denn Eintrittskarten?« fragte Paolo.

»Wenn Sie es mir nicht als Bestechungsversuch auslegen, lade ich Sie gern ein.«

»Das dürfen wir leider nicht annehmen, aber wenn Sie uns sagen, wo wir Karten kaufen können, wären wir Ihnen sehr dankbar«, sagte Leda schnell, weil sie wußte, daß Paolo auf das großzügige Angebot eingehen würde.

»Zwanzig Euro pro Person. Damit tun Sie auch noch ein gutes Werk. Denn was wäre ein Land ohne Kunst, selbst wenn nicht alle Künstler zu Lebzeiten berühmt werden.«

Paolo gab Di Palmieri vierzig Euro. Prompt zog der Graf zwei Karten aus der Brusttasche seines Hemdes, reichte sie ihm und sagte:

»Erste Reihe, Mitte. Da hören Sie jede Feinheit von Angelas überirdisch schöner Stimme. Sie werden diesen Abend nie vergessen. Es ist übrigens neben den Abenden in den Caracalla-Thermen ihr einziges Freiluft-Konzert in diesem Jahr. Sie tritt mir zuliebe hier auf. Jetzt entschuldigen Sie mich, ich muß noch nach Hause fahren und mich umziehen.«

»Dio, ich habe gar nichts Passendes dabei. Kann man denn so zum Konzert kommen?« fragte Leda.

Di Palmieri lachte:

»Aber natürlich, machen Sie sich keine Sorgen. Die meisten Menschen werden in ganz normaler Straßenkleidung erscheinen. Große Kunst ist nicht von der Kleidung ihrer Besucher abhängig. Ich selbst bin nur völlig verschwitzt und will vor allem duschen.«

Dann drückte er ihnen noch ein Programm in die Hand und ging. Als Leda ihre Augen über das Getümmel auf der Piazza schweifen ließ, bemerkte sie eine ganze Reihe uniformierter Polizisten und weitere in Zivil. Sie hatte ein Auge für die besonders gut durchtrainierten und mit weiten Jacketts bekleideten Kollegen, die darunter ihre Waffen trugen. Sie ging zu einem von ihnen, zeigte ihren Ausweis und fragte nach dem Grund der hohen Polizeipräsenz.

»Es gibt Hinweise darauf, daß der Conte Di Palmieri entführt werden soll. Wir sind zu seinem Schutz abgestellt.«

»Seit wann?«

»Seit heute mittag. Bei einem festgenommenen Mitglied der neuen Roten Brigaden fand sich in der vergangenen Nacht eine Liste mit zehn sogenannten Zielpersonen für Entführungen. Di Palmieri und seine Söhne gehören dazu.«

»Heute vormittag konnten wir noch ungehindert zum Haus des Grafen gelangen«, sagte Leda.

»Dann versuchen Sie es doch jetzt noch einmal, Commissaria. Ich kann Ihnen garantieren, daß Sie nicht mehr so einfach durchkommen«, sagte der Mann lachend.

»Erstaunlich, er läßt sich so gar nichts anmerken. Er läuft hier herum, als interessiere ihn die Bedrohung gar nicht.«

»Conte Di Palmieri und seine Söhne sind es gewöhnt, hin und wieder Mord- und Entführungsdrohungen zu bekommen. Das ist nun einmal das Schicksal der Superreichen und Prominenten. An sich müßte die gesamte Familie permanent Personenschutz haben. Aber sie lehnen das ab, weil es ihre Lebensqualität beeinträchtigen würde. Es ist ja auch noch nie etwas passiert.«

Im Fortgehen bemerkte Leda, wie der angesprochene Zivilpolizist sein Handy zückte und telefonierte. Ihr war klar, was er tat: ihre Identität überprüfen. Und sie war froh, daß dieser Staat bei allem, was nicht funktionierte, doch manchmal auf sehr gewissenhafte Beamte zählen konnte.

Bevor das Konzert begann, beschlossen sie noch eine Kleinigkeit zu essen. Diesmal begnügten sie sich mit einem großen Salat für zwei Personen und einer kleinen Karaffe Weißwein. Leda telefonierte mit Flavia. Allen ging es gut und sie konnten beruhigt noch einen Tag fortbleiben. Dann rief sie bei Ugo an, der ihr berichtete, daß seine Mutter aufgewacht sei und sich von der Operation etwas erholt habe.

Für Paolo gab es während des Essens ein einziges Gesprächsthema: terroristische Vereinigungen wie die Brigate Rosse. Welches Leid diese »ideologisch Verblendeten« – wie er sie nannte – mit ihren Morden und Anschlägen über die Menschen brachten, und das alles im Namen einer sogenannten höheren Gerechtigkeit.

»Dabei glauben sie selbst zu wissen, was für die Menschen am besten ist, und wollen uns ihre Maßstäbe und merkwürdigen Definitionen aufdrängen. Manche tun es im Namen Gottes, manche im Namen des Antikapitalismus, andere in wessen Namen auch immer – oder sie schieben einen falsch verstandenen Freiheitskampf für ihre Gewalttaten vor. Sie sind unfähig, die Vielschichtigkeit der Welt zu verstehen und zu akzeptieren. Deshalb teilen sie alles in Gut und Böse auf. Wer ihnen folgt, ist gut, wer nicht, ist böse und muß vernichtet werden. Wenn sie ehrlich wären, müßten sie zugeben, daß sie nichts anderes wollen als Macht über andere. Sie wollen aus ihren kleinen, nichtigen Existenzen ausbrechen und endlich etwas Besonderes darstellen. Im Grunde genommen sind sie nichts weiter als gefährliche Schauspieler.«

Leda schwieg zu Paolos Ausführungen. Jede Anmerkung hätte eine anstrengende Diskussion von mehreren Stunden nach sich gezogen. Sie wollte einfach nur einen Abend in schöner Umgebung und angenehmer Begleitung verbringen. Paolo verstand.

»Du hast ja recht, ich sage nichts mehr. Aber diese Leute regen mich wahnsinnig auf.«

»Mich auch.«

Dann nahm sie ihr Glas Wein und hielt es ihm zum Anstoßen hin:

»Salute, Paolo, was für ein Glück, daß wir anders und klüger sind!«

Er zögerte einen Moment, stieß dann mit ihr an und sagte lachend:

»Ach Leda, warum nimmst du mich nie ernst?«

»Wahrscheinlich, weil ich mich selbst nicht ernstnehme.«

Auf der Piazza Centrale hatte sich inzwischen eine große Menschenmenge eingefunden. Väter trugen Kinder auf ihren Schultern oder hielten sie an den Händen, damit sie nicht verlorengingen. Mütter schoben Kinderwagen vor sich her, in denen die Kleinsten bereits schliefen oder mit großen Augen das Treiben verfolgten. Die Stühle in den Bars, Gelaterias und Restaurants rings um den Platz waren besetzt, genauso wie die Stufen und der Rand des Brunnens. Rollstuhlfahrer wurden durch die Menge geschoben, um ihnen einen Platz möglichst weit vorn zu sichern.

Die Stuhlreihen vor der Bühne mit rund dreihundert kostenpflichtigen Sitzplätzen waren durch ein Seil vom Rest der Piazza abgeteilt worden. Am Eingang mußten Leda und Paolo eine Weile warten, weil die Ordner rege Debatten mit Leuten führten, die unbedingt noch Karten ergattern wollten. Ohne Erfolg, das Konzert war ausverkauft.

Endlich saßen sie auf ihren Plätzen. Die Bühne war über und über mit Blumen geschmückt. Stuhlreihen und Notenständer waren im Halbrund aufgestellt, ein Dirigentenpult in der Mitte. Drei Plätze rechts neben Leda waren noch frei.

Dann betraten die Musiker mit ihren Instrumenten unter dem Beifall der Menge die Bühne und setzten sich. In diesem Moment erschien Luca, begrüßte sie und andere Zuhörer in ihrer Nähe mit freundlichem Kopfnicken und nahm neben Leda Platz. Er war jetzt rasiert, trug einen hellen Sommeranzug und sah so aus, wie Leda sich einen Adligen vorstellte.

Sein Vater trat auf die Bühne, hielt eine kurze Ansprache, wie sehr er sich freue, daß die berühmte Serafino hergekommen sei und zugunsten verarmter Künstler auf ihre Gage verzichte. Es folgte tosender Applaus. Übergroß war der Conte auf den Bildschirmen rechts und links der Bühne zu sehen. Anschließend erschien, wiederum vom Applaus der erwartungsvollen Menge begleitet, Maestro Vincenzo Bianchini mit federndem Schritt, verbeugte sich schwungvoll vor dem Publikum, drehte sich zum Orchester und hielt die Hände in der Luft zum Einsatz bereit. Das Publikum verstand die Geste, und das Gemurmel auf dem Platz nahm ab.

Bianchini gab zwei Takte vor, und dann erklangen zart die ersten Violinentöne aus der Ouvertüre zu La Traviata. Es wurde immer ruhiger. Nur ein paar Kinderstimmen quäkten durch das Klangkissen, das sich langsam über den gesamten Platz legte.

Dann kam sie, die große La Serafino, schlank, mit einem einfach geschnittenen, knöchellangen und tief ausgeschnittenen geblümten Kleid. Langes, dunkles Haar umrahmte ihr blasses Gesicht. Leda war von ihrer Natürlichkeit beeindruckt. Angela reichte dem Maestro die Hand und nickte dem Orchester zu. Mit einer nur angedeuteten Verbeugung begrüßte sie das Publikum, das ihr von unten herauf zujubelte.

Der Maestro nahm erneut die Pose von vorher ein, und das Publikum verstummte. Der Stuhl zwischen dem Conte und seinem Sohn, wohl der der Gräfin, war frei geblieben.

Die ersten Töne erklangen. Leda sah auf den Programmzettel, den Paolo ihr hinhielt. Eine Arie aus Mozarts Hochzeit des Figaro, »Voi che sapete«. Leicht wie eine Feder im Wind schwebte die Stimme der Sängerin durch die Luft. Mit der Einfachheit eines Kinderliedes beschrieb ihr Gesang die Freude über die erste unverdorbene Liebe des jungen Cherubino. Dann bezirzte sie als Zerlina aus Don Giovanni charmant den unsichtbaren Verlobten und das Publikum mit »Batti, batti, o bel Masetto«. Anschließend schlüpfte sie in die Rolle der Adina aus der komischen Oper Der Liebestrank von Gaetano Donizetti. Im letzten Stück vor der Pause beklagte sie als Orfeo den vorübergehenden Verlust Euridices mit der Glucks-Arie »Che farò senza Euridice«.

Luca erklärte ihnen in der Pause, daß es früher üblich gewesen sei, Kastraten diese Partie singen zu lassen. Heute würde sie von Frauen übernommen oder von Männern mit besonders hohen Stimmlagen, sogenannten Counter-Tenören, von denen es aufgrund der natürlichen Veranlagung des Mannes zur tiefen Stimme nur wenige gebe. Besonders begabte fänden sich allerdings in England.

»Wir italienischen Männer können dafür etwas anderes als hoch singen, und ich glaube, die Frauen finden das schöner«, gab Paolo grinsend zum besten.

»Vielleicht können die Nordmenschen beides gut, und wir sollten sie beneiden«, meinte Luca und lächelte verschmitzt.

»Stellen Sie sich vor, Sie sitzen in der Kirche neben einem großen, bärtigen Mann, der mit heller Frauenstimme lossingt. Ich glaube, ich bekäme einen solchen Schrecken, daß ich davonlaufen und meinen sowieso instabilen Glauben an Gott endgültig verlieren würde«, sagte Paolo, und sie mußten alle drei herzlich lachen.

Dann begann für die beiden Di Palmieris der gesellschaftliche Teil des Programms. Von allen Seiten wurden sie angesprochen und für die Organisation des Konzertes beglückwünscht. Der Conte wurde nicht müde, darauf hinzuweisen, daß am Ausgang ein Tisch aufgebaut sei, wo die Besucher Spenden in Form von Bargeld oder Schecks für die Künstler abgeben könnten.

»Die Contessa ist nicht gekommen, hast du das bemerkt?« meinte Paolo plötzlich.

Sie nickte. Just in diesem Moment ging Luca zur Absperrung und bat eine alte Frau, die dort schon während des ersten Konzertabschnitts gestanden hatte, ihn zu begleiten und sich neben ihn zu setzen. Galant hob er das Absperrseil, damit sie bequem darunter hindurchgehen konnte, bot ihr seinen Arm und begleitete sie zum Ehrenplatz. Die alte Dame war zunächst verlegen, strahlte aber bald über das ganze Gesicht.

»Gott segne dich, mein lieber Junge, Gott segne dich, du bist ein guter Mensch. Ist deine Frau krank geworden? Warum ist der Stuhl frei?«

»Er war für meine Mutter bestimmt, doch sie fühlte sich plötzlich nicht gut«, antwortete Luca artig.

»Und dann hast du mich zahnlose Alte gesehen und mich geholt, weil du mir eine Freude machen wolltest. Gott segne dich, mein Sohn.«

Sie hatte tatsächlich kaum noch Zähne im Mund, was sie aber nicht daran hinderte, Luca minutenlang Worte der Dankbarkeit zuzuflüstern, seine Hände in die ihren zu nehmen und sie immer wieder zu küssen. Er saß ruhig da und ließ es geschehen. Dann erzählte er ihr, was als nächstes auf dem Programm stand und daß er selbst gern sang. Dabei wirkte er kein bißchen gönnerhaft, fand Leda. Es ging ihm nicht um die Pose, sondern um die Freude, die er der Frau machen konnte.

»Oh, ich habe früher wie eine Nachtigall gesungen und war schön wie eine Fee. Mein Mann hat mich auf Händen getragen, aber jetzt ist er schon lange tot. Er war ein guter Mann, so wie du. Hast du keine Frau?«

»Es gibt eine Frau, die ich sehr liebe. Aber ich bin nicht mit ihr verheiratet.«

»Liebt sie dich nicht?«

»Doch.«

»Dann mußt du sie heiraten, damit ihr Kinder haben könnt. Kinder der Liebe. Alle meine Kinder sind Kinder der Liebe. Und sie sind alle wohlgeraten.«

Luca sah sie mit seinen großen schwarzen Augen lächelnd an und nickte:

»Ich verspreche, ich werde sie heiraten.«

Luca hatte die ganze Zeit gewußt, daß Leda und Paolo wegen der räumlichen Nähe ihrem Gespräch zwangsläufig folgten. Er schaute sie verlegen an und wiederholte:

»Ich verspreche, daß ich sie heiraten werde.«

Nach einiger Zeit nahmen die Musiker wieder ihre Plätze ein. Nach der Pause zeigte Angela Serafino, was sie wirklich konnte: das dramatische Fach. Die Reinheit, die Kraft, der enorme Umfang ihrer Stimme steigerten den Gesang zur höchsten Kunst. Leda war wie gebannt von dieser Musik, die – genau wie der Graf es gesagt hatte – ihr Herz, vielleicht sogar ihre Seele erreichte. La Serafino ließ sie die Freuden und Hoffnungen, die Abgründe und Verzweiflung der Liebe nachempfinden, so als erlebe sie sie selbst.

Als Violetta in Verdis La Traviata besang sie die Unfaßbarkeit tiefer Gefühlsregungen, die ausgerechnet ihr, der Kurtisane, widerfuhren, und brachte dann als Sterbende im »Addio, del passato« ihr Glück, die Liebe empfunden zu haben, in unübertroffener Schönheit zum Ausdruck. Als Desdemona aus Othello bot sie ein Abendgebet dar, das den ersten Zuschauern die Tränen in die Augen trieb, Paolo ergriff Ledas Hand, die er bis zum Ende des Konzerts in der seinen hielt. Als Priesterin Norma aus Bellinis gleichnamiger Oper schwankte Angela Serafino zwischen der Trauer über die unerwiderte Liebe zum Vater ihrer Kinder und ihrem Kampfeswillen für das Glück aller. Zum Schluß jagte sie als Lucia di Lammermoor aus Liebe und aus Ohnmacht, sie nicht leben zu dürfen, durch die verschiedensten Phasen des Wahnsinns.

Auf der Piazza hätte man eine Stecknadel fallen hören, so still, so erschüttert, so hingerissen folgten die Menschen der Sängerin durch die musikalisch-dramatische Welt der gesungenen Gefühle. Sie hatte sie alle in ihren Bann gezogen. Dem Conte rannen die Tränen über die Wangen, und er zog ein Taschentuch hervor, um sie wegzuwischen. Luca saß wie versteinert neben Leda und verzog keine Miene. Paolo, dem üblicherweise jede Melodramatik abging, schluckte mehrfach verdächtig. Auch Leda saß ein Kloß im Hals.

Nach Maestro Bianchinis abschließendem Schlag mit dem Taktstock war es sekundenlang totenstill auf dem Platz. Dann tobte ein Orkan des Jubels los. Der Conte ging auf die Bühne, überreichte der Künstlerin Blumen und schloß sie lange in seine Arme. Fünfmal musste Angela Serafino auf die Bühne kommen, sich beklatschen lassen und sich verbeugen. Sie sah sehr angestrengt aus. Eine Lautsprecherstimme teilte mit, daß ein Mitschnitt des Konzerts demnächst als CD käuflich zu erwerben sei.

»Ich glaube, sie ist wirklich eine der ganz großen Sängerinnen des Jahrhunderts, auch wenn ich nichts von Opern verstehe. Aber sie kann sogar bei mir Gefühle wecken«, sagte Paolo, während er sich von Luca verabschiedete.

»Ja, das ist sie«, antwortete dieser schlicht und reichte ihm die Hand zum Abschied. Auf die von Leda hauchte er einen Kuß. Der Conte war verschwunden.

Als sie wenig später im Bett lagen, meinte Paolo:

»Beide lieben sie, hast du das bemerkt? Vater und Sohn, jeder auf seine Weise. Deshalb hassen sie sich auch so sehr. Sie ist der alleinige Grund für ihre Zwistigkeiten, nicht die geschäftlichen Fragen. Und die Gräfin weiß es. Deshalb ist sie bei der Aufführung nicht erschienen.«

»Und liebt sie einen von den beiden oder beide?«

»Luca hat uns gegenüber jedenfalls sein Heiratsversprechen abgegeben.«

»Vielleicht hat er gar nicht Angela Serafino gemeint.«

»Doch, da bin ich mir sicher.«

Sie schliefen bis in die Puppen. Als Paolo die Fensterläden aufklappte, war es bereits elf Uhr vormittags. Die Luft war schwül und der Himmel bedeckt. Sie machten sich in aller Ruhe fertig, nahmen ein ausführliches Frühstück mit Rühreiern, Früchten und Joghurt zu sich und baten die Dame des Hauses, Signora Anna-Maria, ihnen den Garten zu zeigen.

Er erwies sich tatsächlich als Paradies für Zutaten der gehobenen Küche. Auf einem kleinen Weg durch Gestrüpp erreichten sie eine etwa vierhundert Quadratmeter große gerodete Fläche, auf deren Boden in säuberlichen Reihen alles wuchs, was gut schmeckte: verschiedene Salatsorten, Zucchini, Kürbisse, Melonen, Auberginen, Paprika, Mangold, Tomaten jeglicher Form und Größe, Zwiebeln, Knoblauch und verschiedene Kräuter. Es duftete wie auf einem Markt. Die Pflanzen waren so angeordnet, dass sie sich wechselseitig Ungeziefer und Pilzbefall vom Stengel hielten und keine chemischen Mittel zu ihrer Bekämpfung eingesetzt werden mußten.

Dann machten sich Paolo und Leda auf den Weg. Langsam fuhren sie die Küstenstraße bis Porto Ercole weiter. Der Himmel war inzwischen aufgeklart. Immer wieder bot sich ein hinreißendes Wechselspiel von Berglandschaft und Meer mit den vorgelagerten Inseln. Über die Landbrücke ging es zurück aufs Festland. Auf den Straßen herrschte reger Verkehr.

Am Nachmittag kamen sie in Lavinio an. Alle waren ausgeflogen, bis auf Pipo, der sie freudig begrüßte. Schnell zogen sie sich Strandsachen an und gingen zum Club, wo Francesca und Romano unter Sonnenschirmen dösten. Von den jungen Leuten keine Spur. Leda und Paolo nahmen ein Bad im Meer. Das Wasser war jedoch lauwarm von der Sonne und wenig erfrischend. Die Abkühlung lieferte die Dusche mit ihrem eiskalten Strahl. Leda ließ sich das Wasser genüßlich über Kopf und Körper laufen und legte sich anschließend zum Trocknen in die Sonne. Paolo verschwand, weil wie jeden Sonntag um fünf Uhr ein Fußballspiel stattfand, an dem er teilnehmen wollte. Leda erzählte ihrer Schwester und ihrem Schwager von dem Konzertbesuch.

»Ihr habt La Serafino live gehört? Wie ich euch beneide! Wie ist sie denn? Wir haben Karten für eine Vorstellung mit ihr in den Caracalla-Thermen. Sündhaft teuer, sage ich dir!«

»Das Geld ist gut investiert. Sie singt einfach umwerfend. Ihr könnt euch auf die Oper freuen. Vielleicht gehe ich auch hin.«

»Die Karten sollen schon ausverkauft sein.«

Zu Ledas und Paolos mäßiger Freude beschloß der Familienrat abends, Pizza essen zu gehen. Flavia saß neben ihrer Mutter. Sie strahlte eine unbändige Freude aus, kicherte, erzählte und war wunderhübsch, noch hübscher als sonst, fand Leda. Besonders häufig erwähnte sie den Namen Alessandro. Leda war verwirrt, hieß der Erwählte nicht Davide?

»Das war nichts Richtiges«, wurde sie belehrt, und dann sprudelte es aus Flavia heraus:

»Mamma, ich bin sooo verliebt, so wahnsinnig verliebt. Kennst du das Gefühl, wenn in deinem Bauch Tausende von Schmetterlingen herumfliegen?«

»Und alle heißen Alessandro und sehen aus wie er, sprechen wie er, riechen wie er«, erklang prompt das Gespött vom kleinen Bruder Marco quer über den Tisch.

»Sei ruhig, Kleiner, du bist noch zu jung für so etwas. Mamma, aber du verstehst mich doch, nicht wahr?»

O ja, Leda verstand ihre Tochter sogar sehr gut. So war es ihr in jungen Jahren auch ergangen, und manchmal passierte es heute noch. Und es war nicht immer nur Paolo, der dieses Gefühl bei ihr auslöste. Doch darüber schwieg sie wie ein Grab.

In der nächsten Stunde redete Flavia ausschließlich von

ihrem Angebeteten: wie er aussah (einfach phantastisch, hinreißend, süß), wie er lachte (wunderbar und oft), wie intelligent er war (er studierte Politik und Philosophie, war fast fertig und wollte Wissenschaftler werden), wie sportlich er war (Tennis, Surfen und Skifahren), wie weitgereist und sprachkundig (Englisch, Französisch, Spanisch und etwas Russisch), wie gut er tanzte und wie sehr er auch sie liebte. Leda fragte sich selbst, was er eigentlich nicht konnte, und erkundigte sich bei Flavia, seit wann sie ihn kannte. Kennengelernt hatten sie sich gleich zu Beginn der Ferien.

»Aber da war er noch mit einer anderen zusammen. Letzte Woche hat er mit ihr Schluß gemacht. Vor vier Tagen wurde es dann mit uns ernster, und jetzt sind wir richtig zusammen«, erzählte Flavia strahlend, und Leda freute sich für sie. Hoffentlich würde sie eine Zeitlang glücklich mit ihm sein. Mal sehen, wie lang es dauerte. Die meisten Strandlieben waren wie Seifenblasen: bunt und wunderschön, bis sie platzten.

XIII

Das Haus und seine Bewohner befanden sich noch im Tiefschlaf, als Leda sich am nächsten Morgen nach einem Rundgang mit Pipo auf den Weg in die Stadt machte. Mario begrüßte sie fröhlich in der Bar:

»Wo waren Sie die letzten Tage? Ich habe Sie vermißt. Sie müssen doch arbeiten, oder ist der Fall vom toten Deutschen schon aufgeklärt?«

»Mitnichten. Ich bin zwar inzwischen einmal fast erschossen worden, habe eine Bande illegaler Glücksspieler aufgetan, eine berühmte Sängerin gehört und interessante Leute kennengelernt, aber wer der Mörder ist, weiß ich nicht.«

»In der Zeitung stand, daß die deutsche Baufirma auf jeden Fall weiterarbeiten will und großes Vertrauen in die Fähigkeiten der römischen Polizei setzt, daß der Mörder bald gefunden wird.«

»Wenn die sich da mal nicht täuschen«, entfuhr es Leda.

»Aber, aber, Commissaria, Sie erwischen doch jeden!«

»Es ist schön, daß nicht nur die Deutschen, sondern auch mindestens *ein* Römer an uns glaubt. Doch diesmal gestaltet sich der Fall wirklich kompliziert. Ich bin nicht einmal sicher, ob wir ihn überhaupt aufklären werden. Es sieht momentan nicht danach aus.«

»Das sagen Sie bei fast jedem Fall, und dann geht es meistens ganz schnell«, meinte Mario lachend.

»Und was gibt es Neues bei dir?«

»Eine tiefe Depression hat mich erfasst.«

Leda sah ihn verblüfft an, so sah er nicht aus.

»So, und warum?«

Marco griff zur Zeitung und schlug mit der Hand auf die Titelseite:

»Da, lesen Sie nur. Alessandro Resta, der wichtigste Mann beim SS Lazio, ist korrupt. Er hat sich von den Mailändern einkaufen lassen. Schon zur nächsten Saison wird er wechseln. Damit sind wir den letzten guten Mann los, und die Mannschaft wird in Bedeutungslosigkeit untergehen.«

»Und warum hat er die Mannschaft verlassen?«

»Die Milanesi sind reich. Er ist dem Geld erlegen, und das, obwohl der SS Lazio ihn zu dem gemacht hat, was er heute ist. Es ist ein Grundübel dieser Zeit: fehlende Dankbarkeit.«

Leda platzte fast vor Lachen.

»Dankbarkeit im Fußballgeschäft! Das wäre mal was Neues! Es war doch euer Vereinspräsident, der nichts als Geld im Sinn hatte, den Verein an die Börse brachte und ihn ruinierte. Und jetzt sitzt er im Kittchen!«

»Aber Resta hat immer gesagt, daß er Rom nie verlassen würde, und dann ausgerechnet Mailand! Wenn er wenigstens zum AS Roma gewechselt wäre. Das hätte ich ja noch akzeptiert. Aber Mailand, nein! Er ist ein Traditore, ein undankbarer Verräter!«

Mario schmetterte ihr den Cappuccino und den Teller mit dem gewohnten Cornetto auf die Theke. »Zigaretten fallen ja aus«, sagte er mehr zu sich als zu ihr und schimpfte weiter.

Leda kannte ihn gut genug, um zu wissen, daß es jetzt besser war, das Thema zu wechseln, oder zu schweigen. Sie entschied sich für die zweite Variante. So gab sie dem Barmann Zeit, sich noch ein bißchen über die verkommene Moral im Sport auszulassen und sich dann zu beruhigen, was er auch tat.

»Übrigens, Ihre Wäsche ist längst fertig. Meine Frau dankt sehr für die großzügige Bezahlung.«

Mario trug ihr die beiden restlichen Pakete ins Auto, und Leda fuhr ins Präsidium. Auf ihrem Schreibtisch fand sie eine Nachricht vor, sie möge bitte sofort beim Kollegen Alfonso Lucarelli anrufen. Sie ging statt dessen hin.

Beim Anblick von Lucarelli konnte sie sich das Lachen nur schwer verkneifen. Sein Aufzug war unbeschreiblich geschmacklos: zu einem dunkelgrünen Anzug trug er ein kanariengelbes Hemd mit kleinen grünen Palmen und dazu eine grüne Krawatte mit gelben Palmen.

»Wo haben Sie denn dieses Hemd gefunden?« fragte sie ihn entgeistert.

»Shocking, oder? In San Francisco, da war ich im letzten Urlaub. Tolle Stadt, ziemlich abgedreht.

Es gibt Neuigkeiten für Sie. Ich habe Caiolo in Sperlonga sofort nach unserem Gespräch am Freitag überwachen und jeden fotografieren lassen, der sich in seine Nähe begeben hat. Ob Sie es glauben oder nicht, der Kerl hatte tatsächlich die Unverfrorenheit, am Freitag in seinem Haus und am Sonntag auf seinem Boot schon wieder Pokerrunden stattfinden zu lassen. So stellt sich für uns jedenfalls die Situation dar. Er fühlt sich offensichtlich so sicher, nicht geschnappt zu werden, daß er unvorsichtig wird.

Mit diesen Fotos, die noch vergangene Nacht gekommen sind, war ich heute morgen beim Assessore und habe sie ihm gezeigt. Er hat darauf zwei Männer wiedererkannt, die angeblich am Vorabend des Mordes bei Caiolo gepokert haben. Romelli ist sich ganz sicher. Der eine entspricht Ihren Beschreibungen von neulich. Das müßte der hier sein, stimmt's?«

Er hielt Leda ein Foto hin und tippte mit dem Finger auf einen der abgelichteten Männer. Leda nickte, das war der Mann, der sich ihr als Signor Ca'Zorzi vorgestellt hatte.

»Den anderen kennt Romelli zwar nicht, er ist aber ein guter Bekannter von uns: Cesare Labianco. Er besitzt eine Nachtbar an der Piazza Mattei und hat mehr Geld, als er mit dem offiziellen Betrieb verdienen dürfte. Wir vermuten, daß bei ihm im Hinterzimmer kräftig gepokert wird. Wir haben ihn schon lange im Visier, konnten ihn aber noch nie festnageln, weil in der Branche nun mal keiner gegen den anderen aussagt und Razzien bisher erfolglos blieben. Er muß ein sehr gutes Informationsnetz haben.

Romelli ist unsere große Chance. Er mag zwar bestechlich sein, aber er gehört ganz sicher nicht zum harten Kern der Profispieler, geschweige denn zu den Köpfen. Die haben ihn nur ausgenutzt, um an frisches Geld zu kommen. Gleichzeitig ist er brandgefährlich für sie, weil sie zu Recht seine Aussage fürchten müssen. Ich denke, wir sollten ihn in Sicherheit bringen. In seiner Wohnung können sie ihn zu leicht finden.«

»Was schlagen Sie vor? Sollen wir ihn in Schutzhaft nehmen?«

»Dio, nein. Das ist im Zweifel noch gefährlicher, zumindest hier in Rom. Wir haben am Stadtrand mehrere Wohnungen, die wir auch für die Leute in Zeugenschutzprogrammen nutzen. Da wollte ich ihn hinbringen lassen, wenn Sie einverstanden sind. Romelli ist es, wir haben bereits mit ihm gesprochen. Auch seine Familie muß vom Haus der Schwester weggebracht werden. Da könnten sie sie finden. Wir werden sie nach Pescara bringen. Dort hat Signora Romelli eine Studienfreundin, die hier niemand kennt.«

»Das ist eine fabelhafte Idee.«

»Labianco hat vergangene Nacht auf seinem Boot im Hafen von Sperlonga übernachtet. Er ist heute morgen ausgelaufen und wird wohl gerade in diesem Moment auf hoher See festgenommen. Jede Aktion an Land wäre Caiolo aufgefallen. Ihn wollen wir erst dann schnappen, wenn seine schießwütigen Jungs oder Labianco gegen ihn ausgesagt haben. Wobei die Jungs wirklich hart sind. Wir probieren es seit Tagen immer wieder. Nichts zu machen. Bei dem einen haben wir allerdings den Eindruck, daß er vielleicht heute noch den Mund aufmachen könnte. Wir geben Ihnen dann sofort Bescheid. Mit Ihrem Romelli haben Sie uns wahrscheinlich einen Riesendienst erwiesen. Danke«, sagte Lucarelli fröhlich.

»Ihnen vielleicht, mir aber nicht. Denn wenn er ein Alibi als Spieler hat, fehlt mir der Mörder.«

»Signora. Wenn es hier jemandem gelingt, Mörder zu fassen, dann sind das doch wohl Sie! Also geben Sie nicht auf, Ihr Mörder findet sich bestimmt.«

»Und Caiolo? Den laßt ihr doch überwachen, oder?«

»Sì, Signora. Er kann keinen Schritt mehr ohne Aufsicht tun. Seine beiden Autos, die seiner Mitarbeiter sowie sein Boot sind mit Sendern ausgestattet. Da wir annehmen, daß er sich am ehesten per Schiff absetzt, haben wir uns erlaubt, sein Steuersystem ein bißchen zu manipulieren und ein paar unserer Kollegen als Urlauber getarnt auf Motorboote rund um Sperlonga zu positionieren, damit sie ihn im Notfall retten können«, erklärte Lucarelli lächelnd.

»Ihr seid wirklich mitfühlend! Denken Sie dran, einen Bericht zu schreiben. Alesi wird ihn sowieso einfordern.«

»Signora Giallo, wir kennen doch unseren Chef. Wie sagt er immer: kurz, präzise und umfassend. In einer Stunde haben Sie ihn.«

»Danke, Lucarelli.«

Zurück im Büro startete Leda ihren Computer und begann ihren eigenen Zwischenbericht über die bisherigen Ermittlungsergebnisse zu verfassen. Sie haßte diese Arbeit zutiefst, weil sie ihr die Zeit raubte, die sie gebraucht hätte, um sich neuen Aspekten zu widmen. Andererseits wußte sie, daß solche Berichte Vorgesetzte und Kollegen informierten und bei späteren Ermittlungen eine große Hilfe darstellen konnten.

Ihr Chef, zu dem sie noch am selben Abend zu einer Besprechung fahren wollte, wäre sehr böse gewesen, wenn sie ohne diese Schriftstücke erschienen wäre. Also unterzog sie sich lieber sofort der Qual. Zwischendurch legte sie zwei oder drei Denk- und Schreibpausen ein, holte sich Kaffee am Automaten und verbrannte sich an den dünnen Plastikbechern jedesmal die Finger. Sie sehnte sich inständig nach einer Zigarette und danach, daß es bald vorbei wäre. Pünktlich nach einer Stunde erschien Lucarelli mit seinem Bericht. Dann rief eine Fernsehjournalistin an, um sich zu erkundigen, ob sie im Fall Breuer schon weitergekommen sei.

»Dazu werden wir Ihnen zu gegebener Zeit Auskunft erteilen«, lautete Ledas Antwort.

»Darf ich daraus schließen, daß Sie noch keine Fortschritte erzielt haben?«

»Nein, das dürfen Sie nicht«, sagte Leda und dachte das Gegenteil.

Sie hatte etwa eineinhalb Stunden lang auf der Tastatur herumgeklappert, als sich die Tür öffnete und Ugo mit tiefen Ringen unter den Augen eintrat.

»Ciao, Leda, haben Sie den Mörder schon, oder kann ich bei der Suche noch behilflich sein?«

»Wie gut, daß du kommst. Wie geht es deiner Mutter?«

Sie erholte sich schnell, berichtete Ugo, die Ärzte waren zufrieden und bewunderten den Kampfeswillen der alten Dame. Sie mußte noch eine Weile im Krankenhaus bleiben und sich anschließend einer längeren Rehabilitation in einer Spezialklinik unterziehen. Doch die Prognosen waren sehr gut.

»Mamma hat mich ins Büro geschickt. Sie sagt, ich könne schließlich nicht wochenlang an ihrem Bett sitzen.«

»Da hat sie recht. Sie ist eine kluge Frau.«

Leda war froh, daß ihr Bericht fertig war, druckte die fünf Seiten aus und gab sie Ugo zum Lesen.

Währenddessen telefonierte sie mit Alesi, der bereits auf ihren Anruf gewartet hatte. In kurzen Worten setzte sie ihn über die am Wochenende gewonnenen Erkenntnisse ins Benehmen, insbesondere über die von Lucarelli.

»Wann bekomme ich eure Berichte?«

»Heute abend bringe ich sie vorbei.«

»Gut.«

Auch er hatte Neuigkeiten für Leda. Irgend jemand aus Alesis breitem Bekannten- und Freundeskreis war in der Lage gewesen, übers Wochenende Auslandskonten von Romelli zu finden und zu überprüfen.

»Wo bringt jemand Geld hin, das unentdeckt bleiben soll?«

»In die Schweiz oder nach Liechtenstein«, antwortete Leda prompt.

»Genau. Bei den Eidgenossen gibt es gleich zwei. Die sind zwar inzwischen so gut wie leer, aber die Bewegungen in den vergangenen Jahren sind hochinteressant. Bitte geh in den kleinen Schreibwarenladen an der Ecke Via Nazionale. Dort gibt es ein Faxgerät. Sobald du da bist, rufst du mich an, und ich schicke die Listen mit sämtlichen Ein- und Auszahlungen los. Stell sicher, daß nur du das Fax in Empfang nimmst, schneide sofort die Absenderkennung ab und vernichte sie. Ich darf unter keinen Umständen als Lieferant der Information erkennbar sein. Dann vergleicht bitte die Einzahlungen mit den Aufträgen und Auftragnehmern der Projekte, die unter Romellis Leitung in den vergangenen Jahren realisiert wurden. Heute abend sprechen wir drüber. Ciao, bis später.«

Leda beauftragte Ugo, sich in der Pathologie zu erkundigen, ob der abschließende Bericht über Breuer fertig sei. Außerdem sollte er bei Romellis Mitarbeiter Zelli anrufen und Ledas Besuch in etwa einer Stunde abkündigen.

»Soll ich uns etwas zu essen mitbringen?« fragte sie.

Ugo nickte. Seine Mutter konnte ihm schließlich derzeit keine Butterbrote fürs Büro vorbereiten.

Leda eilte, so schnell sie konnte, in das besagte Geschäft. Durchgeschwitzt kam sie dort an. Die Übertragung klappte erstaunlich reibungslos. Nach zwanzig Minuten hielt sie einen ganzen Packen Blätter in der Hand, auf denen lange Reihen von Kontenbewegungen mit Absendern und Adressaten aufgelistet waren. Sie ließ sich eine Schere geben, schnitt die Kennung am oberen Rand der Blätter ab, zerriß die schmalen Streifen in winzige Stücke und warf sie in den Papierkorb. Dann packte sie die Blätter in ihre Handtasche und ging. Ein paar Häuser weiter lag eine Pizzeria, die Pizza vom Blech verkaufte. Sie ließ sich mehrere Stücke einpakken: mit Kürbisblüten und Anchovis belegt, mit Tomaten und Mozzarella, mit Schinken und Rucola und mit feinen Kartoffelscheiben.

Ugo war mit ihrer Wahl sehr zufrieden und teilte ihr kauend das Ergebnis seiner Arbeit mit. Zelli hatte zwar gemurrt, als er hörte, daß sie gleich kommen würden, weil er eigentlich etwas in der Stadt zu erledigen hatte. Aber er hatte versprochen, zu warten und eine Liste mit sämtlichen von Romelli bearbeiteten Projekten bereitzuhalten.

Außerdem hatte Ugo noch schnell die Vernehmungsberichte der Kollegen, die die Bauarbeiter vernommen hatten, überflogen: Rein gar nichts sei da zu finden gewesen.

Schließlich hatte Ugo den Bericht des Pathologen abgeholt und gelesen: Nach Ansicht des Mediziners waren Breuers Oberarme vom Täter so fest gepackt worden, daß seine Finger blaue Flecken hervorgerufen hatten. Der Pathologe zog daraus die Schlußfolgerung, daß der Täter den sich wehrenden Mann mit ungeheurer Kraft in die Luft gehoben und wie ein Paket die Stufen der Arena hinuntergeworfen habe, wo Breuer mit dem Kopf auf der Kante einer Stufe gelandet sei. Das bestätigte die anfängliche Vermutung, daß der Täter sehr groß, ungewöhnlich stark und zudem emotional sehr aufgeladen gewesen sein mußte, um solche Kraft entwickeln zu können. Denn Breuer hatte immerhin fast achtzig Kilo gewogen.

»Der Conte«, entfuhr es Leda.

»Wie bitte? Di Palmieri? Wie kommen Sie denn auf den?«

»Er ist ein Koloß, fast zwei Meter groß und stark wie ein Elefant.«

»Aber welchen Grund sollte er gehabt haben, Breuer umzubringen? Hat Breuer auch ihn geärgert?«

»Er behauptet, daß er ihn gar nicht gekannt hat. Außerdem hat er ein Alibi. Wenn er jemanden umbringen will, dann ist es sein Sohn Luca. Vergiß es, er kommt nicht in Frage. Das war eine Schnapsidee. Er ist nur so stark, deshalb fiel er mir spontan ein.«

»Warum will er seinen Sohn umbringen?«

»Die beiden hassen sich. Paolo behauptet, es sei wegen ihrer Liebe zur selben Frau.«

»Vater und Sohn lieben dieselbe Frau? Und wen liebt sie?«

Leda lachte:

»Genau das habe ich mich auch gefragt. Der Sohn will sie heiraten. Ihre tatsächliche Gefühlslage kennen wir nicht.«

»Das ist ja wie in der Oper«, bemerkte Ugo.

»Genau, sie ist ja auch Sängerin. Komm, wir fahren zu Zelli.«

Im Auto stellte Ugo dann die gewagte These auf, daß Di Palmieri vielleicht hinter eine Affäre zwischen der Sängerin und Breuer gekommen sei und er ihn deshalb getötet habe.

»Dann haben wir es mit Eifersucht zu tun. Die kann bei einem Mann bekannterweise ungeahnte Kräfte freisetzen. Und die meisten Morde geschehen aus Eifersucht, vergessen Sie das nicht.«

»Eine Römerin dieses Kalibers läßt sich doch nicht mit einem kleinen Bauleiter ein, der kaum Italienisch spricht, abends verdreckt nach Hause kommt und noch dazu eine Frau und zwei kleine Kinder hat. Sie sieht phantastisch aus, macht Weltkarriere, und Grafen mit dicken Geldbörsen stehen bei ihr Schlange. Tut mir leid, aber das mit dem Verhältnis kann ich nicht glauben.«

»Die Wege des Herrn und die der Liebe sind manchmal unergründlich«, meinte Ugo grinsend.

Zelli wartete bereits ungeduldig auf sie. Leda hatte Ugo zuvor instruiert, er solle ihm nicht verraten, daß sie Romelli aufgespürt hatten.

»Haben Sie meinen Chef gefunden?« lautete auch Zellis erste Frage.

»Nein, leider noch nicht. Haben Sie etwas von ihm gehört?«

Kopfschütteln.

»Ich verstehe das nicht. Wo kann er denn nur stecken? Er wird doch nicht abgehauen sein?«

Achselzucken bei Leda und Ugo.

Zelli hatte in den letzten anderthalb Stunden fleißig gearbeitet und präsentierte ihnen eine genaue Aufstellung von Projekten und ihren Auftragnehmern, mit den Daten der Baugenehmigungen und der Durchführung.

»Wo können Signor Libotti und ich diese Listen in Ruhe durchgehen?«

»Hier, wenn Sie möchten. Ich würde schon mal gehen. Sie brauchen dann nur die Tür fest hinter sich zuzuziehen.«

»Das geht nicht, weil wir ganz sicher Rückfragen haben und Sie brauchen werden.«

»Aber ich habe einen wichtigen Termin in der Stadt«, erwiderte Zelli ungehalten.

»Dann sagen Sie ihn bitte ab«, lautete Ledas eindeutige Antwort.

»Wenn es sein muß. Könnten Sie sich dann bitte in das Zimmer des Assessore setzen? Dort gibt es auch einen großen Tisch, an dem Sie arbeiten können, während ich hier weitermache.«

Leda war einverstanden, und Zelli führte sie in das Büro von Romelli. Es war ausgesprochen modern eingerichtet. Große Fotografien verschiedener Bauprojekte, Konstruktionszeichnungen und Stadtpläne hingen an den Wänden.

»Sie wissen, wo Sie mich finden«, sagte Zelli und schloß die Tür.

Nun zog Leda ihre Liste aus der Tasche.

»Das sind die Zahlungen, die in den letzten fünf Jahren auf Romellis Schweizer Konten eingegangen sind. Wir müssen prüfen, ob es einen Zusammenhang zwischen dem Zeitpunkt der Baugenehmigungen und der Einzahlung von Geldern auf diese Konten gibt oder möglicherweise Übereinstimmungen zwischen den Auftragnehmern und den Einzahlern.«

»Wo haben Sie denn diese Liste her?«

»Betriebsgeheimnis!«

»Der Alte ist einfach unglaublich!« sagte Ugo und lächelte verschmitzt.

Auf Zellis Liste fanden sich Schulen, Verwaltungsgebäude, Schwimmbäder, Sporthallen, Hotels und andere Projekte, die der Genehmigung durch das Amt für Stadtentwicklung bedurften. Über hundert hatte Romelli im Laufe der Jahre verantwortet. Der Vergleich mit Alesis Papieren zeigte, daß erstaunlich viele Überweisungen von Bauunternehmern, die die Vorhaben ausgeführt hatten, auf Romellis Konten eingegangen waren. Mehrmals mußten sie sich von Zelli erklären lassen, in welchem Zusammenhang welcher Name mit welchem Projekt stand. Er war zwar verwundert, woher sie diese Namen hatten, antwortete aber gern, zumal sie ihn wegen seines hervorragenden Erinnerungsvermögens ausführlich lobten und ihm immer wieder dankten, daß er ihnen sein Wissen zur Verfügung stellte.

»Ihre Mitarbeit wird in unserem Bericht eine mehr als lobende Erwähnung finden, Signor Zelli, das kann ich Ihnen schon jetzt versprechen. Sie erweisen sich und der ganzen

Stadt einen großen Dienst«, sagte Ugo und traf damit genau den Ton, den ein unbeachteter, sich wichtig fühlender Beamter brauchte. Sein Groll darüber, daß er hatte bleiben müssen, war verflogen. Er versorgte sie mit Kaffee und Wasser, holte zwischendurch Eis für alle und fühlte sich als gleichberechtigtes Mitglied eines Teams, über dessen Arbeit er jedoch nur Vermutungen anstellen konnte. Auf seine Frage, ob Romelli Bestechungsgelder angenommen habe, erhielt er keine genaue Antwort.

»Signor Zelli, wir dürfen leider im Moment noch nicht darüber sprechen. Aber ich garantiere Ihnen, daß ich Sie anrufen werde, sobald wir Genaueres wissen und Informationen nach außen geben dürfen«, versprach Leda ihm.

»Korruption ist schrecklich, wenn auch weit verbreitet. Mir hat man nie Geld angeboten. Ich hätte es auch nicht genommen. Geld fällt sowieso immer nur denen in den Schoß, die schon genug davon haben. Das ist wohl eine Art Naturgesetz«, philosophierte Zelli während einer Arbeitspause, und Leda fragte sich, ob er es vielleicht doch genommen hätte, wenn es ihm angeboten worden wäre, nur um diese vermeintliche Zwangsläufigkeit Lügen zu strafen.

Fünf Stunden später hatten sie eine Liste mit dreiundvierzig Fällen erstellt, bei denen es eindeutige Zusammenhänge zwischen Einzahlungen auf Romellis Schweizer Privatkonten und erteilten Bauaufträgen gab. Der Assessore war korrupt bis auf die Knochen. Zahlungen von Di Palmieri waren allerdings nicht dabei.

Aus dem Auto rief Leda bei Lucarelli an und fragte ihn, wo Romelli jetzt sei.

»In der Wohnung, wie verabredet. Möchten Sie ihn sprechen?«

»Nein, heute nicht mehr. Aber ich werde einen Haftbefehl gegen ihn erwirken und muß sicher sein, daß er Ihnen nicht entkommen kann.«

»Ich glaube kaum, daß das bißchen Spielen für einen Haftbefehl ausreicht«, meinte Lucarelli.

»Tut es auch nicht. Aber wir haben Beweise, daß er seit Jahren Bestechungsgelder für städtische Bauprojekte erhalten hat. Und dafür kriegen wir den Haftbefehl.«

»Mamma mia, auch das noch. Er ist auf jeden Fall bei uns sicher, verlassen Sie sich darauf!«

Dann wandte Leda sich an Ugo:

»Jetzt hör dir meine Version der Tat an, mal sehen, wie du sie findest: Romelli, dem das Wasser bis zum Hals steht, verlangt von Breuer die Zahlung einer Summe X. Und zwar dafür, daß er sich erstens politisch für die Deutschen einsetzt, um einen Stimmungswechsel in der Bevölkerung herbeizuführen, und zweitens Breuers persönliche Entgleisungen übersehen wird. Ansonsten, so droht er ihm an, werde er dafür sorgen, daß Breuer seinen Job verliert. Aus welchen Quellen auch immer hat Romelli erfahren, daß Breuer die Bauleitung des Auditoriums von der Firma Holzer sozusagen auf Bewährung bekommen hat. Da Breuer sich weigert, auf diese Forderung einzugehen, heuert Romelli einen starken Mann aus der Unterwelt an, um die Ernsthaftigkeit seiner Forderung zu unterstreichen und den Bauleiter gründlich verprügeln zu lassen. Der übertreibt es und wirbelt Breuer gleich so durch die Luft, daß er mit dem Kopf zuerst in der Arena landet und stirbt.«

»Auch eine Möglichkeit«, kommentierte Ugo lapidar.

»Mehr sagst du dazu nicht?«

»Wir haben für Ihre These genausowenig Beweise wie für meine oder für irgendeine andere. Solange Romelli nicht gesteht, haben wir nichts in der Hand, außer natürlich die Korruption und die Spielerei.«

»Dann wissen wir ja, was wir morgen vormittag zu tun haben.«

Leda setzte Ugo, der den Haftbefehl für Romelli besorgen

und anschließend ins Krankenhaus zu seiner Mutter fahren wollte, an der U-Bahn-Station ab und machte sich auf den Weg nach Fregene zu Alesi. Sie brauchte ewig für die Strecke, weil die Straßen von Berufspendlern verstopft waren. Aus dem Radio erfuhr sie zu ihrem Entsetzen, daß die Polizei hinter einer Bande her sei, die illegales Glücksspiel betreibe, und wahrscheinlich schon morgen erste Ermittlungsergebnisse vorweisen werde. Leider seien die ermittelnden Beamten nicht bereit gewesen, die Namen der Verbrecher zu nennen.

»Dafür müssen Sie Verständnis haben. Die Nennung von Namen würde unsere Ermittlungen möglicherweise zunichte machen«, ertönte Lucarellis Stimme aus dem Lautsprecher.

»Verdammt, wie sind denn diese Spürhunde von der Presse dahintergekommen, daß es überhaupt eine Ermittlung gibt?« schimpfte Leda laut und wollte gerade zum Telefon greifen, um Lucarelli von weiteren Interviews abzuhalten, als sie die nächste Meldung wie ein Schlag traf: Aus sicherer Quelle habe die Journalistin Ariana Floris exklusiv erfahren, daß die Ermittlungen in Sachen Mord im Auditorium gute Fortschritte machten. Möglicherweise stehe die Polizei auch hier kurz vor der Festnahme des Mörders.

Ariana Floris, das war die Frau, die heute morgen angerufen hatte! Gar nichts von alledem hatte sie ihr gesagt! Diese Journalisten drehten einem immer das Wort im Mund um. Eine der seltenen Ausnahmen war Paolo. Nicht zuletzt deshalb gehörte er in die Riege der Bekannten und vor allem Geachteten seines Berufsstandes.

Bei Alesis herrschte fröhliches Familienleben. Eine der Töchter hatte ihre beiden kleinen Söhne bei Oma und Opa abgesetzt und war mit ihrem Mann für zwei Tage an die ligurische Küste gefahren, um dort Freunde zu besuchen. Alesi umarmte Leda zur Begrüßung und lud sie zum Abendessen ein.

»Es gibt zwar nur Pasta, viel Salat und Käse, weil die Kleinen das so mögen. Aber das ist dir hoffentlich recht«, sagte Alesis Frau, und Leda nahm die Einladung gerne an.

Dann zog sie sich mit Erman in sein kleines Arbeitszimmer zurück. Dank einer Klimaanlage war es dort wunderbar kühl. Leda gab ihm die Berichte und wartete, bis er sie gelesen und damit in sein Gehirn kopiert hatte. Alesi war berühmt dafür, daß er sich Berichte merkte und noch Jahre später die genannten Personen und Fakten bei Bedarf wieder ausgrub, wenn sie gebraucht wurden.

Mündlich erläuterte Leda ihm, wie häufig Romelli Bestechungsgelder erhalten hatte, und legte ihm die Listen vor. Er studierte sie sorgfältig und wiegte seinen Kopf mit den schlohweißen Haaren hin und her:

»Das darf ja wohl nicht wahr sein! Einer der wichtigsten Männer in Rom ist so korrupt, daß einem Hören und Sehen vergeht. Wahrscheinlich hat die Spielerei so viel Geld verschlungen. So ein krasser Korruptionsfall ist mir noch nie untergekommen. Dabei wird das Geld auf die Baupreise geschlagen, und die aus Steuergeldern finanzierten Projekte werden teurer, als es nötig wäre. Das ist skandalös. Und dieser Mann hat immer den politischen Gutmenschen gespielt, der sich mit Haut und Haaren dem Wohlergehen der Römer verschrieben hat. Es ist nicht zu fassen. Habt ihr ihn schon verhaftet?«

»Nein, noch nicht. Ugo besorgt den Haftbefehl noch heute. Aber es ist auch nicht so eilig, weil Romelli freiwillig in eine unserer Wohnungen gezogen ist und dort streng bewacht wird. Lucarelli weiß Bescheid und läßt ihn garantiert nicht aus seinen Fängen.«

»Das ist gut. Aber was hat das alles mit dem Mord zu tun? Ich finde die Verbindung zum Toten im Auditorium nicht«, sagte Alesi.

»Genau das ist mein Problem.«

Gemeinsam gingen sie alle denkbaren Varianten durch. Ledas These von der geplanten Warnung an Breuer fand Alesi noch am wahrscheinlichsten, doch sie überzeugte ihn nicht.

»Wenn ihm morgen einer der Spieler ein Alibi gibt, ist auch die Vermutung hin. Wir haben es mit einer ungewöhnlichen Tat zu tun, müssen also ungewöhnliche Wege denken«, bemerkte Alesi treffend.

»Di Palmieri«, sagte Leda.

»Wer?« fragte Alesi ungläubig.

»Antonio Conte Di Palmieri«, wiederholte sie.

»Wie kommst du denn auf den?«

»Kennst du ihn?«

»Flüchtig, von verschiedenen gesellschaftlichen Anlässen.«

»Wie sagst du immer zu mir, wenn es darum geht, den Eindruck von einer Person zu schildern? Du sagst: Schließ die Augen und rede drauflos. Darum bitte ich dich jetzt.«

Alesi lehnte sich bequem zurück und schloß die Augen. Er sah selbst in seiner Freizeitkleidung elegant aus: eine dunkelblaue, leichte Baumwollhose, dazu ein schneeweißes Polohemd dunkelblaue Mokassins.

»Um die Sechzig, könnte aber auch älter sein, er hat sich gut gehalten. Sehr gut sogar! So wie ich!«

Alesi öffnete die Augen und grinste Leda an. Dann fuhr er fort:

»Er ist noch größer als ich, mindestens einen Meter fünfundneunzig, wirkt wie ein Goliath und hat sehr ausdrucksstarke dunkle Augen. Sehr elegant, läßt sich wohl alles nach Maß anfertigen. Überaus gebildet und wortgewandt, ein blendender Unterhalter, aber bei Gott kein Blender. Impulsiv, wenn er eine Sache wirklich vertritt. Kennt jede Oper, die jemals komponiert wurde, auswendig. Ich habe einmal erlebt, wie Tullio Muti, der Dirigent der Mailänder Scala, irgend etwas gefragt wurde, was er nicht wußte, und antwortete: Fragen Sie Conte Di Palmieri, der weiß es. Und der wußte es sofort. Manchmal emotional wie ein Kind, wenn er sich für gesellschaftliche Belange, für Künstler oder das Auditorium einsetzt. Ansonsten bekannt als knallharter Geschäftsmann und Politiker. Hält hervorragende Reden im Parlament, häufiger Gast in Talkshows. Tolerant und großzügig. Reicht das?«

»Ja. Du hast drei Punkte genannt, die für den Mordfall relevant sein könnten: Stärke, Emotionalität und die Liebe zum Auditorium. Die körperliche Stärke des Täters muß von gewaltigen Emotionen noch gesteigert worden sein, damit er ein Gewicht wie Breuer einfach wegwerfen konnte. Und Di Palmieri hängt am Bau des Auditoriums, bis heute, er hat es mir gesagt.«

»Motiv?«

»Rache und Enttäuschung! Er wollte Breuer, den Deutschen, bestrafen, weil er als Italiener das in seinen Augen wichtigste nationale Bauwerk der Gegenwart, sein Lebenswerk, nicht zu Ende bringen darf.«

»Leda, das ist absurd! Di Palmieri mag den Bogen in seinen gefühlsbetonten Reden manchmal überspannen, aber er ist klar im Kopf. Ohne ihn würde doch das ganze Auditorium, egal von wem, gar nicht gebaut. Sein Lebenswerk ist doch im Entstehen begriffen, und das weiß er!«

»Aber vielleicht wollte er es selbst bauen und nicht durch andere bauen lassen.«

»Du kannst mir doch nicht erzählen, daß ein Mann, der sein ganzes Leben lang ein enormes Familienvermögen weiter vermehrt und dazu eine Baufirma zur größten Italiens gemacht hat, plötzlich durchknallt und wegen eines verlorenen Auftrags einen Menschen umbringt. Blödsinn! Und du wirst den Teufel tun, Di Palmieri wegen dieser unglaublichen Hilfskonstruktion zu belästigen, die du dir zurechtgelegt hast, weil dir eine andere Erklärung fehlt!«

Alesi war zornig aus seinem Sessel aufgesprungen und lief im Zimmer auf und ab.

»Dein sonst unbestritten hervorragendes kriminalistisches Gespür schlägt aus Verzweiflung über die Stränge. Du mußt dich damit abfinden, daß der Mörder in diesem Fall zumindest vorläufig nicht gefaßt wird. Aber laß die Finger vom Conte. Wir blamieren uns in ganz Italien! Bring mir einen anderen Mörder oder gar keinen, damit kann ich leben. Aber nicht Di Palmieri.«

Leda schwieg. Alesi hatte ja recht. Schließlich war sie selbst alles andere als überzeugt von ihrer eigenen These.

Plötzlich öffnete sich die Tür, und einer der Enkelsöhne trat ein.

»Ihr sollt kommen, das Essen ist fertig.«

XIV

Nachts hatte Leda einen furchtbaren Traum: Flavia und Marco waren noch klein, lagen in ihren Betten und schrien vor Hunger. Leda konnte ihnen nichts geben, weil sie nichts zum Essen im Haus hatte. Sie konnte es auch nicht verlassen, weil vor der Haustür Conte Di Palmieri mit einem ganzen Orchester und Angela Serafino das Treppenhaus besetzt hielten und sie zwangen, sich stundenlang Opernarien anzuhören. Als sie schließlich doch die Tür öffnete, um einkaufen zu gehen, baute sich der Graf vor ihr auf und lachte grausam: »Du willst La Serafino nicht hören? Dann werfe ich dich die Treppe hinunter. Denn wer ihren Gesang nicht liebt, ist es nicht wert zu leben.«

Mit rasendem Herzen erwachte sie und brauchte ein paar Sekunden, um herauszufinden, wo sie war: zu Hause im Bett ihrer Stadtwohnung. Die Hitze drückte, obwohl sie nach ihrer Rückkehr von Alesi gestern abend alle Fenster weit aufgerissen hatte und der Ventilator an der Decke seine Kreise drehte. Sie stand auf und stellte mit Genugtuung fest, daß wenigstens die Bodenfliesen schön kühl waren. Barfuß tappte sie erst zur Toilette und anschließend in die Küche, um ein Glas klares, kaltes Leitungswasser zu trinken. Sie war jetzt hellwach.

Von draußen erleuchtete der Vollmond die Wohnung. In der kleinen Parkanlage rund um das Mehrfamilienhaus hörte sie es rascheln. Sie ging durch das Wohnzimmer auf den Balkon und sah unten zwei Katzen, die einander eine wilde Verfolgungsjagd über Mauern, Bänke, Bäume und Wege lieferten und dabei laut fauchten. Anschließend gab Leda den Pflanzen Wasser. Sie hatten es mehr als nötig. Maria, ihr Hausmädchen, das normalerweise zweimal wöchentlich kam, um den Haushalt, die Wäsche und auch die Pflanzen in Ordnung zu halten, war vor vierzehn Tagen in die Ferien gefahren.

Leda schlenderte durch alle Räume und stellte sich vor, wie es sein würde, wenn die Kinder wieder da waren. Würden sie ihre Möbel aus dem Haus des Vaters hierherholen? Dort in München waren sie modern eingerichtet, das Mobiliar hier war eher altmodisch. Würden sie die Wände in anderen Farben gestrichen haben wollen? Dann sollte sie die günstige Gelegenheit wahrnehmen und gleich die gesamte Wohnung streichen lassen. Auch die beiden Bäder konnten eine Rundumerneuerung vertragen, genauso wie die Küche.

Ledas Eltern hatten die geräumige Wohnung gekauft, als Francesca und sie noch Kinder waren. Flavia und Marco waren die ersten Jahre hier aufgewachsen und empfanden sie bis heute als ihr eigentliches Zuhause, das sagten sie zumindest immer, wenn sie in den Ferien zu Leda nach Rom kamen. Sie kannten die jungen Leute in der Nachbarschaft und verbrachten gern ihre Tage mit ihnen. Fiorella, die junge Frau aus der Wohnung über ihnen, war früher Flavias beste Freundin gewesen. Die beiden Mädchen hatten damals furchtbar unter ihrer Trennung gelitten, und wann immer Flavia in Rom war, hockten sie zusammen. Bis heute. Fiorella hatte auch in diesem Jahr bereits ein paar Tage bei ihnen in Lavinio verbracht. Ob sie schon von Flavias Entscheidung wußte?

Leda ging wieder auf den Balkon und legte sich auf eine Liege, um aus der Stille der schlafenden Stadt und dem Licht des Vollmonds Ruhe für sich selbst zu schöpfen.

Als sie erwachte, war es bereits hell. Sie kehrte in ihr Bett zurück und schlief hinter dem Dunkel der geschlossenen Fensterläden drei weitere Stunden, tief und traumlos.

Bei Mario herrschte Hochbetrieb. Drei Familien, die dem Dialekt nach zu urteilen aus der Gegend um Turin stammten, waren die Nacht durchgefahren, um den Kindern die Hitze auf ihrer Fahrt ins Feriendomizil in Süditalien zu ersparen. Jetzt saßen die Erwachsenen abgekämpft an den kleinen Tischen, während die Kinder herumliefen und ihren Eltern Anweisungen gaben, was sie alles essen und trinken wollten. Mario schleppte Wasserflaschen und Kaffeetassen, Teller mit Cornetti und Toasts zu den Tischen. Zwischendurch erklärte er den Gästen, wie sie am besten zum Kolosseum, zu den Kaiserforen und zur Spanischen Treppe gelangten. Denn die Reisenden hatten beschlossen, sich wenigstens ein paar Sehenswürdigkeiten anzuschauen, wenn sie schon einmal in der Ewigen Stadt waren.

Trotz des Trubels rief Marco Leda ein schallendes »Buon giorno, Signora« zu, schaffte es, ihren gewohnten Cappuccino und das cremegefüllte Cornetto auf die Theke zu zaubern und auch noch ihr angeblich hübsches Aussehen zu loben. Sie bewunderte ihn aufrichtig. Nicht eine Schweißperle war auf seiner Stirn zu sehen.

»Zahlen Sie morgen«, rief er ihr zu, als sie gehen wollte, und balancierte ein weiteres Tablett zwischen den herumwuselnden Kindern hindurch zu einem der Tische.

Am Eingang des Präsidiums traf sie Ugo. Er sah schon viel erholter aus. Seiner Mutter ging es den Umständen entsprechend gut.

Leda gab ihm eine Kurzfassung des abendlichen Gespräches mit Alesi.

»Es war ja klar, daß er uns nicht gegen einen so prominenten Mann ermitteln läßt, ohne daß wir eindeutige Beweise für seine Täterschaft vorlegen können«, meinte Ugo. »Warum haben Sie Di Palmieri überhaupt erwähnt?«

»Weil ich das Gefühl habe, daß er irgendwas mit der Sache zu tun hat.«

Ugo seufzte. Wenn bei Leda dieses Gefühl einmal aufgetaucht war, konnte nichts und niemand sie davon abbringen, ihm zu folgen. Auch ein um seinen guten Ruf äußerst bedachter Alesi nicht.

»Keine Sorge, Ugo. Diesmal bin ich sehr, sehr unsicher und werde sehr, sehr vorsichtig sein. Hast du den Haftbefehl?«

Ugo nickte und gab ihr das vom Haftrichter unterschriebene Papier. Sie besprachen die anfallenden Arbeiten für diesen Tag. Ugo würde gemeinsam mit einem Kollegen aus Lucarellis Abteilung die beiden Schützen aus Norma im Untersuchungsgefängnis vernehmen, wo man sie hingebracht und unter besondere Bewachung gestellt hatte.

Sie selbst wollte währenddessen zu Romelli fahren. Lucarelli wartete bereits in seinem Büro auf sie. Heute war er ausgesprochen zivil gekleidet: in Jeans, einem weißen Hemd, einem leichten, gelben Sakko und vor allem ohne Pomade im Haar.

»Wie geht es Caiolo?« erkundigte sich Leda.

»Gut. Er läßt gerade sein Boot für eine längere Reise klarmachen. Möglicherweise zieht es ihn nach Frankreich oder Nordafrika. Wenn wir nicht bald brauchbare Aussagen für eine Festnahme bekommen, ist er weg.«

»Hat er das manipulierte Steuersystem schon bemerkt?«

»Nein. Das bringt uns hoffentlich Zeit.«

»Und wenn das nur ein Ablenkungsmanöver ist und er statt dessen mit dem Wagen zum nächsten Flughafen rast und sich von dort aus fortmacht?«

»Möglich, aber dann wird es erst eine Straßensperre wegen Bauarbeiten geben und anschließend am Schalter mit seinem Ticket etwas nicht in Ordnung sein. Commissaria, ich habe ganze Kohorten von Leuten im Einsatz, die den festen Vorsatz haben, einen Gangster, dem wir seit Jahren auf der Spur sind, zu fassen. Da werden sogar Beamte erfinderisch, glauben Sie mir!«

Leda machte Kopien von Zellis und Alesis Listen und

steckte sie ein. Dann brachen Sie zur Vernehmung Romellis auf.

Die Wohnung lag in einem gepflegten Gebäudekomplex am nördlichen Stadtrand. Er war von einem Zaun aus hohen Eisenstangen umgeben, und die Zufahrt war nur durch ein bewachtes Tor möglich. Lucarelli fuhr das Auto in die Tiefgararge, deren Tor sich mit Hilfe einer Fernbedienung öffnete. Per Lichtsignal kündigte er den wachhabenden Beamten, die Leda nicht entdecken konnte, ihre Ankunft an.

»Wie viele Beamte sind denn hier unten stationiert?« fragte sie ihn.

»Drei hier unten, zwei im Eingangsbereich des Hauses, und vor der Wohnung selbst noch mal zwei. Wir haben das Haus gewählt, weil alle Wohnungen nur über die zentrale Tiefgarage und eine zentrale Eingangshalle zugänglich sind und jeder Ein- und Ausgehende überwacht wird.«

Mit einem der Aufzüge fuhren sie in den siebenten Stock. Von dort aus gelangte man zu den drei Flügeln des Gebäudes. Lucarelli führte sie in den Trakt, auf dessen Eingangstür zur Orientierung ein großes A angebracht war.

»Romellis Rechtsanwalt kommt übrigens auch. Ich habe seinen Namen wieder vergessen«, klärte er sie auf.

Vor der Wohnungstür saßen zwei uniformierte Beamte.

»Alles in Ordnung?« fragte Lucarelli.

Sie nickten.

»Der Rechtsanwalt ist gerade gekommen.«

Lucarelli klingelte, und von innen erklang eine Stimme:

»Wer ist da?«

»Hauptkommissarin Giallo und Kommissar Lucarelli.«

Die Tür öffnete sich zunächst nur einen Spalt, und Leda blickte in das Gesicht ihres Studienkollegen Sandro Torrente. Er war ein ausgezeichneter und teurer Rechtsanwalt für Strafsachen, und Leda hatte häufig mit ihm zu tun. Bei ihm mußte sie insbesondere auf die Einhaltung aller Formalien achten, denn er ließ gern Verfahren wegen vorangegangener Formfehler platzen. Dabei war er keiner von denen, die versuchten, ihre Mandanten durch üble Tricks rauszupauken. Dazu war sein Gerechtigkeitsgefühl zu groß. Wer eindeutig schuldig war, hatte in seinen Augen eine gerechte Strafe zu verbüßen.

»Ciao, Leda, buon giorno, Signor Lucarelli«, begrüßte er sie und ließ sie herein.

»Sie kennen sich?« fragte Romelli beunruhigt.

»Jeder, der in Rom jemals mit dem Strafrecht in Berührung gekommen ist, kennt Leda Giallo«, antwortete Torrente.

Romelli wirkte blaß und nervös.

»Ist meine Familie in Sicherheit?« lautete seine erste Frage.

»Sie sind auf dem Weg nach Perugia. Es geht ihnen gut, und Ihre Frau läßt Sie grüßen. Die Kinder haben sich auf die Fahrt gefreut und hören im Auto pausenlos Kassetten mit Kindergeschichten. Ein Zivilfahrzeug hat sie noch eine ganze Strecke lang begleitet, um mögliche Verfolger auszumachen. Doch es gab keine. Jetzt ist Ihre Frau allein unterwegs. Sie wird sich melden, sobald sie angekommen sind«, erklärte Lucarelli.

Die Wohnung war nur mit dem Nötigsten ausgestattet. Durch die offene Tür zum Schlafzimmer sah Leda Romellis Kleider auf dem Boden verstreut herumliegen. Im Wohnzimmer lief der Fernseher, und neben dem Sessel standen mehrere leere Bierflaschen und überfüllte Aschenbecher. Torrente schaltete das Fernsehen aus, und sie setzten sich alle an den Tisch. Lucarelli packte ein Aufnahmegerät aus der Tasche und postierte das Mikrofon vor Romelli.

Die Kommissarin berichtete, was sie gestern bei Zelli gefunden hatten, und teilte Romelli mit, daß er wegen Korruption und illegalen Glücksspiels verhaftet sei. Vorläufig solle er aber in dieser Wohnung bleiben. Je intensiver er mit ihnen zusammenarbeite und zur Überführung des Glücksspielerrings beitrage, um so günstiger werde sich das anschließend auf das Strafmaß auswirken. Außerdem werde nach wie vor im Mordfall Breuer gegen ihn ermittelt, da sein Alibi von seinen angeblichen Mitspielern bestritten worden sei.

»Aber ich habe Ihnen sogar beschrieben, wie das Haus von Caiolo aussieht und wie man zum Spielzimmer kommt«, platzte es aus Romelli heraus.

»Wer sagt uns, daß Sie nicht zu einem ganz anderen Zeitpunkt schon dort waren?« fragte Leda.

»Torrente, sagen Sie etwas.«

»Signora Giallo hat Recht.«

»Assessore Romelli, sind Sie bereit auszusagen?«

»Da mein Mandant mich erst heute früh erreicht hat und ich die Vorwürfe bisher nicht kannte, möchte ich kurz mit ihm unter vier Augen sprechen«, sagte Torrente.

Leda gab ihm die kopierten Listen, damit sie sich ein umfassendes Bild über den Korruptionsvorwurf machen konnten. Lucarelli schaltete das Aufnahmegerät ab, und die beiden Polizisten verließen die Wohnung, um vor der Tür zu warten. Etwa zehn Minuten später bat Torrente sie wieder hinein und erklärte, daß Romelli zu einer umfassenden Aussage bereit sei – unter der Voraussetzung, daß in einem möglichen Strafprozeß seine Mitarbeit auch tatsächlich Berücksichtigung finde.

»Sandro, du hast ihm hoffentlich erklärt, daß wir ihm nichts garantieren können. Wir sind nicht das Gericht, sondern Teil der Strafverfolgung. Je nachdem, wie inhaltsreich seine Aussage ist, können wir den Staatsanwalt und den Richter darüber informieren. Eventuell kommt für ihn sogar die Kronzeugenregelung in Betracht, wenn durch seine Aussage der ganze Spielerring auffliegt.«

»Das wollten wir hören«, sagte Torrente zufrieden.

Lucarelli hatte das Aufnahmegerät inzwischen wieder eingeschaltet. Leda wandte sich an Romelli:

»Sie haben die Liste der Bewegungen auf Ihren Schweizer Konten gesehen und das Verzeichnis der städtischen Bauprojekte, die unter Ihrer Leitung durchgeführt wurden. Bestätigen Sie, daß eine große Anzahl der an den Bauaufträgen beteiligten Unternehmer Ihnen Geld überwiesen hat?«

»Ja.«

»Wie kam es dazu?«

Romelli schwieg zunächst. Dann räusperte er sich und begann zu erzählen.

Er stammte aus kleinen Verhältnissen und hatte schon als Junge beschlossen, später in die Hauptstadt zu gehen und ein wichtiger Mann zu werden, einer, über den auch in seinem Dorf gesprochen würde. Mit Intelligenz und Fleiß schaffte er es bis zum Studium nach Rom. Seine Eltern steuerten soviel bei, wie sie konnten, aber es reichte nicht, und so mußte er nebenher als Fahrer, Spüler und Bedienung arbeiten. In einer Nachtbar lernte er eine Gruppe junger Männer kennen, die dort regelmäßig um Geld pokerten. Sie brachten ihm das Spiel bei, das ihn bald in seinen Bann schlug. Schon nach kurzer Zeit war er so gut, daß sie ihn wechselseitig als Vertreter einsetzten. Dazu wurde er von demjenigen, den er vertrat, mit einer Summe ausgestattet und mußte den eingespielten Gewinn abliefern. Zwanzig Prozent blieben ihm als Anteil. Er beschloß, auf eigene Rechnung zu spielen, und war erstaunt, wie viele Pokerspieler es in Rom gab. Er wurde von der einen zur nächsten Runde weitergereicht.

»Ein guter Spieler sucht stets die Herausforderung. Nur die bringt den Nervenkitzel. Sie brauchten Leute wie mich. Ich verdiente richtig viel Geld und konnte das Spielen schon bald auf zwei Abende pro Woche beschränken.«

Nach seinem Abschluß als Jurist und Ökonom begann er

als Justiziar und Assistent in der volkswirtschaftlichen Abteilung der Partei zu arbeiten. Niemand ahnte, daß er sein Geld beim Pokern einsetzte. Das Spiel war zur Sucht geworden. Er kam nicht mehr davon los.

Als seine Heirat mit Luisa, eine seiner Mitarbeiterinnen, bevorstand, unterzog er sich einer Therapie. Von da an verlief sein Leben in geregelten Bahnen. Zu geregelt, denn ihm fehlte der Nervenkitzel des Spiels. Aber er widerstand.

Das erste Kind starb kurz nach der Geburt. Luisa brach zusammen, verfiel in Depressionen und verbrachte mehrere Monate bei ihrer Mutter in Norma.

Da ging Romelli wieder zu seinen Spielern. Er pokerte hoch, gewann hoch, verlor hoch. Luisa durfte unter keinen Umständen etwas merken. Als sein Konto immer öfter Löcher aufwies, begann er auf die Bestechungsangebote von Unternehmern einzugehen. Sie lieferten ihm das finanzielle Polster, das er für die Aufrechterhaltung seiner Ehe brauchte. Dann gebar Luisa die Zwillinge und ging in ihrem Mutterglück auf. Er fühlte sich aus der symbiotischen Beziehung zwischen der Mutter und ihren Kindern ausgeschlossen, machte seinen Segelschein und kaufte sich ein Boot und ein großes Auto als äußere Zeichen des hart erarbeiteten Wohlstands. Sie haßte gesellschaftliche Verpflichtungen jeder Art und das Segelboot, so daß er seine Spielrunden dort stattfinden lassen konnte.

Er war inzwischen politisch so weit oben, wie er es sich als Junge nie hätte träumen lassen. Luisa war immer seltener in Rom, und Romelli spielte weiter, ohne daß sie etwas davon ahnte. Die viele Arbeit, vor allem der Bau des Auditoriums, forderten jedoch ihren Tribut: Er war beim Spiel oft müde und verlor. Der Schuldenberg wuchs.

Dann sperrten ihm die Banken seine Konten. Di Palmieri lieh ihm Geld, nahm ihm dafür aber das Versprechen ab, sich weiterhin intensiv für das Auditorium einzusetzen, auch dann, wenn es mit Brüssel zu Schwierigkeiten kommen sollte. Romelli, für den das Projekt bis dahin beinahe nur Vorteile gebracht hatte, war einverstanden. Auch nach der Übernahme von Conedil durch Di Palmieris Söhne wehrte er alle Brüsseler Bemühungen ab, den Auftrag einer anderen Firma zu übertragen.

Da die Kinder der Romellis eingeschult werden mußten, lebte Luisa seit einiger Zeit wieder in Rom, bemerkte die chronische Ebbe auf dem Konto und kam hinter das Geheimnis ihres Mannes. Mit ihrer Unterstützung unterzog er sich einer weiteren Therapie. Ihre Mutter konnte sie überreden, Land zu verkaufen, um wenigstens einen Teil der Schulden zu begleichen. Es ging wieder einige Zeit gut, die Bestechungsgelder flossen, er verdiente hervorragend, und das Auditorium nahm langsam Gestalt an. Aber ihm war klar, daß es nur eine Frage der Zeit sein konnte, bis Brüssel gewinnen würde.

Romelli stand unter wahnsinnigem Druck, weil er noch immer hohe Schulden hatte und nun auch der Conte sein Geld zurückforderte. Eines kam zum anderen, und da Romelli keinen anderen Ausweg sah, begann er wieder zu spielen. Jetzt ging es um ganz große Summen. Er mobilisierte seine Reserven in der Schweiz und verkaufte sein Boot. So geriet er an den Kreis um Caiolo und schließlich an den »Capo«, wie Romelli ihn bezeichnete.

»Capo, so nennen ihn alle. Bei denen herrscht eine Hierarchie wie bei der Mafia.«

Sie pokerten fünfmal auf Caiolos Boot, in verschiedenen Privathäusern rund um Rom und in Sperlonga.

»Weiß Ihre Frau, mit wem Sie spielen?« fragte Leda.

»Nein, sie weiß nur, daß es Leute mit viel Geld sind.«

»Sind Sie bereit, uns bei der Identifizierung Ihrer Mitspieler zu helfen?«

»Ich kenne ihre Namen nicht, bis auf den von Caiolo, und das auch nur, weil ich irgendwann einmal mit dem Boot im

Segelclub von Sperlonga einlief und dort Caiolo traf. Ihm gehört dieser Segelclub zur Hälfte.«

»Sind Sie bereit, gegebenenfalls gegen Caiolo und weitere Personen vor Gericht auszusagen?«

»Nur wenn meine Familie in ein Zeugenschutzprogramm aufgenommen wird, zumindest, bis sie alle hinter Gittern sind.«

»Das wird nicht reichen. Wir haben es hier mit Mafiastrukturen zu tun. Da wird Rache auch noch bis in die nächste Generation geübt. Ihre Frau und die Kinder werden dauerhaft Namen und Wohnort wechseln müssen. Im übrigen können wir hier nicht darüber entscheiden. Dafür gibt es bei der Staatsanwaltschaft ein eigenes Gremium«, sagte Lucarelli mit einem Seitenblick auf Leda, die zustimmend nickte. »Sandro, dir ist das Verfahren ja bekannt.«

Torrente nickte. Er hatte während der gesamten Zeit kein Wort gesagt, nicht einmal in die Schilderungen Romellis eingegriffen.

»Ich werde auf verminderte Zurechnungsfähigkeit aufgrund von krankhafter Spielsucht plädieren«, sagte er nur.

»Natürlich, das würde ich als Rechtsanwalt in dieser Situation auch tun. Du brauchst allerdings entsprechende ärztliche Gutachten, aber die wirst du schon bekommen.«

Lucarelli zeigte Romelli ein Foto.

»Kennen Sie den Mann links?«

Dieser nahm das Foto und studierte es genauer.

»Ja. Ich habe schon zweimal mit ihm gespielt.«

»Wann und wo?« wollte Lucarelli wissen.

»Vielleicht vor zwei Jahren. Irgendwo im Stadtzentrum. Man kam erst in eine Bar und ging von dort aus durch einen Gang in ein Hinterhaus. Dort war das Spielzimmer.«

»Wo genau?«

»Irgendwo hinter dem Teatro di Marcello. Ein kleiner Platz, auf dem ein Brunnen mit Schildkröten steht.«

»Piazza Mattei? Da gibt es einen Brunnen mit Schildkröten und eine Bar.«

»Kann sein.«

»Und der Mann auf dem Foto ist der Barbesitzer?«

»Keine Ahnung.«

»Und wo haben Sie sonst noch mit ihm gespielt?«

»Nur dort. Das zweite Mal vor etwa vier Monaten. Da war auch einer von denen da, die am besagten Sonntag bei Caiolo gespielt haben. Sie haben mir gestern schon ein Foto von ihm gezeigt.«

Lucarelli schaute kurz die Fotos durch und gab Romelli eines.

»Genau, der ganz rechts.«

»Gut, das reicht schon«, sagte Lucarelli. »Noch etwas, Signor Romelli: Sie behaupten weiterhin, am Morgen des Mordes bei Caiolo in Sperlonga gewesen zu sein?«

»Ja. Ich habe mit dem Mord an Breuer nichts zu tun. Ich habe auch niemanden beauftragt, ihn für mich zu begehen«, sagte er laut und vernehmlich ins Mikrofon.

Sie standen auf. Romelli saß unbeweglich auf seinem Stuhl und starrte Löcher in die Luft. Sein aufstrebendes Leben war zerstört, das seiner Familie ebenfalls, und es war zu spät, etwas daran zu ändern.

»Sandro, bleibst du noch bei ihm? Ich würde gern jemanden von unserem psychologischen Dienst herschicken, um sicherzustellen, daß er sich nichts antut«, sagte Leda leise zu Torrente.

»Höchstens eine Stunde, ich habe noch weitere Termine.«

Beim Fortgehen bat Leda einen der Beamten vor der Tür, bei Romelli in der Wohnung zu bleiben, sobald Torrente gegangen war.

»Selbstmordgefahr?«

Leda nickte. Dann verließen sie die die Wohnung in Richtung Präsidium.

»Haben Sie denn Labianco inzwischen festgenommen?«

»Ja, auf seinem Boot, wie geplant. Er sitzt seit gestern in Untersuchungshaft im Präsidium. Ich habe unsere Jungs gleich gestern losgeschickt, um sich die Bar mal ganz genau anzusehen. Dabei haben wir ein Spielzimmer entdeckt, so wie Romelli es gerade beschrieben hat. Es war eine Heidenarbeit, der Staatsanwältin den Haftbefehl aus den Rippen zu leiern. Gott sei Dank war sein Anwalt in Urlaub und nicht erreichbar. Es ist Dante Stafoggia, der Wadenbeißer. Einen anderen wollte Labianco nicht. Mit der Aussage Romellis können wir ihn jetzt packen, selbst wenn er kein Wort sagt. Komisch finde ich nur, daß er überhaupt einen Rechtsanwalt braucht. Er ist doch selbst einer.«

»Wie bitte, Labianco ist Anwalt?«

»Ja, zwar nicht übermäßig eifrig, aber hin und wieder taucht er bei Gericht auf.«

»Das ist ja interessant. Und trotzdem haben Sie den Haftbefehl bekommen? Bravo, dann war das ein echtes Meisterstück! Kennen Sie die Staatsanwältin besonders gut?«

»Sie war dabei, als ich mir das Hemd und die Krawatte mit den Palmen in San Francisco gekauft habe.«

Leda mußte lachen.

»Und sie hat sich trotzdem nicht von Ihnen getrennt?«

»Sie hat es angedroht, inzwischen hat sie sich daran gewöhnt.«

Dieser Lucarelli wurde ihr immer sympathischer.

Ugo war inzwischen von der Vernehmung der beiden Schützen zurückgekommen.

»Der eine heißt Gilberto Morra, sechsundzwanzig Jahre alt, wohnhaft in Pontinia Latina. Er blockt total ab, will ohne Anwalt kein Wort sagen. Der Anwalt wiederum ist unerreichbar. Wir haben es mindestens zehnmal probiert und Nachrichten auf seinem Anrufbeantworter hinterlassen. Jeden anderen Anwalt lehnt Morra ab.«

»Wie heißt der denn?« fragte Lucarelli.

»Dante Stafoggia, hier aus Rom. Muß ein fürchterlich schmieriger Typ sein. Ich habe ihn selbst noch nie erlebt.«

»Sieh an. Der scheint ja für den ganzen Spieler-Clan zuständig zu sein. Kaum ist er im Urlaub, haben alle ein Problem«, meinte Leda amüsiert.

»Der andere heißt Omero Villoresi, ein Cousin von Morra, gerade mal achtzehn Jahre alt, wohnhaft in Fondi, stottert wie toll. Zunächst wollte auch er den Mund ohne Anwalt nicht aufmachen. Seine Mutter war jedoch da, wir hatten sie kommen lassen. Anständige Leute, der Vater Busfahrer, die Mutter Kindergärtnerin. Sie hat ihn bekniet, alles zu sagen, die ganze Wahrheit. Der arme Junge wird wegen der Stotterei von den Gleichaltrigen gehänselt und hat sich sehr früh an den älteren Cousin gehängt.

Dann haben wir Omero klargemacht, daß er als Mittäter wegen versuchten Mordes dran ist und seine miserable Lage nur durch die Mitarbeit mit uns verbessern kann. Da ist er weich geworden und hat geredet. Es hat ewig gedauert, bis er nur einen zusammenhängenden Satz rausbekam.

Die Lage stellt sich wie folgt dar: Morra arbeitet als Mädchen für alles im Segelclub von Sperlonga. Dort gibt es oft Sachen abzuholen oder hinzubringen. Dafür bekommt Omero ordentliches Geld, womit er bei den Gleichaltrigen prahlen kann. Am vergangenen Freitag sei Morra sehr früh zu ihm gekommen und habe gesagt, sie hätten zu tun, er solle fahren. Leute seien beim Chef gewesen und hätten ihn bedroht. In Norma mußte Omero in der Straße von Romellis Schwiegermutter warten und dann plötzlich auf Befehl Morras losfahren. Der habe zu Omeros Entsetzen eine Waffe gezogen und geschossen. Dann habe Morra geschrien, er solle Gas geben und abhauen. Im Auto haben sie entsetzlich gestritten, weil Omero wegen der Schießerei in Panik geraten war. Dann stand plötzlich auf der Kreuzung der andere Polizeiwagen, Omero geriet ins Schleudern und landete in der Böschung. Wenig später hatten die Polizisten sie aus dem Auto gezerrt und ihnen Handschellen angelegt. Omero behauptet, von dem Mordauftrag nichts gewußt zu haben, und klingt dabei glaubwürdig. Und nun raten Sie mal, wer der Chef vom Segelclub in Sperlonga ist?«

»Claudio Caiolo«, sagten Leda und Lucarelli aus einem Mund.

»Schade, ich dachte, ich hätte eine Überraschung für Sie«, sagte Ugo und war sichtlich enttäuscht über die verpaßte Pointe.

»Demnach kann Omero nicht bezeugen, daß Caiolo einen Mordauftrag erteilt hat. Habt ihr ihn zur Pokerei befragt?«

»Haben wir, er konnte aber schon mit unserer Frage nichts anfangen. Caiolo ist für ihn der Chef des Segelclubs und sonst nichts. Ich glaube, daß er tatsächlich vom ganzen Rest keine Ahnung hat.«

»Schade, aber nicht zu ändern. Leute, ich habe wahnsinnigen Hunger, gehen wir etwas essen? Ich muß nur schnell den Psychologen zu Romelli schicken.«

Da Giuseppes Restaurant wegen der Ferien geschlossen war, mußten sie sich mit einer Pizzeria nebenan begnügen. Das Essen war mehr schlecht als recht, aber es gab immerhin eine Klimaanlage, kaltes Wasser und kühlen Wein.

Der Vernehmungsraum der Questura war kahl und hatte kein Außenfenster, sondern nur eine Glasscheibe, durch die man nicht hindurchsehen konnte. In der Mitte stand ein Tisch mit drei Stühlen, auf dem ein Mikrofon plaziert war. Hinter der Glasscheibe befand sich ein kleiner Raum, der mit modernster Aufnahmetechnik ausgerüstet war und von dem aus man in den Vernehmungsraum sehen konnte. Als Leda, Ugo, Lucarelli und sein Kollege Davide Timpani ankamen, wartete der Tontechniker bereits. Ugo und Timpani blieben bei ihm, die beiden anderen nahmen am Tisch im Vernehmungsraum Platz, machten ein paar Tonproben und warteten auf Labianco. Kurz darauf wurde er von zwei Beamten hereingeführt. Er sah ungepflegt aus und hatte seine Kleidung offensichtlich seit der Festnahme nicht gewechselt.

Lucarelli, den er bereits kannte, stellte Leda vor.

»Hat ihm niemand frische Kleider gebracht?« fragte Leda die wachhabenden Beamten.

»Er wollte nicht, daß jemand von seiner Festnahme erfährt. Und die Gefängniskleidung möchte er nicht tragen«, lautete die Antwort.

»Signor Labianco, Sie sind darüber informiert, warum Sie bei uns festgehalten werden. Meine Kollegen und der Haftrichter haben Sie bereits angehört. Da auch ein Mordversuch begangen wurde, bin ich als Hauptkommissarin der Mordkommission ebenfalls für Sie zuständig. Sie sind selbst Rechtsanwalt, kennen also die Zuständigkeiten und Vorgehensweisen. Ich kann mir weitere Hinweise ersparen«, begann Leda die Vernehmung. »Uns wurde inzwischen von mehreren Zeugen bestätigt, daß Sie zum engeren Kreis einer organisierten Glücksspielerbande um Claudio Caiolo gehören. Sind Sie bereit auszusagen?«

»Nein.«

»Angaben zur Person müssen Sie aber machen.«

»Cesare Labianco, dreiundfünfzig Jahre alt, geboren in Rom, wohnhaft in Rom, geschieden, Rechtsanwalt und Inhaber der Bar La Notte«, spulte er herunter.

»Hinter der Bar befindet sich ein Spielzimmer – oder als was würden Sie den Raum sonst bezeichnen? Dort finden regelmäßig illegale Pokerrunden statt. Außerdem vermitteln Sie Spieler an andere Runden aus Ihrer Bande.«

»So ein Quatsch! Und das mit dem Mordversuch erfinden Sie doch nur, um mich in die Ecke zu treiben. Das sind unerlaubte Methoden.«

»Nicht im geringsten, denn einen Ihrer Spieler und mich

hat es beinahe erwischt. Die beiden Täter haben wir, das dürfte Ihnen Caiolo selbst schon gesagt haben. Ich gehe davon aus, daß Sie gemeinschaftlich den fehlgeschlagenen Mord vereinbart haben, weil Sie einen Zeugen für das Glücksspiel aus dem Weg räumen wollten.

Nachdem ich Caiolo am Freitag in Sperlonga besucht hatte, rief er Sie und mögliche weitere Personen an, um Sie zu informieren. Um das Auffliegen Ihrer Machenschaften zu verhindern, beschlossen Sie den Mord an Assessore Romelli und übertrugen Caiolo die Ausführung. Sie werden also wegen zweier Kapitalverbrechen angeklagt: wegen Zugehörigkeit zu einer Bande der organisierten Kriminalität und wegen versuchten Mordes. Wir gehen allerdings davon aus, daß nicht Sie, sondern Caiolo der Kopf ist. »

Labianco saß da und grinste sie frech an.

»Und ich soll glauben, daß ein einziger Zeuge bereit ist, gegen eine angeblich so gefährliche Bande auszusagen? Der müßte doch sein restliches Leben lang Angst um sich und seine Familie haben. Das Ganze ist eine lächerliche Konstruktion.«

»Haben Sie schon einmal etwas von Kronzeugenregelung und Zeugenschutzprogrammen gehört? Wir sehen die Möglichkeit, daß beide zur Anwendung kommen.«

»Das soll wohl ein Witz sein, wegen ein bißchen Pokerei wollen Sie das gesamte Instrumentarium großer Mafia-Prozesse zur Anwendung bringen. Das können Sie mir nicht weismachen.«

»Sie unterliegen einem fatalen Irrtum, es geht nicht nur ums Glücksspiel, es geht auch um Prostitution, Drogenhandel und mehrfachen Mord. Mögliche Zeugen gegen Caiolo wurden umgebracht, bevor sie aussagen konnten. Andere schweigen aus Angst und verbüßen lieber Haftstrafen. Doch sie sind alle jung und haben noch viele Jahre in Freiheit vor sich. Bei Ihnen sieht das anders aus. Wir haben diesmal aussagewillige Zeugen und bringen Sie hinter Gitter, garantiert. Wenn Sie da wieder rauskommen, sind Sie ein alter Mann und können mit Ihrem Leben nichts mehr anfangen. So einfach ist das«, sagte Lucarelli.

»Ich habe mit keinerlei Morden oder Mordaufträgen etwas zu tun, genausowenig wie mit Prostitution und Drogenhandel, merken Sie sich das. Und im übrigen sage ich gar nichts. Beweisen Sie mir die angeblichen Taten, dann sehen wir weiter.«

»Sie schaden sich selbst, denn Sie wissen genau, daß die Kronzeugenregelung für eine Strafmilderung nur dann greift, wenn der Zeuge frühzeitig aussagt. Aber wenn Sie darauf verzichten wollen, ist das natürlich Ihre Angelegenheit.«

Labianco stand auf und ließ sich abführen.

»Verdammt«, entfuhr es Lucarelli, als Labianco fort war. »Sie zittern alle vor diesem verdammten Caiolo. Und Labianco schien nicht mal von seinen anderen Geschäften zu wissen, haben Sie das gemerkt?« fragte er Leda.

Sie nickte.

»Da können wir nichts machen, außer es immer wieder zu versuchen. Vielleicht wird er irgendwann doch noch weich. Er gehört nicht zu dieser ganz und gar abgebrühten Sorte, das ist zumindest mein Eindruck. Wer schreibt die Berichte?«

Sie teilten sich die Arbeit auf und gingen in ihre jeweiligen Büros. Während Ugo und Leda schrieben, klingelte plötzlich das Telefon.

»Labianco will uns noch einmal sprechen.«

In Windeseile speicherten Leda und Ugo ihre Dateien ab und liefen zum Vernehmungsraum, wo Lucarelli und Labianco bereits Platz genommen hatten.

»Jetzt sagen Sie mir noch mal ganz genau, was Caiolo alles auf dem Kerbholz haben soll und womit ich in Verbindung gebracht werde«, begann Labianco.

Lucarelli präsentierte ihm aus dem Kopf eine mündliche

Liste mit etwa zwanzig Taten, Ort, Datum und Beteiligten, darunter mehrere Morde.

»Wir können Sie derzeit beweisbar nur mit mehrfachem illegalen Glücksspiel und einem Mordversuch in Verbindung bringen. Da wir aber davon ausgehen, daß es sich um Bandenkriminalität handelt, wird sich die Palette der Vorwürfe auch für Sie und andere entsprechend erweitern.«

»Darf man hier rauchen, und kann ich einen Kaffee haben?« fragte Labianco.

»Kaffee für uns alle, Aschenbecher und auch einmal Zigaretten«, sagte Leda in den Raum hinein.

Wenig später öffnete sich die Tür, und Ugo trat mit Kaffee, Zigaretten, Aschenbecher und Feuerzeug ein.

Labianco bot Leda eine Zigarette an, sie schmeckte wunderbar. Labianco blies gekonnt Rauchringe in die Luft, die einige Zeit stehenblieben, bis sie davonschwebten. Er schaute Leda aus hellbraunen Augen an und sagte:

»Sehen Sie, das kann ich gut, spielen und Spiele organisieren. Aber schwere Kriminalität ist nicht mein Ding. Damit will ich nichts zu tun haben. Und bevor mich Caiolo noch tiefer mit hineinzieht, packe ich lieber aus. Sie haben völlig recht, ich habe sonst nichts mehr vom Leben. Sie sichern mir zu, daß Sie mich als Kronzeugen klassifizieren, natürlich nur soweit Sie das jetzt und hier tun können.«

Leda und Lucarelli nickten.

»Dann blüht mir wahrscheinlich nur eine Geldstrafe, höchstens ein bißchen Gefängnis. Danach kann ich meine Bar weiterführen und habe außerdem genug Geld für ein ruhiges Alter.«

»Und fürs Pokern, nur nicht mit Profis und ohne Einsatz von großen Geldsummen. In Casinos, da dürfen Sie Ihr Geld verjubeln, wie Sie möchten«, meinte Leda.

Labianco lachte und begann dann zu reden. Ähnlich wie Romelli war er in jungen Jahren ans Spielen gekommen. Da ihn sein Beruf als Rechtsanwalt weitgehend langweilte, kaufte er sich vor zehn Jahren von seinem vorhandenen Geld die Bar an der Piazza Mattei. Bald sprach sich herum, daß man dort exzellente Spieler treffen konnte, ohne hohe Einsätze riskieren zu müssen. Doch irgendwann juckte es ihn, denn die Angebote, höhere Summen zu setzen, mehrten sich. So richtete Labianco das Hinterzimmer her, und fortan gab es dort zwei Spielorte: den offiziellen vorn in der Ecke der Bar, mit den kleinen Einsätzen, und den inoffiziellen im Hinterhaus, wo Tausende von Euro auf den Tisch kamen.

Diejenigen, die ihn animiert hatten, das Hinterzimmer einzurichten, waren auch diejenigen, die ihm die entsprechende Kundschaft schickten. Ganz selten durfte auch mal ein Spieler nach ausreichender Probezeit vom Bartisch an den ins Hinterzimmer wechseln. Allerdings nur dann, wenn Labianco ganz sicher war, daß es sich nicht um einen Polizeiagenten handelte.

»Davon habt ihr mir ja in den letzten Jahren genug ins Haus geschickt. Aber ihr habt nicht genug Leute, die wirklich gut pokern können, das ist euer Pech. Außerdem rückt die Polizeikasse wohl nicht genügend Geld raus«, sagte er mit einem breiten Lachen an Lucarelli gewandt.

Der nickte und erwiderte mit ernstem Gesicht:

»Wir haben den Mangel erkannt und gerade Sonderkurse für Meisterpokern eingerichtet. Zufrieden?«

Es gab immer wieder Spieler, denen es ums ganz große Geld ging. Die vermittelte Labianco, nachdem er sich sicher war, daß sie dichthalten würden, an diejenigen weiter, die ihm die »bessere Kundschaft« zuschoben. Inzwischen war er auf den Geschmack des Geldes gekommen und konnte seiner Liebe zum Segeln nachgehen. Er wollte eine Yacht und in der obersten Liga mitmachen. Das hieß, er brauchte noch finanzkräftigere Spieler, denen er noch mehr »Eintrittsgeld« abnehmen konnte. Das ließ er die Vermittler wissen.

Daraufhin erhielt er einen Anruf von Caiolo, von dessen Existenz er bis dahin nichts gewußt hatte. Der bot ihm an, ihn wegen »besonderer Verdienste« in den vergangenen Jahren nun an den großen Umsätzen zu beteiligen. Labianco hatte zunächst nicht verstanden, was Caiolo damit meinte, bis dieser ihm erklärte, daß sämtliche Vermittler, die ihm Kundschaft zuführten, in seinen Diensten standen. Kurz: Er war seit Jahren ein wichtiges Rad im Getriebe Caiolos, ohne es zu wissen. Labianco hatte nicht einmal mehr die Möglichkeit auszusteigen, weil Caiolo ihm kalt androhte, ihn auffliegen zu lassen. Also entschied er sich zwangsläufig für die Beteiligung, die er neben seinem Einkommen in der Bar erhalten sollte.

Das System klappte prächtig, das Geld floß in Strömen. Caiolo rief hin und wieder die wichtigsten Leute seines Netzwerkes aus ganz Italien zusammen. Diese »Familientreffen« fanden immer woanders statt, so vergangenes Wochenende in Sperlonga. Man besprach Aspekte der Sicherheit, Gefahren für das System vor allem, wie man die Polizei erfolgreich raushalten konnte.

»Sie haben auch Assessore Romelli an Caiolo vermittelt?«

»Ja.«

»Wer besorgt die Informationen bezüglich der Spieler und ihrer finanziellen Verhältnisse? Sie oder Caiolo?«

»Ich unterhalte mich mit meinen Kunden und gebe die Informationen an die Vermittler weiter. Dann setzt Caiolo seinen Informationsapparat in Bewegung, bevor er jemanden in seine höheren Kreise eindringen läßt.«

»Kennen Sie die Namen der Vermittler?«

»Nein, keinen einzigen.«

»Ich zeige Ihnen jetzt Fotos von Besuchern Ihrer Bar, die häufig kommen. Zeigen Sie mir die Vermittler.«

Timpani betrat den Raum mit einem Packen Fotos in der Hand. Labianco tippte viermal auf Personen, die er erkannte.

»Zeigen Sie mir jetzt, wer von den hier Abgebildeten an den sogenannten Familientreffen teilnimmt.«

Labianco erkannte zwei, doch er wußte weder, wo sie herkamen, noch wie sie hießen.

»Ist Ihnen bei dem Treffen in Sperlonga nichts Ungewöhnliches aufgefallen?«

»Doch, wir haben uns diesmal nur an einem Abend getroffen, und zwar Samstag auf seiner Yacht. Caiolo sagte nur, es sei ihm etwas dazwischengekommen, er habe keine Zeit und wir sollten uns nicht zusammen sehen lassen. Daraufhin sind die beiden anderen losgefahren. Ich war mit dem Boot da und außerdem für Sonntag mit Freunden verabredet, deshalb bin ich in Sperlonga geblieben.«

»Wieviel Geld haben Sie mit Caiolo verdient, und wo ist es?« erkundigte sich Lucarelli.

»Das hat mit der Überführung von Caiolo nichts zu tun, sondern ist allein meine Angelegenheit. Deshalb werde ich dazu nichts sagen, sonst wollen Sie mir vielleicht noch wegen Steuerhinterziehung ans Leder.«

»Okay, war ja nur eine Frage«, lenkte Lucarelli ein.

»Wir schreiben jetzt das Protokoll und geben es Ihnen später zur Unterschrift. Va bene?«

»In Ordnung.«

Lucarelli besorgte einen Haftbefehl für Caiolo, faxte ihn an seine Leute in Sperlonga, damit sie ihn festnehmen konnten. Dann sandte er die Fotos der anderen Mitglieder des Familientreffens an alle Polizeistationen Italiens, versehen mit der Bitte, sie zu identifizieren und gegebenenfalls sofort zu überwachen.

Leda legte Labianco eine Stunde später das Protokoll zur Unterschrift vor. Er unterzeichnete es umstandslos und wurde anschließend in ein Gefängnis außerhalb Roms überstellt. Unter falschem Namen, zu seiner eigenen Sicherheit.

XV

Mailand meldete sich noch am späten Nachmittag. Einer der Männer auf den Fotos sei ein bekannter Barbesitzer namens Gaspare Bellante, der seit langem unter dem Verdacht stehe, illegales Glücksspiel zu betreiben. Leda erklärte dem Mailänder Kollegen sofort die Umstände und bat um Festnahme.

»Sehr verehrte Frau Kollegin, es ist August. Die Bar ist wahrscheinlich geschlossen und der Mann in Urlaub.«

»Bitte versuchen Sie, ihn aufzutreiben, bevor er gewarnt wird und sich absetzen kann.«

Der Mailänder versprach, sein Bestes zu tun. Als Leda bereits auf dem Weg nach Lavinio war, fiel ihr Blick auf ein Plakat, das die Premiere der Oper Lucia di Lammermoor für denselben Abend ankündigte. Um halb neun sollte sie beginnen.

In ihrer Stadtwohnung war es erfreulich kühl. Sie nahm eine kalte Dusche und wählte ein halblanges schwarzes Seidenkleid mit weitem Ausschnitt. Dann legte sie eine mehrreihige Perlenkette um, die sie von ihrer Mutter geerbt hatte, schlüpfte in hochhackige Abendsandaletten, packte ein Opernglas ein und war schließlich, als sie sich im Spiegel betrachtete, mit ihrem Aussehen zufrieden. Mehr war nicht herauszuholen.

Dann rief sie Paolo an, um ihm zu sagen, daß sie auch diese Nacht nicht kommen werde. Sie erfuhr, daß Francesca beim Tierarzt gewesen war, weil Pipo sich an einer herumliegenden Glasscherbe in die Pfote geschnitten und furchtbar geblutet hatte. Jetzt lag er mit einem dicken Verband auf der Terrasse, ließ sich von allen bemitleiden und genoß es, im Mittelpunkt der Aufmerksamkeit zu stehen.

Dann fuhr Leda in Richtung Thermen. Es dämmerte bereits, war jedoch noch früh genug, um eine Kleinigkeit zu essen. Sie kannte ein nettes Restaurant an der Piazza Bernini und fand dort auch einen Platz. Nach dem schlechten Mittagessen war sie dankbar, eine leckere kalte Gemüsesuppe und anschließend ein Steak mit viel Salat zu bekommen. Während des Essens rief Lucarelli an, der ihr von der erfolgreichen Festnahme Caiolos berichtete. Dieser hatte sich tatsächlich mit seiner Yacht und drei seiner Leute ins Ausland absetzen wollen. Allerdings schwiegen bisher alle wie die Gräber.

»Das wird sich vermutlich auch nicht ändern«, meinte Leda.

»Macht nichts, wir haben genügend Zeugenaussagen, um ihn erst mal festzusetzen. Wenn das bekannt wird, kippen vielleicht noch mehr Zeugen um.«

Sie parkte anschließend ziemlich verboten in der Via Antonina, doch das Schild hinter der Windschutzscheibe, das das Auto als Polizeiwagen im Einsatz auswies, würde sie vor dem Abschleppen bewahren.

Der Anblick der erleuchteten Ruinen des im zweiten Jahrhundert nach Christus erbauten öffentlichen Bades begeisterte Leda immer wieder. Damals konnten Tausende von Besuchern hier nicht nur baden, schwimmen und verschiedene Sportarten betreiben, sondern die Anlage auch wie einen modernen Freizeitpark nutzen, mit Wellness-Center, Konzertsälen, Vortragsräumen, Bibliotheken und Gärten, damit nach den Worten eines antiken Dichters »ein gesunder Geist in einem gesunden Körper« wohnen könnte.

Leda zeigte am Eingangstor ihren Polizeiausweis vor und wurde eingelassen.

»Brauchen Sie einen besonderen Platz?«

»Ich muß das Publikum beobachten und die Garderoben der Sänger gut erreichen können.«

»Dann lasse ich Ihnen einen Stuhl ans rechte Ende der ersten Reihe stellen. Von dort aus kommen Sie schnell hinter die Bühne und haben das gesamte Publikum im Auge, wenn Sie sich umdrehen.«

»Sehr gut, danke.«

»Aber nehmen Sie bitte heute abend weder La Serafino noch den Dirigenten fest. Sonst platzt die Aufführung«, scherzte der Ordner. Er erklärte ihr, daß sie sich vor der Bühne an einen jungen Mann namens Ottavio wenden solle, der ihr einen Platz zuweisen werde.

Per Funk informierte er seinen Kollegen, und Leda hörte ihn sagen:

»Was weiß ich, was die hier will. Knallrote Haare, genau.«

Sie reihte sich in den Fluß elegant gekleideter Menschen ein, die durch die Parkanlage Richtung Bühne strebten.

»Ciao, Leda, bist du allein? Wo ist Paolo?«

Es waren ihre Schulfreundin Roberta und ihr Mann Leonardo. Leda erklärte ihnen, daß Paolo mit der Familie in Lavinio sei und sie leider arbeiten müsse.

»Und nun gönnst du dir einen schönen Abend mit dieser göttlichen Stimme. Hast du sie schon mal gehört?«

»In Porto Santo Stefano, vergangenes Wochenende.«

Leda ging Richtung Bühne, als ein junger Mann auf sie zukam. Er zeigte ihr den für sie bereits bereitgestellten Stuhl. Der Platz war für ihre Zwecke perfekt.

Eine Trompete rief dazu auf, die Plätze einzunehmen. Sie sah, wie sich Conte Di Palmieri in die Mitte der ersten Reihe setzte. Dann kam Luca in Begleitung eines älteren Ehepaars, das den Conte freundlich begrüßte und die Stühle neben im besetzte. Die Trompete erklang zum zweiten Mal, die letzten Nachzügler drängelten sich durch die Reihen. Als die dritte Fanfare durch die Nacht hallte, wurde es ruhiger. Das Orchester nahm unter dem Beifall des Publikums seine Plätze ein.

Dann betrat Maestro Bianchini unter tosendem Beifall das Dirigentenpult. Die sanften Paukenschläge zu Beginn der Ouvertüre gingen noch fast gänzlich im allgemeinen Gehüstel und Geflüster unter. Erst als die Pauken stärker wurden, kehrte Ruhe ein.

Die Katastrophe im schottischen Schloß Ravenswood nahm ihren Lauf, weil Lucia nicht dem Wunsch ihres Bruders nachgeben wollte, eine politische Ehe mit einem von Enrico bestimmten Mann einzugehen. Denn sie war seinem Erzfeind Edgardo in Liebe zugetan.

Als zu Beginn des zweiten Aufzugs eine Harfe eine Melodie anstimmte und Angela Serafino die Bühne betrat, wollten einige Zuhörer klatschen, wurden jedoch durch Zischen oder »Silenzio«-Rufe zur Zurückhaltung gezwungen. Nachdem sie aber ihre ersten beiden Arien und eine wunderbare Liebeserklärung an den noch abwesenden Edgardo beendet hatte, tobte das Publikum ungehalten los: »Brava, Bravissima!«

Der Graf stand mehrfach auf, um ihr zuzuklatschen. Luca saß genau wie in Porto Santo Stefano ruhig da und erhob nicht einmal die Hände zum Applaus. Statt dessen sandte er ihr einmal, als sie sich direkt vor ihm verneigte, eine gehauchte Kußhand zu, so unauffällig, daß nur sie es sehen konnte. Und Leda, weil sie den Fokus ihres Opernglases auf die Di Palmieris eingestellt hatte.

Das Arienfeuerwerk der Donizetti-Oper, deren Melodieführung für Ledas Geschmack nicht immer der Dramatik der Handlung entsprach, riß die Menschen immer wieder zu frenetischem Zwischenapplaus hin, der die Ruinenwände hinaufkletterte und in den Pinienkronen des Parks verschwand. Hin und wieder huschten Fledermäuse über die Köpfe hinweg und sausten durchs Scheinwerferlicht.

Angela Serafino verkörperte die Leiden der Lucia mit einer Intensität, die die Menschen erschaudern ließ. Sie litten mit ihr, hofften, daß sich der Bruder doch noch eines Besseren besinnen würde. Umsonst! Als der zwischenzeitlich verschwundene Edgardo wiederauftauchte, hatte sie den Ehevertrag mit Arturo bereits unterschrieben.

In der Pause trank Leda mit Roberta und Leonardo ein Glas Sekt.

»Die Serafino singt so wunderbar, wie ich es noch nie gehört habe. Dazu hat sie diese Begabung für dramatische Darstellung. Für meine Begriffe hat sie mindestens die Größe der Callas«, sagte Leonardo.

Nach der Pause wurden sie alle Zeugen des schleichenden Prozesses zunehmenden Wahnsinns. Die Serafino besang das Leid der Lucia, daß es den Menschen reihenweise die Tränen in die Augen trieb. Leda hatte sogar den Eindruck, als versuche sie, ihr eigenes schreckliches Leiden mit den wunderbarsten Tönen zu Gehör zu bringen. Leda war noch ergriffener als in Porto Santo Stefano. Und als Lucia den sich betrogen fühlenden heimlichen Ehemann kurz vor ihrem Tod bat, ihre irdische Hülle mit bitteren Tränen zu bedekken, während sie im Himmel auf ihn warten werde, war es auch um Ledas Fassung geschehen. Sie brauchte ein paar Sekunden, um sich vom Zauber dieser Stimme zu lösen. Während die Sängerin sich unter tosendem Beifall langsam erhob und verbeugte, gewann bei Leda die Kommissarin wieder die Oberhand, und sie beobachtete die beiden Di Palmieris.

Diesmal saß der Alte reglos da und hatte die Hände vors Gesicht geschlagen, während Luca und der Herr an seiner Seite damit beschäftigt waren, die in Tränen aufgelöste Dame zu beruhigen. Dort spielte sich ein Drama ab, für das Leda keine Erklärung hatte, das dem auf der Bühne aber offensichtlich in keiner Weise nachstand.

Nachdem der letzte Ton und der letzte Paukenschlag verklungen waren, erhob sich ein Orkan der Begeisterung, der

Angela Serafino und die anderen Künstler immer wieder auf die Bühne rief. Sie warfen ihrem Publikum Kußhände zu und dankten ihrerseits dem Orchester und dem Chor durch Applaus. Im Getümmel sah Leda, wie der Graf durch einen schmalen Gang hinter der Bühne verschwand. Sie war sicher, daß er zur Garderobe der Serafino eilte. Dann trat das gesamte Ensemble ab, und die Menschen verließen langsam ihre Plätze Richtung Ausgang.

Leda stand auf und ging durch den Gang neben der Bühne nach hinten. Sie hatte einige Mühe, sich zwischen Ruinenmauern, provisorischen Holzwänden, Elektrokabeln und Vorhängen zurechtzufinden. Überall liefen Menschen mit und ohne Kostüm herum, lachten und freuten sich über die gelungene Aufführung. Edgardo, der sich eben noch erstochen hatte, stand mit einem Glas Champagner in der linken Hand und seinem Erzfeind Enrico im rechten Arm da. Sie besprachen fröhlich, wo sie um diese Uhrzeit noch ein gutes Essen finden könnten.

»Kommt Angela mit?« fragte Edgardo.

»Ich habe sie eben gefragt, aber sie sagt, daß ihre Eltern da seien und sie gleich mit ihnen nach Hause fahren wolle. Angela ist ziemlich kaputt, weil sie am Wochenende noch das Konzert für den verrückten Grafen gesungen hat.«

»Entschuldigen Sie bitte, wo finde ich Signora Serafino?« erkundigte sich Leda bei den beiden Herren.

»Gehen Sie den Gang bis zum Ende und dann nach links. Es ist die dritte Tür«, antwortete Edgardo freundlich.

Als Leda dort ankam, vernahm sie durch die dünne Holztür die Stimme des Conte. Eindringlich redete er auf die Serafino ein:

»Angela du darfst mich nicht verlassen. Du liebst mich, wie ich dich liebe. Ich weiß es, vertrau mir, ich vergebe dir den Seitensprung mit Luca. Ich verspreche dir, ich werde meine Frau verlassen, endgültig. Ich dachte immer, es sei für unsere Liebe nicht wichtig, ob ich verheiratet bin oder nicht. Du selbst hast immer gesagt, dass du deine Freiheit haben willst. Ich habe sie dir gegeben, und du wirst sie immer haben, aber verlaß mich nicht.«

»Antonio, wann wirst du es endlich verstehen: Ich habe dich längst verlassen, schon vor Jahren. Du willst es nur nicht wahrhaben. Es geht nicht darum, ob du deine Frau verläßt oder nicht, es geht allein darum, daß ich nicht mit dir zusammensein möchte. Ich liebe nicht dich, sondern Luca. Ich werde ihn heiraten und nicht dich. Auf der Bühne kann mich Enrico von der Ehe mit Edgardo abhalten. Aber das wahre Leben spielt nun einmal anders als auf der Bühne.«

»Angela, ich habe alles für dich getan. Ohne mich wärst du nicht das, was du heute bist. Bist du denn kein bißchen dankbar? Laß uns darüber reden, ich bitte dich. Weich mir nicht immer aus.«

»Nein, Antonio. Draußen warten meine Eltern. Luca wird uns nach Hause fahren, und dann muß ich schlafen. Ich bin müde.«

»Du bist die Frau, die ich liebe. Ich werde dich niemals gehen lassen, eher bringe ich dich und ihn um!«

In diesem Moment flog die Tür auf und schlug Leda gegen den Kopf. Der Conte stürmte heraus und rannte den Gang entlang, ohne sie zu bemerken. Leda schaute in die Garderobe von Angela Serafino, die weinend vor einem Spiegel saß.

»Nein, ich möchte jetzt niemanden sprechen«, sagte sie, als sie Leda bemerkte, stand auf und schloß die Tür vor ihrer Nase.

Leda trat den Rückzug an. Im Grunde genommen hatte sie alles erfahren, was sie wissen wollte. Als sie wieder in den Zuschauerbereich trat, kam Luca auf sie zu:

»Entwickeln Sie sich auch zu einem Fan der Serafino?«

»Ich glaube, ja. Sie singt einfach wunderbar. Ich frage

mich allerdings, ob sie gerade in dieser Rolle so umwerfend ist, weil sie eine ähnlich dramatische Liebesgeschichte durchlebt wie Lucia. Jemand, der diese Verzweiflung nicht wirklich gefühlt hat, kann sie so nicht singen, behaupte ich. Ist diese These sehr gewagt?«

»Nein, sie könnte der Realität entsprechen. Aber fragen Sie sie besser selbst.«

»Das habe ich bereits versucht, aber sie möchte im Moment mit niemandem sprechen.«

»Sie ist nach den Aufführungen immer sehr erschöpft. Und morgen muß sie die Partie schon wieder singen.«

»Das verstehe ich. Buona notte.«

»Buona notte, Commissaria.«

Leda schlenderte langsam zum Ausgang. Draußen setzte sie sich auf ein Mäuerchen und rief Paolo an:

»Du hattest recht, beide lieben Angela Serafino. Sie hatte wohl auch mal was mit dem Alten. Jetzt jedenfalls will sie Luca heiraten, und der Alte droht sie beide umzubringen.«

»Wer sagt das?«

»Er selbst.«

»Er hat ausgerechnet dir gesagt, daß er sie umbringen will?«

»Nein, der Serafino.«

»Hast du mit ihr gesprochen? Ich dachte, du wolltest dir nur die Oper anhören.«

»Habe ich auch. Eher zufällig habe ich ein Gespräch zwischen Di Palmieri und der Serafino mitbekommen. Und ich weiß nicht, wie ernst ich das nehmen soll.«

»Di Palmieri scheint seine Gefühle nicht sehr gut im Griff zu haben, aber daß er jemanden umbringt, glaube ich nicht. Übrigens ist hier ein Riesenstreit zwischen deinen Kindern entbrannt, weil Marco seine Schwester wegen ihrer neuen Liebe ständig foppt. Sie hat vorhin sogar geweint. Romano und ich haben uns Marco vorgeknöpft, damit er das bleiben läßt. Er war stocksauer und meint, sie sei nur zickig.«

»Gib ihn mir mal.«

»Das geht nicht. Er ist mit Freunden unterwegs.«

»Und Flavia?«

»Mit Alessandro.«

»Die werden sich schon wieder beruhigen«, meinte Leda.

Sie plauderten noch eine Weile, dann fuhr Leda in ihre Wohnung.

XVI Mario stand über die Zeitung gebeugt, als Leda am nächsten Morgen die Bar betrat.

»Buon giorno, Signora. So früh heute? Haben Sie das schon gelesen? Die Welt ist doch völlig verrückt.«

Das bezweifelte Leda keineswegs, sie wußte nur nicht, worauf Mario in diesem Moment seine Aussage gründete.

»In so vielen Ländern verhungern die Menschen, weil sie nichts zu essen haben, und bei uns, weil sie schön sein wollen.«

»Ich verstehe gar nichts.«

»Dann lesen Sie mal.«

Er tippte mit dem Finger auf einen Artikel und machte sich daran, Ledas Cappuccino zuzubereiten. Sie begann zu lesen, doch das war überflüssig, weil Mario ihr gleichzeitig alles erzählte. Also verlegte sie sich aufs Zuhören.

»Schauen Sie sich das Bild von dem Mädchen an. Sie ist doch hübsch und schlank, oder? Das heißt, sie war es, denn jetzt ist sie tot. Verhungert und elend an Dopingmitteln eingegangen. Noch dünner wollte sie sein, wie ein Model. Da hat sie eine Diät gemacht und vom Arzt auch noch Amphetamine und Antidepressiva bekommen, um wenigstens gut gelaunt zu verhungern.«

»Was sind das denn für Substanzen?«

»Die Amphetamine putschen auf. Sobald ihre Wirkung nachläßt, wird man depressiv. Dagegen bekommt man dann die Antidepressiva, um anschließend wieder das andere Pulver zu schlucken.«

»Woher weißt du das?«

»Steht doch da in der Zeitung. Können Sie sich vorstellen, daß ein Arzt, der Menschenleben retten soll, einem Mädchen von knapp zwanzig Jahren eine solche Teufelsmischung gibt? Nein! Aber es ist passiert, die arme Monica ist tot. Jetzt wird gegen den Arzt ermittelt, daß ich nicht lache. Das macht sie auch nicht wieder lebendig!«

Mario schäumte Milch auf und goß sie in den Kaffee. Dann griff er nach einem kleinen Gerät, das Leda noch nie bei ihm gesehen hatte, hielt es über den Cappuccino, klopfte vorsichtig daran und stellte ihr die Tasse auf die Theke. Auf die weiße Schaumkrone waren zwei mit Pfeilen durchbohrte Herzen aus Kakaopulver gezaubert.

»Das ist neu«, stellte sie fest.

»Hübsch, nicht wahr? Meine Frau hat mir dieses Sieb gestern mitgebracht. Man kann verschiedene Muster damit machen, je nachdem, welche Schablone man einlegt. Für Singles streue ich nur ein Herz drauf und am Wochenende ein vierblättriges Kleeblatt für die Männer, damit es ihnen Glück im Fußball bringt.«

Leda zögerte einen Moment, das Kunstwerk zu zerstören, tat es aber doch, weil ihr Wunsch nach einem guten Kaffee am Morgen siegte.

»Aber es heißt doch immer, daß Männer so dünne Frauen haben wollen, deshalb hungern sie ja«, meinte sie.

»So ein Quatsch, wer hat Ihnen das denn erzählt? Bestimmt kein Mann. Da hat man ja nichts zum Anfassen. Ich will Ihnen ja nicht zu nahe treten, aber Sie mit Ihren Formen haben doch auch einen abgekriegt. Das ist doch der schlagende Beweis!«

»Findest du, ich bin zu dick?«

»Nun, das geht mich nichts an. Was sagt denn Paolo?«

»Ein paar Pfund zuviel, sagt er.«

»Da könnte er recht haben. Aber so eine Dünne will er sicher auch nicht.«

»Meinst du, ich soll eine Diät machen und auf mein morgendliches Cornetto verzichten?«

»Auf gar keinen Fall. Mit dem Rauchen aufhören und keine Cornetti essen, das geht nicht. Dann fehlt Ihnen doch die nötige Energie – und Roms Mörder laufen frei herum. Apropos, wie kommen Sie voran?«

»Überhaupt nicht, es ist zum Verzweifeln. Aber bald haben wir vielleicht einen neuen Mord, weil ein Vater seinen Sohn umbringen will.«

»Etwa der Mann, der dieselbe Frau liebt wie sein Junge?«

»Genau der.«

»Und der Alte rast vor Eifersucht? Das kann ich verstehen. So sind römische Männer nun mal.«

Er baute sich hinter der Theke auf, hielt beide Hände fest an die Brust gepreßt und deklamierte mit theatralischer Stimme:

»Wir haben nämlich Herz, echtes Herz. Das können Fremde nicht verstehen. Sie halten uns für Schauspieler, was wir natürlich auch sind. Aber wenn es um die Liebe geht, dann ist es uns ernst. Also sehen Sie zu, daß der Junge und die Frau überleben. Mit einem rasenden Alten ist nicht zu scherzen! Denn wenn er seine große Liebe nicht bekommt, was hat er dann noch vom Leben? Er kann sich nur noch selbst umbringen!«

Diese Sätze von Mario setzten sich bei Leda fest, während sie ins Präsidium fuhr. Kaum hatte sie an ihrem Schreibtisch Platz genommen, erschien Silvia, schlank, lächelnd und elegant, im weißen Hosenanzug und einem roten Top, die Schuhe in derselben Farbe.

»Guten Morgen. Eben hat ein Commissario aus Mailand angerufen. Sie hätten gestern mit ihm gesprochen, wegen des Mannes auf einem Foto. Ich soll Ihnen sagen, daß sie ihn gefunden haben, aber einen Haftbefehl brauchen, um ihn festzunehmen.«

»Das soll Lucarelli übernehmen. Geben Sie ihm Bescheid?«

Silvia nickte.

»Dann hat noch ein Luca Di Palmieri angerufen. Hier ist seine Nummer. Er bittet um baldigen Rückruf.«

Leda griff sofort zum Hörer und wählte seine Nummer.

»Wissen Sie, wo mein Vater ist?« fragte Luca.

»Nein. Das müßten doch die Sicherheitsleute wissen.«

»Er ist ihnen letzte Nacht entwischt, wie vom Erdboden verschwunden. Wir machen uns große Sorgen.«

»Wo sind Sie?«

Er gab ihr eine Anschrift im Quartiere Trieste, in der Nähe des Parks der Villa Ada.

Leda setzte sich sofort mit dem Sicherheitsdienst in Verbindung. Eine Entführung wurde dort für unwahrscheinlich gehalten. Der Conte sei schlichtweg abgehauen.

»Eine Entführung ist doch das Naheliegendste, haben Sie denn diesbezüglich nichts in die Wege geleitet?« tobte Leda.

»Nein, es gibt keinerlei Hinweise auf eine Entführung. Er hat sich höchstens selbst entführt«, lautete die lakonische Antwort.

Leda knallte den Hörer auf. In diesem Moment kam Ugo herein. Sie begannen sofort, das Abhören der Telefonleitungen der gräflichen Familie in Rom und in Porto Santo Stefano einzuleiten, da sich Entführer üblicherweise per Telefon meldeten. Leda informierte die Gräfin, daß demnächst einige Beamte mit technischer Ausstattung zu ihr kommen würden.

»Und wenn er doch nur für ein paar Tage abgetaucht ist?« warf Ugo ein.

»Dann kann uns wenigstens niemals der Vorwurf gemacht werden, wir hätten trotz eindeutiger Entführungsdrohungen untätig herumgesessen.«

Leda ließ sich gemeinsam mit einem Telefonspezialisten und seinen Gerätschaften zur von Luca angegebenen Adresse fahren. Es war die Wohnung der Familie Serafino.

Die ältere Frau, die am Tag zuvor in Lucas Begleitung in den Thermen gewesen war, wurde ihr als Angelas Mutter vorgestellt.

»Sie sind doch die Frau, die mich gestern abend in der Garderobe sprechen wollte«, wurde Leda von Angela Serafino begrüßt.

»Ja, Sie haben wunderbar gesungen.«

»Danke.«

In Jeans und schwarzem Baumwolltop sah sie heute nicht gerade wie eine berühmte Operndiva aus, ebensowenig wie Luca in zerknitterten Baumwollhosen, Poloshirt und Bartstoppeln dem eleganten Adligen im Smoking vom Vorabend ähnelte.

»Vielleicht ist Ihr Vater entführt worden. Wo landen die Anrufe für Ihre Eltern in Rom? In der Via Appia?«

»Sie werden allesamt nach Porto Santo Stefano weitergeleitet. Die Nummern von Nicola und mir sind auf unsere Handys umgeschaltet. Anrufe für Nicola laufen auf der Mailbox auf, da er verreist ist.«

»Könnte es sein, daß ein Entführer hier anruft?«

»Möglich, die Nummer steht im Telefonbuch. Aber woher sollen denn die Entführer über die Beziehungen zur Familie Serafino Bescheid wissen?«

»Wenn es sich um Profis handelt, sind sie in der Regel sehr gut vorbereitet. Wir müssen alle Möglichkeiten in Betracht ziehen«, antwortete Leda.

»Wie sicher sind Sie denn überhaupt, daß es sich um eine Entführung handelt? Ich glaube nämlich nicht daran«, meinte Luca.

»Wie sicher sind Sie, daß es keine ist?« gab Leda zurück.

Luca zuckte mit den Schultern und erwiderte:

»Sollten wir nicht erst einmal abwarten, ob sich jemand meldet, bevor hier die große Technik installiert wird?«

»Möchten Sie, daß ich meinen Job verliere, weil ich trotz

Entführungsdrohung und dem Verschwinden Ihres Vaters nichts unternommen habe?«

»Luca, laß sie ihre Arbeit tun, sie wird schon wissen, was richtig ist«, schaltete sich nun Angelas Mutter ein und begann, dem Techniker beim Aufbau der Anlage neben dem Telefon im Flur zu helfen.

Leda wurde von Angela und Luca in ein dunkel eingerichtetes Wohnzimmer geführt und nahm auf einem der geblümten Sofas Platz.

»Nun schildern Sie bitte genau, was geschehen ist«, forderte Leda die beiden auf.

»Mein Vater ist gestern nach der Aufführung in Angelas Garderobe gegangen«, begann Luca. »Es gab wie immer Streit, Privatangelegenheiten. Anschließend fuhr er in unser Haus an der Via Appia. Dort hat er wie ein Wahnsinniger gewütet und Möbel zerschlagen. Anschließend lief er durch unseren Garten und hat ununterbrochen gebrüllt: Ich bringe sie um, ich bringe sie um. Gianfranco, unser Hausmeister, bekam es mit der Angst zu tun und hat mich mitten in der Nacht angerufen, daß ich kommen soll. Er und die Wachhabenden vor dem Tor haben vergeblich versucht, ihn zu beruhigen. Als ich dort ankam, war Papa bereits mit dem Wagen fortgefahren. Ich habe probiert, ihn über Autotelefon und Telefonino zu erreichen. Im Ferienhaus bei meiner Mutter ist er auch nicht. Die Polizisten melden sich, sobald er dort eintreffen sollte.«

»Wen will er Ihrer Meinung nach umbringen?«

»In Wahrheit niemanden und wenn überhaupt sich selbst, weil er nicht akzeptieren kann, daß Angela und ich heiraten möchten.«

»Warum? Ist sie nicht standesgemäß für Ihre Familie?«

Luca zögerte mit einer Antwort, und Angela sah schweigend zu Boden.

»Das ist es nicht, er betet sie an.«

»Luca, sag, was los ist, sonst kann die Signora nicht helfen«, sagte Angelas Mutter, die gerade den Raum betrat. Sie ging zu Luca, blieb hinter ihm stehen, strich ihm über das Haar und legte ihre Hände auf seine Schultern.

»Coraggio, nur Mut. Oder soll ich reden?«

Luca nickte. Sie behandelte ihn wie einen Sohn und würde ihm helfen wie ihrem eigenen.

»Signora, ihm fällt es schwer zu reden, denn was er zu sagen hat, ist nicht angenehm. Wo soll ich beginnen? Wissen Sie, früher war mein Mann Portiere beim Grafen. Wir wohnten in dem kleinen Haus am Tor, wo heute Gianfranco mit seiner kleinen Familie lebt. Wir waren dort sehr glücklich, mein Mann und ich. Er war für Reparaturen und den Garten, ich für Nicola, Luca und das Kochen zuständig. Als Nicola fünf und Luca vier Jahre alt waren, wurde unsere Angela geboren. Die drei Kinder wuchsen wie Geschwister auf. Wenn die Jungs gefragt wurden, ob sie noch mehr Geschwister hätten, sagten sie: ›Ja, noch eine kleine Schwester, Angela, und sie ist wirklich ein Engel.‹ Der Graf und die Gräfin liebten Angela wie ihr eigenes Kind und waren sehr gut zu ihr. Angela durfte die gleichen Schulen besuchen wie die Jungs, teure Schulen, gute Schulen. Sie wurde Weihnachten reich beschenkt. Die Gräfin hatte sich immer auch ein Mädchen gewünscht und verwöhnte Angela um so mehr. Sie erhielt Ballettunterricht, lernte Klavierspielen und ging in den Kirchenchor. Als Angela dreizehn war, riet uns der Chorleiter, ihr Gesangsunterricht zu geben. Schon damals setzte er sie häufig als Solostimme ein. Sie liebte die Musik und das Singen. Wir konnten das natürlich nicht bezahlen, aber der Graf und die Gräfin kannten die beste Gesangslehrerin in Rom: Maestra Maria Leandri. Eine wunderbare Frau, klug, empfindsam, nachsichtig und streng. Auch Luca hatte bei ihr Unterricht. Er singt wunderschön, wußten Sie das?«

»Er hat mir von seiner Gesangsausbildung erzählt«, sagte Leda.

»Mamma, ich glaube nicht, daß sich die Kommissarin für unsere ganze Familiengeschichte interessiert«, sagte Angela ungeduldig.

»Doch, lassen Sie sie nur reden. Manchmal stecken in unwesentlich scheinenden Kleinigkeiten wichtige Informationen«, meinte Leda.

»Also, die beiden sangen als junge Leute oft zusammen. Später ging Luca zum Konservatorium und studierte Gesang und Klavier. Er war sehr gut, aber wie er selbst fand, nicht gut genug. Maestra Maria baute Angelas Stimme auf, denn sie sah in unserer Tochter eine große zukünftige Sängerin. Als Angela die Schule abbrechen wollte, um sich ganz dem Gesang zu widmen, wurde Maestra Maria sehr böse und machte ihr und uns klar, daß auch die schönste und stärkste Stimme versagen kann. Sie müsse das Abitur machen, um im Notfall auch etwas anderes studieren zu können. Angela sah das ein und beendete erfolgreich das Gymnasium. Nebenher gewann sie einen Gesangswettbewerb nach dem anderen. Dann riet Maestra Maria ihr, zur weiteren Ausbildung der Stimme nach Mailand und ins Ausland zu gehen, um auch bei anderen, noch besseren Lehrern zu studieren. Angela war gerade neunzehn Jahre alt, und der Graf entschied, daß ich mit ihr reisen sollte. Er bot an, alles zu bezahlen. Also packten wir die Koffer und blieben jeweils ein Jahr in Mailand, in Berlin, in Paris und schließlich in New York. Nur in den Ferien und zu den großen Feiertagen kamen wir nach Hause.

Immer wieder gewann sie Wettbewerbe und gab kleinere Konzerte. Das ruhelose Leben gefiel ihr gut, mir längst nicht mehr. Als sie sich dann in New York verliebte und beschloß, dort zu bleiben, bin ich nach Rom zurückgekehrt und habe meine Arbeit im gräflichen Haushalt wiederaufgenommen.

In New York sang sie noch ein halbes Jahr lang an verschiedenen Bühnen, dann wurde am Theater in Avignon eine Stelle frei. Da die Beziehung zu dem Amerikaner sowieso beendet war, sang sie vor und wurde sofort engagiert. Sie blieb zwei Jahre in Frankreich und hatte großen Erfolg. Dann suchte Turin eine Sopranistin. Sie wollte nicht aus Avignon fort, aber Turin zahlte besser und bot ihr wichtigere Partien an. Außerdem vermißten wir sie sehr und wollten gern, daß sie wieder in unsere Nähe kam. Der Graf flog hin und konnte sie überzeugen, wenigstens vorzusingen. Sie wurde genommen und kehrte nach Italien zurück.

Vier Jahre später hatte sie ihren ersten Auftritt am Teatro della Scala in Mailand, und ihre internationale Karriere begann. Conte Di Palmieri begleitete ihre gesangliche Entwicklung mit größtem Interesse. Er flog zu allen Premieren. Zunächst begleitete ihn die Gräfin. Wir waren alle sehr stolz auf Angela. Sie verdiente viel Geld und wollte dem Grafen die Kosten für ihre Ausbildung zurückzahlen, was dieser jedoch strikt ablehnte. Sie kaufte uns diese Wohnung und ermöglichte uns einen langgehegten Traum: ein eigenes Geschäft für Pasta zu eröffnen. Zweihundert verschiedene Sorten aus dem ganzen Land finden Sie dort.

Was wir alle jahrelang nicht ahnten: Seitdem Angela in Turin engagiert war, hatte sie ein Verhältnis mit dem Grafen. Mit einem dreißig Jahre älteren Mann, der ihr wie ein Vater gewesen war. Er trug sie auf Händen, las ihr jeden Wunsch von den Augen ab, umgab sie, wo immer sie Engagements hatte. Er trat offiziell als ihr väterlicher Freund und Förderer auf. Eine Rolle, die ihm jeder glaubte, da er sich seit vielen Jahren intensiv für die Förderung des italienischen Gesangsnachwuchses engagierte.

Doch er engte Angela immer mehr ein, war rasend vor Eifersucht. Er wollte ihr sogar verbieten, Engagements anzunehmen, wenn er wegen geschäftlicher Verpflichtungen nicht hinfliegen konnte. Sie brach zusammen. Bis auf die

Knochen abgemagert, kam sie zu uns und hat uns endlich die ganz Sache gestanden. Vier Monate lang konnte sie nicht singen und machte eine Therapie. Die Nerven, wissen Sie. In den Zeitungen stand, daß sie unter einer rätselhaften Krankheit litte und möglicherweise nie wieder singen könne. Der Graf hatte dieses Märchen verbreitet, um sie noch mehr unter Druck zu setzen.

In dieser Zeit besuchte Luca sie oft. Er war ihr ein guter Freund und hatte schon lange gespürt, daß zwischen Angela und seinem Vater mehr war. Seinen Vater kannte er gut genug, um zu wissen, wie besessen er für seine Interessen kämpfen kann.

Nach der Therapie sang Angela besser denn je. Sie lehnte jeden Kontakt zum Grafen ab, der jedoch bombardierte sie mit Briefen. Wir dachten, er würde sich mit der Zeit beruhigen. Er war ja auch so sehr mit dem Bau des Auditoriums beschäftigt.«

»Wann ist das denn alles passiert?« fragte Leda.

»Vor achteinhalb Jahren hat diese unglückselige Affäre begonnen. Damals war Angela fünfundzwanzig. Sie dauerte fast fünf Jahre lang.«

»Und dann begann die mit Luca?«

»Nein, erst ein Jahr später. Aus der Freundschaft wurde langsam Liebe. Beide hatten große Angst vor den eigenen Gefühlen, aber auch vor dem Grafen.«

»Wann hat Ihr Vater von Ihrer Beziehung erfahren?« wandte Leda sich an Luca.

»In der Nacht vor Breuers Tod.«

»Und gestern hat er Ihnen zum ersten Mal gedroht?«

»Ja, weil Angela ihm von unseren Hochzeitsplänen berichtet hat. Das war aber nichts weiter als ein unüberlegter Gefühlsausbruch.«

Die leichenblasse Sängerin hatte inzwischen die Hände ihrer Mutter genommen und hielt sie wie ein kleines, verängstigtes Mädchen. Dabei sah sie unverwandt zu Boden, wie gelähmt.

»Signora Serafino, Sie haben den Conte in der Mordnacht nach der Probe noch gesehen. Ist das richtig?«

Sie nickte schweigend.

»Erzählen Sie bitte genau, was geschah.«

Angela Serafino brauchte eine Weile, bis sie sprechen konnte. Sie umklammerte die Hand ihrer Mutter noch fester. Endlich begann sie leise und stockend zu erzählen.

»Antonio lud die Sänger und den Dirigenten zum Essen ein. Eigentlich hatte niemand so rechte Lust dazu, weil wir alle sehr kaputt waren. Ich war mit Luca verabredet, um mit ihm allein zu essen, was Antonio nicht wußte. Doch er ließ nicht locker. Er war aufgekratzt, wollte feiern und fröhlich sein. Da er der Hauptsponsor der Aufführungen in den Thermen ist, haben wir uns breitschlagen lassen. Er setzte sich natürlich neben mich und bestellte eine Flasche Champagner nach der anderen. Dabei führte er große Reden über die Macht der Liebe und der Musik und daß ich die einzige Sängerin auf der Welt sei, die beides in voller Größe verstanden habe. Er sagte in aller Öffentlichkeit, daß er mich liebe und mit mir leben wolle. Daß er sich scheiden lassen werde, daß nun endlich unsere Zeit gekommen sei. Es war furchtbar. Anfangs versuchte ich ihm noch zu widersprechen, doch es war sinnlos. Deshalb schwieg ich. Die Kollegen waren konsterniert, einer nach dem anderen verabschiedete sich höflich. Antonio bemerkte nicht einmal, was er anstellte. Er erging sich in Liebesbeschwörungen und trank immer mehr. Schließlich saßen nur noch der Tenor Salvatore Ghezzi, Antonio und ich am Tisch. Salvatore bot mir an, mich nach Hause zu bringen. Als wir gehen wollten, rastete Antonio ganz aus und schrie Salvatore an, er solle seine Finger von mir lassen. Da wurde ich böse und gestand ihm, daß ich ihn nicht liebe, sondern Luca.

Antonio starrte mich entgeistert an und fing dann plötzlich wie ein Irrer an zu lachen. Er lachte und lachte. Das könne nicht mein Ernst sein, sein Sohn, der ohne ihn nichts sei und mir außer seiner Jugend nichts zu bieten habe. Eine Affäre, die nicht zähle. Ihm hätte ich alles in meinem Leben zu verdanken, nur ihm. Deshalb habe er ein Anrecht auf mich und werde es auch zeit seines Lebens geltend machen.

Salvatore und ich waren entsetzt. Als Antonio zur Toilette mußte, verließen wir das Restaurant so schnell wir konnten. Ich rief Luca an und berichtete ihm von dem Vorfall. Wir beschlossen, uns im Hotel Lord Byron zu verkriechen, weil ich ahnte, was auf uns zukommen würde.

Antonio klingelte anschließend stundenlang Sturm bei meinen Eltern, rief und jammerte meinen Namen vor dem Haus, schrie, daß er mich zerstören werde. Irgendwann holte ein Nachbar die Polizei, die Antonio fortbrachte. Als meine Mutter um etwa drei Uhr morgens wach wurde und aus dem Fenster schaute, sah sie Antonio vor dem Haus in seinem Porsche sitzen und regungslos zu unserer Wohnung hochblicken. Eine Stunde später saß er immer noch da. Als sie um halb sechs wieder nachsah, war er fort.«

»Wann haben Sie ihn nach diesem Abend zum ersten Mal wieder gesprochen oder gesehen?«

»Gesprochen und gesehen habe ich ihn erst wieder in Porto Santo Stefano, kurz vor dem Konzert. Aber seit jenem Sonntag erhalte ich per Boten jeden Tag einen Strauß roter Rosen von ihm. Ich werfe sie alle fort. Er hat mir auch mehrere Briefe geschrieben, in denen er sich für sein Benehmen entschuldigt.«

Angelas Stimme klang matt, und Leda hätte sie gern mit weiteren Fragen verschont, doch sie war auf ihre Aussage angewiesen.

»Mein Kind, mein armes Kind«, flüsterte ihre Mutter immer wieder und strich ihr beruhigend über den Kopf, so wie sie es vorher mit Luca getan hatte. Dieser hockte mit zusammengesunkenen Schultern in seinem Sessel. Leda wandte sich nun an ihn.

»Warum haben Sie mir das nicht gleich bei unserem ersten Gespräch in Porto Santo Stefano erzählt?«

»Weil es nichts mit dem Mordfall und mit Romelli zu tun hat. Angesichts unserer prekären Familiensituation hielt ich es für besser, zu schweigen. Das geht Fremde eigentlich nichts an. Sonst hätte sich mein Vater wieder aufgeregt. Das wollte ich nicht.«

»Wie gestaltete sich die Beziehung zwischen Ihnen und Ihrem Vater in der Folgezeit?«

»Wir vermieden es, uns zu sehen und zu sprechen. Er war im Ferienhaus und ich in Rom und Mailand. Sie haben unsere erste direkte Begegnung in Porto Santo Stefano miterlebt.«

»Weiß Ihre Mutter von alledem?«

»Ja. Sie weiß seit Jahren, daß mein Vater ein Verhältnis mit Angela hatte, und sie weiß auch von uns.«

»Schmerzt sie das nicht?«

»Sehr sogar. Aber meine Mutter hat gelernt, daß die Fassade einer Familie wie der unseren keine Risse nach außen haben darf. Folgerichtig reagiert sie so, als sei nichts geschehen, und mimt ein normales Eheleben. Sie würde alles unternehmen, um das öffentliche Ansehen der Familie zu schützen. Nur eines hat sie getan: Sie hat meinen Vater gezwungen, das gesamte Familienvermögen an uns Kinder zu übertragen. Er hat keinerlei Entscheidungsgewalt mehr und erhält nur eine jährliche Apanage. Und sie erlaubt sich den Luxus, den Konzerten von Angela fernzubleiben, wenn mein Vater dort ist.«

»Und wie steht sie zu Ihrer Beziehung?«

»Positiv, obwohl sie es lieber gesehen hätte, wenn ich eine Adlige heiraten würde. Aber sie liebt Angela sehr und kann verstehen, daß auch ich sie liebe.«

»Trotz alledem würde sie Ihrem Vater auch dann ein Alibi geben, wenn es nicht der Wahrheit entspräche?«

»Ja, auf jeden Fall.«

»Selbst vor Gericht, wenn sie vereidigt würde?«

»Selbst dann.«

»Würden Sie selbst auch so reagieren?«

Luca zögerte, bevor er antwortete. Dann schaute er Leda gerade in die Augen und sagte:

»Ja, und ich glaube, ich würde meine Mutter verachten, wenn sie es nicht für uns alle täte. Das ist ihre Pflicht als Contessa Di Palmieri. Und ich würde ein solches Verhalten auch von meiner eigenen Frau erwarten. Sie sollte stets die Interessen unserer Kinder und der Familie in ihrer Gesamtheit wahren, im Zweifel auch gegen mich. Angela weiß das und ist mit mir einer Meinung. Umgekehrt gilt das natürlich auch für mich – nicht daß wir uns falsch verstehen. Meinem Vater ist das mißlungen, und er hat es eingesehen. Deshalb hat er der Vermögensregelung zugestimmt. An seinen Gefühlen kann er nichts ändern. Das wissen wir alle und respektieren sie. Doch wir akzeptieren nicht, daß sie uns ruinieren. In den vergangenen zehn Jahren hat Papa seine Gefühle kaum noch unter Kontrolle gehabt. Das gilt für seine Affäre mit Angela genauso wie für dieses geradezu fanatische Interesse am Bau des Auditoriums. Er hat sich sehr verändert. Offen gestanden haben wir uns manchmal gefragt, ob das noch normal ist. Denn genauso wie die Gefühle einen Menschen glücklich machen, kann er auch an ihnen zugrunde gehen, wenn sie nicht erwidert werden.«

»Das heißt aber auch, daß ein solcher Mensch das Maß verlieren und morden kann«, sagte Leda.

»Das mag Ihrer Erfahrung entsprechen, trifft aber auf meinen Vater nicht zu«, antwortete Luca scharf.

Nun wandte sich Leda an Angela, der die Tränen über das Gesicht liefen.

»Noch eine letzte Frage: Gibt es einen oder mehrere Orte, wo Sie sich mit dem Grafen heimlich trafen? Orte, zu denen er eine emotionale Beziehung haben könnte, beispielsweise ein Hotel, ein Gasthof, eine Wohnung, ein stiller Platz am Meer oder in den Bergen?«

»Hier in Rom war das Grand Hotel unser Treffpunkt. Ansonsten fuhren wir häufig in das Haus der Familie in den Bergen. Das steht sowieso meistens leer und bot sich dafür an.«

Leda nahm ihr Telefonino aus der Tasche und rief Ugo an. Sie beauftragte ihn, in Absprache mit den Sicherheitskräften eine umfangreiche Suche nach Di Palmieri einzuleiten.

»Es kann gut sein, daß er tatsächlich nicht entführt wurde. Wir müssen ihn finden. Es besteht akute Selbstmordgefahr. Und schick bitte Leute her, die Angela Serafino rund um die Uhr bewachen.«

Von Angela ließ sie sich Fotos von Antonio und Luca Di Palmieri geben. Anschließend bat sie den Kollegen in Porto Santo Stefano, der sich bereits im Haus der Gräfin befand, sie zu vernehmen.

»Fragt sie, wo ihr Mann sein könnte. Alle Orte, die er kennt, zu denen er eine emotionale Beziehung hat. Vielleicht fällt ihr etwas ein. Laßt ihr Zeit zum Nachdenken.«

In diesem Moment krachte ein Donnerschlag nieder, der sie alle hochfahren ließ. Leda sah aus dem Fenster. Der Himmel hatte sich zugezogen, es goß aus Kübeln.

XVII

Als Leda im Büro ankam, tropfte sie wie ein Pudel nach einem Bad im See. Blitz und Donner wechselten sich ab, als sei der Weltuntergang nahe. Immerhin sank die Temperatur um ein paar Grad.

Sie war durstig und nahm eine Flasche Wasser aus dem kleinen Kühlschrank hinter ihrem Schreibtisch. Ugo war fort. Er hatte ihr einen Zettel hingelegt, er sei unterwegs, um an den von Angela genannten Orten nach dem Grafen zu suchen. Leda solle sofort – sofort dreimal unterstrichen – bei Alesi anrufen, was sie ohnehin getan hätte.

Ihr Chef hatte von Di Palmieris Verschwinden erfahren und wollte nun genau wissen, was los sei.

»Die Presse hat schon dreimal bei mir angerufen. Sie will wissen, ob der Fall Di Palmieri mit dem Mordfall Breuer zusammenhängt. Was soll ich den Journalisten sagen?«

»Gar nichts«, erwiderte Leda. »Wir wissen weder, wo er ist, noch, was er vorhat. Möglicherweise wurde er entführt, möglicherweise hat er Selbstmord begangen. Di Palmieri hat angedroht, seinen Sohn und die Sängerin Serafino aus Eifersucht umzubringen. Aber das hält der Sohn für wenig wahrscheinlich.«

»Und was hat das gräfliche Liebesdrama mit dem Fall Breuer zu tun?«

»Möglicherweise gar nichts. Ich habe langsam den Verdacht, daß wir den Mordfall Breuer noch mal ganz von vorn aufrollen müssen. Irgendwie paßt kein Stein auf den anderen«, seufzte sie.

»Leda, das kannst du mir nicht antun!«

»Tut mir leid.«

Der Tag verging mit der Koordinierung der Suche nach

dem Conte. Er war und blieb wie vom Erdboden verschluckt. Sie ließ sogar Romelli in der Haft befragen, ob ihm ein Ort einfalle, wo sich der Graf aufhalten könne.

Er erinnerte sich daran, daß ihn der Graf einmal in die unterirdischen Gänge des Nero-Palastes bei Anzio gebracht hatte, um ihm das akustische Phänomen der alten Gewölbe vorzuführen. Leda ließ auch diese Spur sofort verfolgen. Und tatsächlich behaupteten einige Bewohner der umliegenden Häuser, nachts unheimliche Schreie und Laute aus den Gängen vernommen zu haben. Ja, einen roten Porsche glaubten sie auch gesehen zu haben. Aber wo er hingefahren war, hatten sie keine Ahnung.

Dem Architekten Enzo Gasco fielen Opernhäuser in der ganzen Welt ein, wo er schon einmal mit Di Palmieri gewesen war oder von denen er ihm vorgeschwärmt hatte. Leda ließ sämtliche Passagierlisten aller Flughäfen in Italien nach dem Conte durchchecken. Die Spur verlief im Sand – genauso wie alle anderen.

Die Kommissarin war verzweifelt und schrieb einen Zwischenbericht, in der Hoffnung, die genaue Auflistung aller Ereignisse, Eindrücke und Aussagen brächten sie zu neuen Erkenntnissen. Zwischendurch ließ sie sich einen Salat, in Teig gebackene Kürbisblüten mit Anchovis und einige frittierte Reisbällchen bringen, um ihren quälenden Hunger zu bekämpfen. Pausenlos klingelte das Telefon und irgend jemand teilte ihr wieder mit, daß der rote Porsche gesichtet worden sei. Noch vor kurzem, eben sozusagen. Und ein älterer Herr habe auch darin gesessen. Aber so, wie er aus dem Nichts gekommen sei, so sei er auch wieder verschwunden. Und das gleichzeitig im Süden des Latiums und in der Mitte der Toskana, dachte Leda und bedankte sich immer wieder bei den fleißigen Kollegen für ihre Mühen.

Irgendwann nachmittags kehrte Ugo erschöpft und ebenfalls ohne Ergebnisse zurück.

»Das bringt doch alles nichts. Wir sollten die Suche abbrechen. Entweder der Graf taucht wieder auf oder eben nicht. Manchmal muß man auch warten können.«

Doch Leda gab nicht so schnell auf. Eine einzige Chance, ihn aufzuspüren, gab es in ihren Augen: die Vorstellung heute abend. Sie trommelte kurzfristig alle Beamten im Sucheinsatz zu einer Lagebesprechung im Präsidium zusammen. Sie planten eine breit angelegte Überwachung der Caracalla-Thermen unter der Annahme, daß Di Palmieri möglicherweise versuchen würde, unerkannt zur Vorstellung zu kommen.

»Prägt Euch vor allem das Gesicht des Alten ein«, sagte Leda und zeigte auf dessen Foto, das an die Wand projiziert worden war. Er fällt auf, weil er sehr groß ist und kurzes, weißes Haar hat. Und noch etwas: Die Vorstellung darf nicht gestört werden. Geht bitte umsichtig vor.«

Etwa eine Stunde vor Beginn der Vorstellung waren sie mit zehn Beamten vor Ort. Alle in Zivil. Angela Serafino befand sich in ihrer bewachten Garderobe und machte sich fertig. Sie berichtete Leda, daß Luca zu Hause beim Telefon geblieben sei und sie nach der Vorstellung abholen wolle.

Langsam füllten sich die Stuhlreihen. Der Mittelplatz in der ersten Reihe blieb frei. Leda befand sich diesmal am äußersten Rand der hintersten Reihe, um das gesamte Geschehen im Auge zu halten. Sie spürte, wie der leichte Stoff ihres Kleides am Rücken klebte und wahre Wasserströme die Beine hinabliefen. Nach dem erfrischenden Gewitter am Vormittag war die Wolkendecke nach kurzer Zeit wieder aufgebrochen, um die erbarmungslose Sommersonne durchzulassen. Diese glühte noch immer, obwohl der Feuerball am Himmel schon hinter dem Horizont verschwunden war. Leda fluchte still vor sich hin und sehnte sich nach einer kühlen Dusche. Später, dachte sie. Später.

Per Funk hielt sie Kontakt zu den Kollegen, die sich am

Haupt- sowie am Künstlereingang, hinter der Bühne und rund um das Publikum aufgestellt hatten. Doch weit und breit war kein Conte zu sehen.

Die Oper begann. An diesem Abend wirkten die Ruinen der Thermen mit ihrer gewaltigen Masse beunruhigend auf Leda, die Kronen der Pinien warfen unheimliche Schatten. Das Publikum war ungewöhnlich ruhig, der Himmel ungewöhnlich schwarz.

Leda hatte plötzlich das Gefühl, als ähnele Stefano Gobbi, der die Partie des bösen Bruders Enrico sang, dem Grafen: groß, stark und dominant. Verzweifelt versuchte Lucia, ihre Liebe zu Edgardo zu verheimlichen und sich der Macht des Bruders zu entziehen.

Plötzlich stieg in Leda eine beklemmende Angst auf, nicht nur Lucia, sondern auch Angela könne dem Wahnsinn erliegen, den Conte ermorden und sich in ihrem Wahn selbst umbringen. Lucias Arien der Liebe und der Verzweiflung rissen das Publikum zu Begeisterungsrufen und nicht enden wollendem Zwischenapplaus hin.

Leda erschrak, als Ugo sie aus ihren Gedanken riß.

»Leda, ist bei Ihnen alles in Ordnung?« klang es aus ihrem Kopfhörer.

»Ja, Ugo, alles okay. Bei euch auch?«

»Bestens, kein Graf zu sehen. Und diese Serafino singt ja, als wäre nichts geschehen. Unglaublich. Ich könnte das nicht, wenn ich so einen durchgeknallten Grafen im Nacken hätte.«

»Vielleicht kann sie es gerade deshalb so gut«, erwiderte Leda. »Nach der Vorstellung, wenn alle rausgehen, seid bitte besonders aufmerksam. Vielleicht erwartet der Graf sie draußen oder wird versuchen, in die Garderobe zu gelangen. Wir müssen alles im Auge behalten. Luca wird die Serafino übrigens später abholen. Er darf natürlich rein. Die beiden müssen anschließend nach Hause begleitet werden. Das übernehmen Ugo und ich. Die Nachtüberwachung auch. Va bene, Ugo?«

Ein seufzendes »Va bene« erreichte ihr Ohr.

»Jetzt noch viel Spaß. Lucia wird gleich wahnsinnig, und dann fließt reichlich Blut. Eine Oper, als wäre sie extra für diesen Fall komponiert worden. Seht zu, daß ihr solche Ereignisse in der Wirklichkeit verhindert«, sagte Leda.

»Wird denn noch jemand von den Ruinenspitzen hinabgeworfen?« witzelte ein Kollege.

»Gott behüte uns davor«, antwortete Leda.

Er tat es. Weder auf der Bühne noch um sie herum geschah irgend etwas Unvorhergesehenes. Lucia wurde wahnsinnig, brachte den Ehemann planmäßig im Hochzeitsbett um, erstach sich der Vorgabe entsprechend. Edgardo, der Geliebte, erkannte mit ebenfalls bestechend schönem Gesang, daß Lucia nur ihn geliebt hatte und nur seinetwegen aus dem Leben geschieden war.

Diesmal fiel Leda ihren Emotionen nicht zum Opfer, sondern beobachtete aufmerksam die Umgebung. Nach der zweiten Woge des Schlußapplauses nahmen die Sänger unter Verbeugungen noch Blumensträuße entgegen, erschienen aber nicht mehr auf der Bühne. Sichtlich verwirrt erhoben sich auch die Musiker und verschwanden mit den Chormitgliedern hinter der Bühne. Leda war beunruhigt.

»Dario, du bist doch in den Garderoben. Was ist los? Warum kommt niemand mehr?«

»Die Serafino ist umgekippt. War wohl doch zuviel für sie. Hier herrscht helle Aufregung.«

»Ugo, geh auch hin. Die anderen bleiben auf ihren Posten.«

Murmelnd verließen die ergriffenen Zuschauer die Thermen. Auf der Bühne und im Zuschauerbereich begannen die Aufräum- und Säuberungsarbeiten. Nach etwa zwanzig Minuten erschien Luca in Begleitung eines Sicherheitsbeamten.

»Hallo, Sie hier?« fragte er beim Anblick von Leda erstaunt.

»Ja, ich hielt es für möglich, daß Ihr Vater zur Vorstellung kommt. Aber ich habe mich getäuscht. Haben Sie etwas gehört?«

»Nein, weder mein Vater noch irgendwelche Entführer haben sich gemeldet. Wurde die Suche nach meinem Vater eingestellt?«

»Nein, sie läuft weiter. Ich habe nur die römische Mannschaft für heute abend hierhergeholt. Angela geht es übrigens schlecht, wurde mir gesagt. Sie sollten schnell zu ihr gehen. Wir begleiten Sie gleich nach Hause.«

Luca eilte davon. Ein paar Minuten später tauchte er mit Angela im Arm und Ugo und zwei weiteren Beamten im Schlepptau wieder auf.

»Sollen wir ins Krankenhaus fahren?« fragte Leda die leichenblasse Angela.

»Nein, nicht nötig. Sie muß nur etwas essen und dann ins Bett. Absolute Ruhe«, antwortete Luca, der selbst so aussah, als würde er im nächsten Moment umfallen. Als der kleine Troß langsam den Weg vom Haupttor zur Straße hinunterging, wo der Wagen der Sicherheitsbeamten parkte, sah Leda rein zufällig über die breite, baumbestandene Allee auf die andere Straßenseite hinüber. Dort stand er, im Halbdunkel der Laternen: der rote Porsche. Die Kommissarin legte sich in Bruchteilen von Sekunden einen Plan zurecht. Leise sprach sie in die Kopfhörer:

»Laßt euch nichts anmerken, schaut nicht hin, gruppiert euch dicht um Luca und die Serafino. Der Graf steht mit seinem Porsche auf der anderen Straßenseite. Hat jemand ein Zivilfahrzeug Richtung Circus Maximus geparkt?«

»Ja, hier, Dario Morosini und Stefania Marinelli.«

»Gut. Ihr geht jetzt als verliebtes Paar zum Auto, steigt ein und hängt euch an die Fersen von Di Palmieri. Euch kennt er nicht.«

»Wir auch, Claudio Natali und Fernando Artigiani.«

»Um so besser, ihr folgt ihm ebenfalls. Zwei Beamte bleiben bei Luca und Angela und begleiten sie wie geplant nach Hause. Mein Wagen steht Richtung Piazzale Numa Pompilio, Ugo und ich sind die Joker für den Fall, daß er plötzlich umkehrt. Zentrale, hören Sie mich?«

»Ja, Commissaria.«

»Prima. Wann könnt ihr die Piazza Porta Capena und die Zufahrt zur Viale Aventino dichtmachen?«

»In zwei Minuten, es sind Wagen ganz in der Nähe.«

»Dann los. Sagen Sie allen, daß es sich um den Fahrer eines roten Porsches handelt. Er hat schwere psychische Probleme und muß aus dem Verkehr gezogen werden. Im Moment steht er schräg gegenüber vom Haupteingang zu den Caracalla-Thermen. Ich will aber auf gar keinen Fall eine Sirene hören oder ein Blaulicht sehen. Wenn meine Zielperson vorzeitig aufgeschreckt werden sollte, stelle ich den Verantwortlichen vors Disziplinargericht. Er kann sich einen neuen Job suchen, das schwöre ich. Klar?«

»Sì, Signora.«

»Was ist los?« fragte Luca nervös.

»Ihr Vater steht da drüben. Wir versuchen ihn vorsichtig aus dem Verkehr zu ziehen, bevor noch ein Unglück geschieht.«

»O Gott, ich kann nicht mehr«, stöhnte Angela.

»Ich kann Sie gern tragen«, bot Ugo großzügig an.

Da mußte die Diva lächeln.

»Danke, das ist nett von Ihnen. Aber ich schaff's schon.«

Das junge Paar und die beiden Polizisten schlenderten los und überquerten die große Straße, als sie für ein paar Augenblicke autofrei war. Langsam stiegen sie in das bereitstehende Fahrzeug.

Während Ugo ihren Wagen aus der kleinen Seitenstraße holte, beobachtete Leda den roten Porsche auf der anderen Straßenseite. Der Conte war deutlich zu erkennen.

»Okay, wir können los«, vernahm Leda aus den Kopfhörern. »Steht die Straßensperre?«

»Sì, Signora, fünf Wagen.«

»Gut. Dann los. Bringt mir das junge Paar gut nach Hause. Was auch immer passieren mag, ihr fahrt zur Wohnung der Serafinos.«

Der Wagen vor Leda und Ugo setzte sich in Bewegung. In diesem Moment sahen sie, wie der Porsche losraste. Leda blieb stehen und drehte sich um.

»Er kommt jetzt mit hohem Tempo zur Porta Capena. Aufpassen, Kollegen.«

Ein paar Sekunden lang hörte Leda nichts. Dann ein wütender Aufschrei aus dem Knopf in ihrem Ohr:

»Scheiße, er hat abgedreht! Signora, er kommt jetzt mit einem Affenzahn zu Ihnen hochgefahren.«

»Wagen vorn, fahrt rechts hoch auf den Bürgersteig, auch wenn es euch die Achse durchhaut. Der Conte kommt von hinten.«

In diesem Moment schoß er wie eine Rakete an ihnen vorbei. Leda gab Gas, Ugo setzte das Blaulicht aufs Dach. Sie rasten hinter Di Palmieri über die große Kreuzung der Piazzale Numa Pompilio in Schlangenlinien zwischen den Autos hindurch und bogen links Richtung Lateranspalast ab. Kurz hinter dem Platz hatten sie den Wagen mit Luca und Angela überholt, der mitten auf dem Bürgersteig vor einem Tor stand.

Der Graf jagte mit voller Geschwindigkeit durch den nächtlichen Verkehr. Leda und Ugo hinterher.

»Meine Güte, was hat der vor?« stöhnte Ugo.

Leda konnte nicht antworten, weil sie sich zu stark aufs Fahren konzentrieren mußte, um sich darüber Gedanken machen zu können. Der Abstand zum rasenden Grafen wurde immer größer. Nur mit Mühe konnten sie ihn im Auge behalten.

Als sie auf der Höhe der Lateransbasilika ankamen, sahen sie, wie er langsam auf eine grüne Ampel zufuhr. Offensichtlich wartete er auf sie. Leda fuhr ebenfalls langsamer. Welches Spiel spielte er mit ihnen? Kurz nachdem die Ampel auf Rot gesprungen und die große Kreuzung autofrei war, gab er Gas. Er beschleunigte wie ein Verrückter und reihte sich leicht schleudernd in eine Rechtsabbiegerspur ein. Wie ein Pfeil schoß der Porsche auf den Torbogen der Porta San Giovanni zu.

»Via Appia Nuova«, murmelte Ugo.

In diesem Moment krachte es. Die Karosserie prallte auf die Steine des antiken Stadttors, daß die Funken nur so in die Nacht stoben.

»O mein Gott«, schrie Leda.

Sie fuhr auf die Unglücksstelle zu, bremste abrupt und wollte gerade aus dem Wagen springen, als der Porsche explodierte. Die Druckwelle warf sie auf ihren Sitz zurück. Wie in Zeitlupe nahm sie ihre Umgebung wahr: Der Verkehr um sie herum stand still, vor ihren Augen brannte der Wagen des Grafen lichterloh, und die Sirene auf dem Dach jaulte die monotone Musik des Verhängnisses.

»Was ist da bei euch los?« rief der Mann aus der Zentrale wieder und wieder.

Ugo gewann als erster die Fassung zurück und schrie:

»Schickt Krankenwagen und Feuerwehr. Der Conte verbrennt im Auto.«

»Wohin?«

»Porta San Giovanni, schnell, wir können nicht ran, alles brennt!«

Inzwischen waren die anderen Polizeiwagen von der Straßensperre an der Porta Capena eingetroffen, und die Beamten riegelten den gesamten Verkehr ab. Leda erwachte aus ihrer Lähmung, sprang aus dem Auto und riß einen Feuerlöscher aus dem Kofferraum.

»Gehen Sie weg da, weg!« schrie sie die gaffenden Menschen an, die sich inzwischen an der Unglücksstelle versammelt hatten, und rannte mit dem Löscher zum Porsche.

Von mehreren Seiten begannen sie weißen Schaum in die Flammen zu sprühen. Leda sah schemenhaft den Kopf des Grafen eingequetscht zwischen Steuerrad und Sitz auf dem aufgeblähten Airbag liegen. Sie glaubte ein Lächeln auf seinem Gesicht zu erkennen. Aus der Ferne waren die Sirenen der Rettungswagen zu hören.

Ihr kommt zu spät, dachte sie nur.

Mitten im Getöse der Hölle von Geschrei, Sirenen und zischenden Flammen erhob vor Ledas innerem Ohr plötzlich Edgardo, Lucias Geliebter, seine Stimme zum letzten dramatischen Totengesang:

Ah, se l'ira dei mortali
fece a noi sì cruda guerra,
se divisi fummo in terra,
ne congiunga il Nume in ciel,
o bell'alma innamorata,
ne congiunga il Nume in ciel.

Ach, wenn hier, wo wir geweilet
uns nur drohten stets Gefahren,
wenn wir hier geschieden waren,
eint ein Gott mich dort mit dir,
reiner Geist auf lichten Schwingen,
Mich eint ein Gott mit dir.

All die Tränen, die Leda an diesem Abend während der Aufführung in den Thermen nicht vergossen hatte, liefen ihr jetzt übers Gesicht.

»So wie Angela wirklich die Lucia war, so war der Conte Edgardo. Dies ist seine Arie für die Diva«, sagte Leda zu Ugo. Er starrte sie mit aufgerissenen Augen an und schien nicht zu verstehen, was sie damit meinte.

Fine

Antonio Conte Di Palmieri starb noch an der Unfallstelle. Leda fuhr in derselben Nacht zur Wohnung der Serafinos und überbrachte Angela und Luca Di Palmieri die Todesnachricht. Sie nahmen sie mit erstaunlicher Fassung auf, als habe das Schicksal eine folgerichtige Lösung für alle Probleme gefunden.

Luca brach sofort zu seiner Mutter nach Agentario auf, um sie nach Rom zu holen.

Ugo hatte Leda zu den Serafinos begleitet, weil er sich Sorgen um den Gemütszustand seiner Chefin machte.

»Mit dieser Hetzjagd habe ich den Grafen in den Tod getrieben«, sagte sie immer wieder und ließ sich nur mit Mühe beruhigen.

Es dämmerte bereits, als Leda ihren Mitarbeiter vor seiner Haustür absetzte und ihm beteuerte, daß es ihr wieder gutgehe. Er glaubte ihr kein Wort.

Auf dem Heimweg zog Leda eine Packung Zigaretten am Automaten. Im Kühlschrank fand sie eine Flasche Weißwein, hockte sich auf ihren Balkon, rauchte zehn Zigaretten hintereinander weg, trank die Flasche leer und sank gegen sieben Uhr morgens aufs Bett.

Gegen Mittag klingelte ihr Telefonino. Es war Angela Serafino.

»Signora Commissaria. Ich habe eben einen Strauß roter Rosen erhalten. Von Antonio. Es war ein Brief dabei, den er geschrieben hat, bevor er sich umbrachte. Der Unfall war Selbstmord. Er wollte sterben, weil er mich nicht haben konnte. Und er war davon überzeugt, daß ich ihn verschmähte, weil er das Auditorium nicht fertigstellen durfte. Er glaubte, er hätte mir seine tiefe Liebe nur mit der Vollendung dieses Bauwerks beweisen können. Nur für mich hat er es gebaut, nur für mich und meine Stimme. Dio, er war verrückt, schon seit Jahren. Er hat der deutschen Firma die Schuld dafür gegeben, daß er mir den endgültigen Liebesbeweis nicht geben konnte. Deshalb hat er Signor Breuer getötet. Und ich habe nicht erkannt, wie sehr er mich geliebt hat – so sehr, daß für diese Liebe zwei Menschenleben ausgelöscht wurden. Habe ich mich am Tod zweier Menschen schuldig gemacht?«

»Nein. Der Conte hatte ein Libretto für seine eigene Lebensoper geschrieben, die sich mit der Realität nicht vereinbaren ließ. Er tötete und starb – wie auf der Bühne. Im Grunde lebte er auf einer imaginären Bühne, doch die Inszenierung seiner Lebensoper endete doppelt tragisch«, antwortete Leda.

Angela Serafino erlitt am Tag der Beerdigung einen Nervenzusammenbruch. Während eines langen Krankenhausaufenthaltes trennte sie sich von Luca Di Palmieri. Anschließend betrat sie zum großen Unverständnis der musikalischen Welt nie wieder eine Opernbühne, sondern spezialisierte sich auf Kunstlieder und Kirchenmusik, eines ihrer liebsten Werke war das Requiem von Verdi. Jedes Konzert im Auditorium lehnte sie jedoch ab.